방 황

방황

발　행 | 2023년 05월 23일
저　자 | 서원균
펴낸이 | 한건희
펴낸곳 | 주식회사 부크크
출판사등록 | 2014.07.15.(제2014-16호)
주　소 | 서울특별시 금천구 가산디지털1로 119 SK트윈타워 A동 305호
전　화 | 1670-8316
이메일 | info@bookk.co.kr

ISBN | 979-11-410-2902-9

www.bookk.co.kr

방
황

서원균 지음

CONTENT

1) 배우를 꿈꾸며 7

2) 피 끓는 청춘 39

3) 지상에서 가장 슬픈 연인 87

4) 기약도 없는 사랑을 기다리며 115

5) 사랑하기에 견디는 마음 153

6) 사랑이란 이름으로 181

7) 에필로그 245

작가의 말 274

알아두기)
1)장미마을이란 이름은 아산에서 착안했지만, 그 외는 모두 허구다.
2)소설 속 상호명은 실제이나 어디까지나 가상공간이다.
3)이 책에 잘못된 부분이 있다면 내 부족함이다.
4)이 책을 사서 읽은 당신께 감사를 드린다.

1) 배우를 꿈꾸며.

온양시에 있는 아산고등학교.
학교운동장에는 아카시아 나무가 담장 따라 둘러쳐져 있었으며,
그 담장 너머에는 사과과수원이 있는데, 탐스럽게 생긴 사과들이
나무에 주렁주렁 매달려 향긋한 사과 향을 뿜내고 있었다. 학교는
중학교와 고등학교가 붙어 있었고, 운동장 한가운데는 필드하키 전
용구장으로 사용했다. 중학교와 고등학교 사이에 창고 건물에는 카
빈소총을 보관했는데, 건물 주변으로 높게 철조망으로 둘러 쌓여있
었다. 정중앙에 또 다른 건물은 중학교와 고등학교 선생님들을 위
한 화장실이 있었고, 화장실 앞 건물 1층에는 숙직실과 밴드부와
학교 기물들을 모아두는 창고가 있었다. 그 건물 지하에는 출출한
학생들을 위한 매점이 있었는데, 컵라면 냄새가 진동하여 배고픈

학생들을 유혹했다. 학교건물 양쪽에는 야리꾸리하면서도 시큼한 암모니아 냄새가 진동하는 재래식 화장실이 있었다. 동쪽 화장실 옆 건물에는 중, 고등학생 필드하키 선수들의 합숙소가 있었다.

교문 옆에는 선생님들을 위한 테니스장이 있었고, 테니스장 앞에는 교련훈련장이 있었다. 교문에서 들어오면 학교를 상징하는 상아탑이 바로 앞에 있어서 등교할 때 학생들에게 경건한 마음을 갖게 했지만, 하굣길에는 올라타고 노는 스트레스 해소용이었다.

학교 운동장은 625때 공동묘지로 사용했다고 하지만, 온양시에서 제일 높은 언덕과 비싼 땅에 학교가 있어서 다들 시샘하는 것으로 학생들에게 소문이 나 있었다.

서백호는 아산고등학교 학생이다. 백호는 배우가 되겠다는 꿈으로 5월부터 서울에 있는 현대예술연기학원에 다니고 있었다. 영등포역 바로 앞 도로 건너편에 경성빌딩 5층 건물이 있었는데, 그 건물 3층과 4층을 현대예술연기학원이 사용했고, 5층은 건물주가 살고 있었다. 그리고 2층은 이기훈 의원이라는 개인병원이 있었고, 1층은 샘약국과 한창 유행하는 미스미스터 구두 가게가 있었다. 지하 1층은 성인쌍쌍카바레가 흥청망청 먹고 마시며 춤바람으로 성업중이였다.

백호는 온양역에서 영등포역까지 기차타고 주말마다 연기학원에 다녔다. 연기학원은 토요일 오후 4시에 시작해서 저녁 7시까지 연기를 가르쳤다. 토요일 수업은 텔레비전에서 방영한 'TV손자병법' 드라마 대본으로 하는 연기지도수업이었다.

일요일에는 오전 9시부터 오후 4시까지 학원 소속 배우들이 와서 연기지도를 해주었다. 한 달에 한 번씩은 일요일 오전에 학원 소속 영화배우인 김리아가 자기가 출연한 영화를 보여주고, 학원 무대에서 연기지도를 해 주었다. 오후에는 KBS 사극 '토지'와 MBC 일요일 오전에 방영하는 '한 지붕 세 가족' 드라마에서 한창 인기를 끌고 있는 김중석 배우가 자기가 출연한 드라마를 보여주며 연기지도를 해 주었다. 일요일에 촬영 스케줄로 배우들이 오지 않으면, 연기학원 한소명 원장이 직접 역할을 정해주고, '한 지붕 세 가족' 드라마로 연기를 가르쳤다. 한소명 원장은 성인배우로 시작해서 지금은 성인영화감독으로 알려져 있었다. 한소명 원장은 여대생들을 길거리 캐스팅해서 바로 성인영화로 데뷔도 시켰지만, 톱 배우를 직접 키우기 위해 학원을 차려서 연기지도를 하고 있는 것이었다.

백호는 현대예술연기학원에서 한 살 어린 '양은주'라는 배우지망 생을 알게 되었다. 은주는 서울에서 태어나 서울에서 고등학교를 다니면서 학원에서 연기를 배우고 있었다.

은주에게 백호는 지방에서 올라와 연기를 배우러 다니는 것을 이해할 수가 없었다. 토요일 저녁 늦게 내려가서 일요일에는 아침 일찍 올라오는 것이 얼마나 힘든지는 모르겠지만, 연기수업 중에 꾸벅꾸벅 조는 백호를 보았을 때는 안쓰러운 마음이 들었다.

어느 날 토요일 연기수업 중 쉬는 시간에 백호에게 다가와서 은주가 말을 건넸다.

"몇 살이에요?"

백호는 자기에게 말을 건네는 여학생을 보았다. 백호는 '얘가 복도에서 그냥 지나쳐 가거나 연기실에서도 데면데면하더니 먼저 말을 다 거네.'라고 속으로 생각하며 대꾸했다.

"나, 고등학교 2학년. 넌 1학년이지?"

"저를 어떻게 아세요?"

백호가 학원비 8만 원을 사무실에 내려고 들어갔을 때 원장실에서 한소명 원장과 나소이 강사가 나누는 대화를 들었다.

"오늘 저녁에 VIP들에게 몇 명을 보내야 하는데, 양은주도 보내지?"

"원장님! 은주는 이제 고등학교 1학년이에요. 조금 성숙해 보이기는 하지만, 이것은 아니라고 생각해요. 희경이나 주애. 이 애들이 훨씬 좋잖아요."

"그래. 그럼, 그 애들하고 해서 다섯 명으로 정하지."

백호는 경리에게 학원 비를 주며 그들의 대화를 듣고 놀랐다. 말로만 듣던 연예기획사에서 접대행위를 듣게 된 것이었다. 백호는 경리의 눈치를 보았지만, 그녀는 아무런 감정도 없이 수강증에 도장을 찍어주며 말했다.

"다음 달부터 야외에서 촬영할 거야. 그러니깐 삼만 원을 다음 주까지 납부해."

"네? 알겠어요."

백호는 사무실을 나와 연기실로 가 연기 연습하는 양은주, 한희경, 나주애를 보았다. 한희경은 대학교 1학년이고, 나주애도 대학교 디자인학과에 다니고 있었다. 연기실 문이 열리며 나소이 강사가 그녀들을 불러서 밖으로 데리고 갔다.

백호는 지난주에 있었던 이야기를 해 줄까 하다가 다른 이야기를 했다.

"주애 누나하고 네가 친하잖아. 그래서 알게 되었어."

"아, 그렇구나. 저는 양은주예요. 오빠 이름은요?"

"나 서백호. 충남 온양에서 왔어."

백호와 은주는 간단하게 서로에 관해서 대화하고 바로 다음 연기 연습에 들어갔다. 저녁에 연기연습이 끝나고 백호는 은주와 같이 영등포역으로 갔다. 영등포역 안 분식집에 들어갔는데, 거기에 한희경과 나주애가 있었다.

은주가 말했다.

"언니들은 여기서 저녁을 먹는 거야."

희경이가 백호와 은주를 의아한 듯 보며 말했다.

"어? 너 백호하고 언제부터 친했니?"

뚱한 표정으로 백호가 말했다.

"누나, 친해진 것이 아니라 오늘 수업을 같이 들어서 저녁을 먹으려고 왔어."

백호와 은주는 그녀들이 앉은 테이블에 합석했다. 은주는 테이블 위에 있는 소주병을 보고 놀라워하며 백호의 얼굴을 보았다. 백호는 어찌 된 영문이지를 아는 것처럼 그녀들 잔에 술을 따라주었다.

술기운에 머리를 내둘리며 주애가 말했다.

"너, 너희들은 김밥 먹어라. 언니! 여기 김밥 두 줄. 그리고 소, 소주 한 병 더."

주애가 소주를 시키자 제지하려고 했던 희경이가 말했다.

"주애야! 나 다음 달부터 성인영화에 출연한다. 그런데 영화 제목이 뭔지 아니? '참새는 방앗간을 좋아한다.' 진짜 웃겨서."

희경이 헛웃음을 치니, 주애가 정색하며 말했다.

"어? 나도 그 영화에 출연하는데?"

백호는 김밥을 받아와서 테이블에 놓고, 은주 앞으로 김밥 그릇을 밀어 주었다. 은주는 먹을 생각이 없는지 그녀들만 보고 있었다.

"은주야! 김밥 먹어."라고 주애가 말했다. 은주는 무엇인가 말하려고 하는지 계속 입을 오물거렸다. 백호는 자기가 알고 있는 것을 말하고 싶었지만, 그녀들이 있어서 말하지 않고 김밥만을 먹었다.

"은, 은주야, 너 여기 학원 그만 다녀. 이 학원 아주 나쁜 곳이야."라고 술에 취해 풀린 눈으로 주애가 말했다.

말씨에 술기운이 잔뜩 묻은 채 주애가 백호를 보며 다시 말했다.

"백호, 너는 남, 남자니깐 괜찮아. 그러나 여, 여자인 은주는 여기 다니면 안 돼. 절대 안 돼. 3학년인 조, 조미경이 보라고. 그 애 지금 영, 영화제작사 사장하고 살고 있잖아."

은주는 조미경 이야기를 듣고 놀라서 말을 제대로 하지 못했다.

"주, 주애 언니! 미, 미경 언니가 동, 동거하고 있다고. 그럼, 연기가 싫어서 그만 둔 것이 아니야?"

조미경은 2년 동안 연기학원에 다녔다. 그런데 6월에 은주에게 연기에 싫증이 난다며 그만 두었다. 은주는 그렇게 알고 있었는데, 지금 사실과 다른 이야기를 듣고 있는 것이었다. 백호도 놀라기는 마찬가지였다.

숟가락으로 국물을 뜬 채 주애가 말했다.

"뭐, 싫어서. 웃기네. 이, 이 학원 원장이 배우지망생 여자애들을 영화제작사나 연예부 기자 그리고 기업 사장 등에게 접, 접대한다고 알았니. 나도 희경이도 당, 당했어. 그래서 원장이 영화에 출연을 시켜주는 것이라고. 그것도 성, 성인영화에. 왜? 더 잘 팔리라고. 진짜 개 같은 연기학원이야. 아니지. 진짜 연기를 제대로 가르치는 학, 학원이지."하며 웃는데 그 웃음에 슬픔이 가득했다.

백호와 은주는 그녀들의 말을 듣고 할 말을 잊어버렸다. 선데이서울과 성인잡지에서나 나오는 사건이 지금 자기들이 다니는 학원에서 벌어지고 있었다니 놀라움을 넘어 기가 막혀서 말이 나오지 않았다. 백호와 은주는 분식집에서 나와 영등포역 밖으로 나갔다.

은주가 말했다.

"저는 이번 달까지만 다닐 거예요. 학원이 너무 무서워서 못 다니겠어요."

"나도 누나들 이야기 듣고 생각중이야."

"그래도 오빠는 계속 다니세요. 남자는 괜찮다고 하잖아요."

백호는 은주를 보며 혼잣말하듯 중얼거렸다.

"세상이 미쳐 돌아가고 있구나. 인신매매로 아주머니들이 집에서 사라지고 있다고 매일 9시 뉴스에 나오는데, 이젠 연기학원에서 발 벗고 나서서 성매매를 해. 내가 과연 이런 곳에 더 다닐 필요가 있을까?"

은주가 버스타고 집에 가는 것을 보고, 백호는 영등포역 매표소에서 온양으로 내려가는 기차표를 샀다. 역 안에 있는 것이 답답해서 플랫폼으로 나와서 기차를 기다렸다. 백호는 청소년 드라마에 출연하기 위해 열심히 연습했는데, 추잡스러운 일이 학원에 발생하니

다니고 싶은 마음도 없었지만, 그렇다고 다른 방법도 없었다. 다른 연기학원으로 다니고 싶었지만, 연기수업시간이 평일 오후라 힘들었다. 선로 반대편에 있는 사람들을 보니 그들은 어떠한 걱정도 없는 것 같았다. 토요일 저녁에 한가롭게 기차타고 의정부나 춘천으로 놀러가는 사람들로 보였다. 백호는 기차가 들어온다는 소리를 듣고 상념에서 깨어났다. 온양역에 도착해서 역전파출소 옆에 자물쇠로 채워 놓은 자전거를 타고 집으로 갔다.

다음날 일요일.
백호는 온양역에서 기차표를 사서 개찰원에게 보여주고 개표구를 나가려고 했다. 개찰원이 백호를 보며 말했다.
"너, 주말마다 영등포에 왜 가니?"
"네? 저 연기학원에 다녀요."
"연기학원? 그 뭣이냐. TV에 나오는 배우가 되게 하는 학원을 말하는 거지."
"네."
백호가 개표구를 빠져 나오는데 뒤에서 사람들의 수군거림이 들렸다.
"저 얼굴로는 연예인을 할 만한 인물이 아닌데. 수사반장에서 범인이며 몰라도."
"진짜, 저 아저씨가 나를 어떻게 보고."
백호는 개표구에 서 있는 개찰원을 보았지만, 때마침 몰려드는 승객들 때문에 그는 표를 확인하느라 정신이 없었다. 연기학원에 도착해서 연기실 안을 둘러보니 열댓 명 정도가 있었다. 남자들 여섯 명과 여기저기에 흩어져서 앉아있는 여자들이 무대를 보고 있었다. 은주도 무대를 보며 주애가 연기하는 것을 지켜보고 있었다. 주애의 상대역은 30대의 남자였다. 지금 그들은 전원일기에서 방영한 것으로 연기연습을 하고 있었다. 백호는 은주 옆에 가서 앉았다.

은주가 백호를 보고 가볍게 목례를 했다. 백호는 살짝 웃어주며 무대를 보았다. 한소명 원장이 동작과 표정 등을 일일이 지적하며 다시 하라고 소리쳤다. 그렇게 몇 번을 더 연습했다. 오후 늦게 백호도 연기연습이 끝나고, 학원을 나오려고 하는데, 한소명 원장이 학원생들에게 말했다.

"다음 주 일요일에는 여의도 KBS에 방문하니 토요일까지 증명사진 하나씩 제출하세요. 드라마 세트장을 직접 보니 빠지지 말고 다들 나오고. 알겠어요."

"네에."

모두가 크게 대답했다. 백호는 학원 밖으로 나가는 은주를 보고 뛰어갔다. 은주는 희경과 주애와 같이 걸어가면서 대화하고 있었다. 백호는 뒤를 따라가며 그녀들의 이야기가 끝나기를 기다렸다. 주애가 뒤를 돌아보고 다시 은주와 이야기를 계속했다. 도로를 건너서 희경과 주애는 영등포역으로 들어가고, 은주는 버스 승강장으로 향했다.

"은주야!"하고 백호가 불렀다. 은주는 뒤를 돌아보았다. 백호가 은주에게 다가가서 말했다.

"너도 증명사진 낼 거니?"

"이번 달까지만 다니지만 그래도 사진은 내야 하지 않겠어요."

백호는 은주에게 역 안에 사진관이 있다며 같이 가서 증명사진을 찍자고 말했다. 그들은 영등포사진관에서 사진을 찍고, 백호가 다음 주에 찾아서 준다고 하면서 헤어졌다.

백호는 학교에서 1학기 기말고사를 보았다. 그런데 첫 시간부터 답안지에 문제 1번부터 5번까지는 1번을, 문제 6번부터 10까지는 2번을, 문제 11번부터 15번까지는 3번을, 문제 16번부터 20번까지는 4번으로 찍고 잠을 잤다. 다음 시간도 똑같이 했고, 화요일, 수요일, 목요일에도 똑같이 답안지를 작성해서 제출했다. 시험이 끝난 목요일 오후에는 학교 운동장에서 친구들과 농구하며 시간을 보냈다. 금요일에는 친구들과 아산고 삼거리에 있는 전자오락실에서 오후를 보내고, 저녁에는 3학년 선배 부모님이 운영하는 넘버원 당구장에 가서 알바를 하며 시간을 보냈다. 고대하던 토요일에는 오전 수업이 끝나자마자 온양역으로 달려가서 영등포행 기차를 탔다. 영등포역에 도착해 영등포사진관에 들러서 사진을 찾았다. 백호는 은주의 증명사진 봉투에서 사진 하나를 꺼내 자기 지갑 사진첩에 넣었다. 횡단보도를 건너 학원에 도착하니, 사람들이 별로 없었다. 백호는 자기가 너무 일찍 왔나 생각했는데 은주도 없고, 친한 누나들도 없었다. 사무실에 가니 사무실 집기가 전부 없어졌고, 어지럽게 여기저기에 쓰레기만 가득했다.

백호는 연기실로 뛰어가서 학원생들에게 말했다.

"학원이 왜 이래요. 지금 사무실에 아무것도 없어요."

학원생들은 백호를 쳐다만 볼 뿐 말이 없었다.

백호 뒤에서 주애가 말했다.

"떠들지 마. 그냥 밖으로 나가자."

"지금 이게 떠들 상황이 아니에요.. 그럼, 누나는 원장이 야반도주한 것을 알고 있어서요."

주애도 뭐라고 할 이야기가 없었다. 주애도 오후 1시에 학원에 도착하니 문만 열려 있었고, 사무실 경리도 없어서 모두 점심 먹으러 갔구나, 라고 생각했는데 아무리 기다려도 경리가 오지 않아서 사무실에 들어갔더니 텅 비어 있었다고 했다. 다른 학원생들도 주애가 더 알고 있는 것이 있나, 하며 주애 입만 쳐다보았다.

주애가 말했다.

"나도 아는 게 없어요. 학원에 도착하니 아무도 없었다고요."

계단에서 사람들이 올라오는 소리가 들렸다. 연기실 문이 열리며 은주와 희경이가 들어왔다. 처음 보는 아저씨하고 아주머니도 같이 들어왔다.

주애가 말했다.

"은주야, 저 분들은 누구야?"

"이 아저씨는 평일에 연기를 배우는 분이고, 저 아주머니는 드라마에 단역으로 나오시는 분이에요. 우리 학원 소속이래요."

화가 난 듯 아주머니가 말했다.

"우리 학원은 무슨? 여기 지금 수사를 받고 있어요. 고등학생 학부모가 자기 딸이 매춘부가 되었다고 고발해서 경찰서에서 원장이 조사를 받고 있다고."

아저씨도 말했다.

"그 학부모 가족 중에 검찰 고위 간부가 있어서 사실을 확인했데요. 이제 이 학원 문 닫는다고 나 강사가 말했어요."

여기저기서 "아이고, 내 돈." "헐?" "이제 어떻게 하나?"하는 말들이 들렸다. 백호는 은주, 주애, 희경을 보았는데, 그녀들도 입을 다물지 못했다.

"씨발. 그럼 난 어떻게 하냐고. 그 새끼들한테 다 줬는데."하며 주애가 울기 시작했다. 희경도 울고, 무대에 앉아 있던 한 여자도 울었다. 은주가 백호의 손을 잡고 밖으로 나왔다. 그들은 계단을 통해 학원을 빠져 나와서 옆 건물 지하 음악다방에 들어가서 앉았다.

종업원에게 커피를 시키며 은주가 말했다.

"오빠는 어떻게 할 거에요. 저는 이제 연기학원을 그만두고, 타자 학원이나 다니려고요."

"나?"

백호도 막막하기는 마찬가지였다. 연기학원에서 단역 배우라도 시켜주면 열심히 하려고 했는데, 이제 그 꿈이 훨훨 날아서 멀리, 아주 멀리 날아가고 있었다.

"나? 미치겠네. 책상에 앉아 봤어야 공부를 하던지 하지. 학교 친구들에게는 드라마에 출연한다고 사인까지 해 주었는데."

은주가 놀라며 말했다.

"오빠, 드라마에 출연해요."

"아니. 친구들에게 뻥쳤지. 그런데 원장은 조사받고, 강사는 도망 갔고, 학원은 쫄딱 망했지. 이제 어떻게 하지."

백호와 은주는 말없이 음악다방 스피커에서 흘러나오는 전영록의 '내 사랑 울보'을 듣고 있었다.

"그 고운 두 눈에 눈물이 고여요.
그 무슨 슬픔이 있었길래 울고 있나요.
내 앞에서만은 눈물은 싫어요.
당신의 그런 모습을 보면 내 맘이 아파요.
내 사랑으로 당신의 아픔 감싸 줄께요.
이 두 손으로 당신의 눈물 닦아 줄께요.
내 당신만을 변함없이 사랑하고 있어요.
당신의 슬픔 나의 슬픔이니 우리 함께 나눠요.
이제는 웃어요. 그리고 날 봐요.
당신의 웃는 모습을 보니 내 맘이 흐뭇해.
지나간 괴로움 모두 다 잊고서
당신과 나의 영원한 꿈을 이제는 꾸어요."

따라 부르던 은주가 일어나면서 여의도 광장에 가서 스트레스를 풀자고 말했다. 백호도 가슴이 답답해서 아무도 없는 넓은 광장에 서 소리를 막 지르고 싶었는데 잘 되었다며 다방에서 나왔다. 그들 은 도로를 건너 영등포역 택시 승강장으로 갔다. 맨 앞에 있는 택 시에 타서 여의도로 가자고 하니 택시기사가 못 간다고 하면서 내 리라고 했다. 뒤에 택시도 마찬가지로 그들에게 내리라고 했다.

화가 난 은주가 말했다.

"오빠, 안 되겠어요. 그냥 버스타고 가요. 가깝다고 택시가 안 가는 거예요."

백호와 은주는 조금 걸어가서 여의도로 가는 버스를 탔다. 토요일 오후라 버스에는 많은 사람들이 있어서 백호가 은주 옆에 딱 붙어서 입석손잡이를 잡게 했다. 그들은 여의도에 도착했는데 날씨가 더워서 그런지 사람들이 별로 없었다. 은주는 여의도 광장 한가운데로 걸어갔다. 한강과 쌍둥이 빌딩을 바라보며 양손을 입에 대고 크게 소리를 질렀다.

"야, 이 나쁜 놈아! 잘 먹고 잘 살아라. 한소명! 너는 진짜 나쁜 놈이다."

백호는 그런 은주를 보며 마음이 아팠다. 은주도 연기에 욕심이 있었다는 것을 그제야 알게 된 것이다.

은주가 덤덤한 표정으로 말했다.

"오빠! 오빠도 크게 소리를 질러 봐요. 진짜 속이 다 시원해요."

백호도 양손을 입에 대고 소리를 질렀다.

"한소명! 너 진짜 나쁜 새끼다. 진짜, 진짜 나쁜 놈이다."

백호도 소리를 지르니 진짜 속이 시원했다. 은주가 여의도광장을 달리기 시작했다. 백호도 은주 뒤를 따라 달리며 소리를 마구 질렀다. 은주가 "야, 한소명! 이 나쁜 놈아!"하며 소리를 질렀다. 은주가 자전거 대여하는 곳에서 멈추었다.

"백호 오빠! 오빠는 자전거 탈 수 있어요."

"엉? 어."

"그럼, 저에게 자전거 타는 법을 가르쳐 주세요."

은주는 호주머니에서 돈 천 원을 꺼내 자전거 하나를 빌렸다. 은주는 자전거를 끌고 와 백호 앞에 섰다.

"자전거는 탈 수 있는데 여기서 넘어지면 아플 텐데. 그리고 너무 더워."

"그러니깐, 오빠가 잘 가르쳐 주세요. 30분 만에 다 배울게요."

백호는 자전거 뒤로 가서 잡아주고 은주에게 안장에 앉으라고 했다. 자전거가 넘어지지 않게 잡아주면서 은주에게 페달에 발을 올려서 밟으라고 했다. 은주가 처음에는 무서워서 못 하겠다고 했지만, 백호가 절대 자전거를 놓지 않겠다며 자기를 믿으라고 했다. 은주는 뒤에 있는 백호를 한 번 쳐다보고 안장에 앉아 페달을 밟았다. 자전거가 조금씩 앞으로 움직이면서 앞으로 나아갔다. 백호는 자전거를 따라 달리며 은주에게 더 세게 밟으라고 했다. 은주는 신이 나서 자전거 페달을 더 세게 밟으며 앞으로 나아갔다.

"은주야, 더 세게 밟아."

은주는 백호의 목소리가 너무 멀리서 들려서 뒤를 돌아보았다. 그 순간에 사고가 일어났다. 은주가 자전거와 같이 뜨거운 아스팔트에 넘어진 것이었다. 백호는 넘어진 은주에게 뛰어갔다. 자전거를 치우고 은주의 몸 상태를 살폈다.

"은주야, 아픈데 없어. 아니 다친 곳이 어디야?"

은주는 환하게 웃으며 말했다.

"다친데 없어요. 넘어지면서 다리로 중심 잡아서 괜찮아요. 그런데 오빠는 왜 내 자전거를 안 잡아 주었어요."

"잡으려고 했는데 네가 너무 잘 타고. 또 빨리 달렸잖아."

"오빠, 나 진짜 잘 타는 거예요."

백호는 양손을 들고 엄지 척을 해 주었다. 은주가 밝게 웃으며 다시 한 번 더 타겠다며 지켜보라고 했다. 은주는 혼자서 여의도 반 바퀴를 돌고 백호에게로 왔다. 은주가 환하게 웃으며 말했다.

"오빠도 저와 같이 타요?"

백호도 대여점에서 자전거를 빌려와 은주와 같이 탔다. 백호는 은주가 보는 앞에서 핸들에서 손을 떼고 팔짱을 끼고 자전거 타는 묘기도 아닌 묘기를 보여주었다. 백호에 그 모습을 보며 은주는 함박웃음을 지었다. 그들은 한 시간 동안 자전거를 타고, 반납하고 나서, 대여점 옆 슈퍼에서 음료수와 아이스크림을 사 파라솔 의자에 앉아 먹으며 뜨거워진 여의도 광장을 바라보았다. 아이스크림을 다 먹어 일어나서 그들은 음료수를 마시며 여의도를 가로질러 KBS 방송국으로 걸어갔다.

음료수를 다 마신 은주를 보며 백호가 말했다.

"은주야, 너는 좋아하는 탤런트가 누구야?"

"음. 저는 최수지나 이상아 같이 청순한 배우를 좋아해요. 그리고 둘이 연기도 잘하잖아요. 오빠는요?"

"당연히 난 멋있는 전영록이지. 부르는 노래마다 가요톱10에서 일등하지. 출연하는 영화마다 주연배우잖아."

"오빠, 전영록은 작곡가, 가수, 영화배우, 감독까지 하는 다재다능한 만능배우잖아요. 그리고 자기가 영화 대본도 직접 쓰고요."

"진짜 그러네. 난 어릴 때부터 '호랑이 선생님'을 보면서 배우를 꿈꿨는데."

"어? 그럼, 고등학교를 안양예술고등학교로 갔어야지요?"

"그게…….."

"실력이 안됐구나."

"실력이 아니라 든든한 빽이 없는 거지."

"에이, 실력이겠지요."

"진짜 아니라니깐."

은주는 토라진 백호를 보며 크게 웃었다. 은주는 토라진 백호의 옆구리를 찌르자 백호도 마지못해 웃으며 말했다.

"은주야, 그런데 너 여기 지리를 잘 아는 것 같은데?"

"전 여기 영등포여자고등학교에 다녀요. 우리 학교 앞에 빌라촌에 살고 있으니 여의도가 바로 우리 동네지요."

"너 학원 끝나면 버스타고 집에 갔잖아?"

"버스요? 아, 그것은 부모님이 구로에서 식당을 하셔서 도와주려고 간 것이고요."

은주는 백호를 보고 다시 말했다.

"저는 형제들이 없어요. 집에서 항상 혼자 있는 게 싫어서 주말마다 구로식당에 가거든요. 그런데 오늘은 오빠 덕분에 내 소원 하나를 풀었네요."

"소원?"

"여의도에 올 때마다 부러운 것이 있었거든요. 친오빠가 뒤에서 자전거를 잡아주며 여동생에게 가르쳐 주는 것이 제일 부러웠거든요. 그런데 그 소원을 오늘 이루어졌잖아요."

은주는 백호를 보며 활짝 웃었다. 백호도 밝게 웃는 은주를 보고 같이 웃었다.

백호가 말했다.

"은주야, 앞으로 나한테 존댓말 하지 마. 그냥 친오빠같이 반말하는 게 더 좋을 것 같은데."

"그래도 저보다 나이가 많은데 어떻게 반말을 해요."

"존댓말하면 은주, 네가 멀게만 느껴져."

"그래도……."하며 머뭇거리더니, 은주가 결심한 듯 말했다.

"알았어. 백호 오빠, 이제부터 말 놓을게."

"그래. 그렇게 말하니 좋잖아."

"네, 아니 응. 나도 백호 오빠가 친오빠 같아서 너무 좋아."

그들은 KBS 방송국에 도착해서 좁은 골목으로 은주가 먼저 걸어갔다. 골목 끝 한 식당 앞에 멈추더니 은주가 안으로 들어갔다. 백호도 은주를 따라서 들어갔다.

"오빠, 여기 냉면 진짜 맛있어. 점심에는 사람들이 줄서서 먹는 곳이야."

백호가 식당 안을 둘러보니 늦은 오후인데도 사람들이 많았다.

"너 여기에 와서도 먹어 봤어?"

"중학생 때 주말에 집에 있으면 혼자 심심해서 여의도에 와서 사람들 노는 것 구경하고, 저녁에 혼자 이 식당에 와서 냉면을 먹고 다시 걸어서 집으로 갔지. 그게 나도 모르게 주말에 하나의 일상이 되어 있었어. 그래서 고등학교 올라와서는 심심해서 연기학원에 다니게 된 것이고."

　백호는 은주가 어릴 때부터 혼자라 많이 심심했다는 것을 알았다. 백호는 은주가 부러웠다. 백호는 동생만 두 명이다. 자기 방도 없고, 동생들에게 무슨 말만 하면 부모님에게 일러바치는 통해 동생들이 싫었다. 남동생은 아산중학교에 다니는데 전교 1등에 장학생이라서 더 싫었다. 막내 여동생은 삼화여자중학교에 다니는데 여자 필드하키를 한다고 스틱인지 각목인지 들고 다니며 백호를 위협해서 싫은 것이 아니라 무서워하는 여동생이었다. 여동생은 화가 나면 백호를 때리기 때문에 바로 두 손으로 빌며 미안하다고 말했다. 그런데 은주는 말도 예쁘게 하고, 상냥하며, 애교도 많아서 마음에 들었다.

　"오빠, 나 그만보고 냉면 먹어."

　"어? 그래."

　백호는 얼굴이 빨개져 대꾸하고 냉면을 먹었다.

　"야, 이 비빔냉면 진짜 맛있다."

　백호는 입에 냉면을 물고 은주를 향해 엄지 척하고 먹었다. 은주는 그런 백호를 바라보며 웃었다. 식사가 끝나서 백호가 계산하려고 하는데, 은주는 자기가 데리고 왔으니 자기가 계산해야 한다고 했다. 식당을 나와 은주와 같이 영등포역까지 대화하며 걸어왔다. 은주는 자기 집까지 10분 거리라며 백호에게 기차타고 집에 가라고 했다. 백호는 장항선 기차를 타고 온양으로 내려가는 기차 안에서 많은 생각을 했다. 오늘 학원에서 있었던 일, 여의도에서 은주에게 자전거 타는 방법을 가르쳐 주고 함께 냉면 먹었던 일, 그리고 은주와 40분 넘게 영등포역까지 걸어오면서 나누었던 이야기 모든 것을 생생하게 기억하기로 했다. 백호에게는 오늘이 마치 꿈 같은 나날이었다. 집에 도착해서 씻고 바로 잠을 잤다.

　아침에 어머니가 깨워서 백호는 일어났다.

"백호야! 지금 뉴스에 나오는 저기가 네가 다닌다는 학원이 아니 겠지?"

주방에서 어머니가 하는 말씀에 놀라 일어나서 KBS1 아침뉴스를 보았다. 백호는 텔레비전 볼륨을 높였다.

"서울 모 연기학원에서 연기를 가르친다며 여자 학원생들을 모집 하여 성매매 한 것을 경찰이 수사로 확인했다고 합니다. 학원 원장 한모씨와 그리고 경리 송모씨가 조직적으로 여자 학원생들을 모집 해서 압구정에 캉캉69 카페를 열고 그곳에서 성매매를 했다고 경 찰이 밝혔습니다. 또한 고등학생인 조모양을 영화제작사 사장 K씨 와 동거하도록 한 혐의도 받고 있다고 합니다. 자세한 것은 취재 기자 김……."

백호는 뉴스를 듣고 아침도 먹지 않고 나가려고 했다. 신발을 신 으며 현관문을 나가려고 하는데 여동생 지현이가 각목을 들고 서 있었다. 각목처럼 생긴 하키 스틱을 닦으며, 지현이가 말했다.

"야! 너 아침부터 어디 도망가려고. 다 필요 없고 밥 좀 차려와 라. 나 배고프다."

"나 지금 서울 연기학원에 가야 하는데."

"계란 프라이 두 개."하며 스틱을 다시 닦기 시작했다.

백호는 여동생이 무서워서 프라이 두 개를 밥상에 차려서 받쳤다. 남동생 청룡도 방에서 나오며 말했다.

"나도 프라이 두 개."

백호는 또 프라이 두 개를 해서 남동생에게도 갔다 받쳤다. 백호 는 안방과 뒤란을 보았는데, 부모님은 벌써 담배 밭으로 가셨는지 보이시지 않았다. 그렇다면 설거지도 하고 서울에 가야 하는 것이 다. 백호는 동생들이 다 먹기를 기다리는데, 지현이가 말했다.

"야! 넌 밥 안 먹어. 여기 내가 남긴 것 마저 다 먹어라. 그리고 설거지는 꼭 하고."

"형, 내 것도 설거지."하며 동생들은 자기 방으로 들어갔다. 백호는 밥상을 들고 주방으로 가려고 했다.

"야! 내가 너에게 남긴 것 다 먹으라고 했지."

"엉?"

"부모님께서 어렵게 농사를 지어 차린 음식을 버리면 그것이 불효자다. 알았어."

백호는 깜짝 놀라서 밥상을 내려놓고 지현이 남긴 밥을 다 먹었다. 지현은 그 모습을 보고 웃으며, 각목을 어깨에 올리고, 자기 방으로 들어갔다. 백호는 깨끗하게 설거지를 하고 이빨도 딱지 않고 서울로 출발했다. 영등포역에 도착해서 학원으로 뛰어갔다. 학원에 도착하니 10시가 조금 넘었다. 연기실에 들어가니, 은주하고 다른 여자 한 명만이 있었다.

은주가 말했다.

"백호 오빠, 왔네."

"은주야! 뉴스에 나온 것이 모두 사실이야."

은주 옆에 있는 여자가 말했다.

"모두 사실이야. 지금 사람들이 영등포경찰서로 갔어. 학원비는 돌려받기는 힘든데."

백호는 돈이 문제가 아니었다. 5월부터 다녀서 올해는 단역 배우라도 할 수 있다고 믿고 열심히 했는데, 하루아침에 모든 꿈이 날아가서 너무 괴로웠다.

안쓰럽게 백호를 바라보며 은주가 말했다.

"여기 이 언니는 이번 달에 들어와서 피해를 본 것이 없지만, 다른 사람들은 영등포경찰서에 진정서를 넣어야 한다며 모두 경찰서로 갔어."

백호는 은주가 무슨 말을 하는지 알아듣지를 못했다. 내일 학교에 가면 친구들한테 놀림 받을 생각하니 앞이 캄캄했다. 학원생들 몇 명이 들어와서 떠드는 바람에 백호는 밖으로 나왔다. 은주도 백호를 따라서 나왔다. 그들은 횡단보도를 건너 영등포역 대합실에 앉

아서 지나다니는 사람들을 보고 있었다. 텔레비전에서는 86서울아
시아게임 재방송이 계속해서 나오고 있었다. 백호는 화가 났지만,
그 어디에도 화풀이를 할 수가 없었다. 그렇게 몇십 분을 앉아 있
는데 은주가 말했다.

"오빠! 점심때도 되었는데 우리 집에 가서 밥 먹을래."

백호는 은주가 밥 먹자는 소리보다 집에 가자는 소리가 더 반가
웠다. 은주네 집에 가면 은주의 방도 볼 수 있고, 은주네 집도 알
수 있다는 기대감에 화가 조금 풀렸다. 그들은 일어나서 영등포역
을 나왔다.

"백호 오빠가 우리 집에 처음으로 방문하는 사람이야. 내가 그만
큼 오빠를 믿는다는 거야. 알았지."

백호는 은주가 뭘 믿는다고 말하는 것인지 생각할 것도 없었다.
오직, 은주의 방만 보고 싶을 뿐이었다.

여동생 지현의 방은 완전 쓰레기장이다. 남동생 청룡의 방은 서재
이고, 백호의 방은 거실이었다. 휴일에 거실에서 자고 있으면 여동
생이 깨우며 자기 방을 청소하라고 했다. 구석에 양말하고, 침대
밑에 속옷이 있으며 못 본 척하고 청소하면 뒤에서 여동생 지현이
말했다.

"야, 저기 저거 세탁기에 넣고 빨아서 널어 놔라. 나 내일 입고
간다."

고개를 돌려 지현을 쳐다보면, 발로 엉덩이를 찼다.

"맞기 싫으면 잘 하라고 병신아!"하며 주먹으로 또 때렸다. 백호
는 여동생 속옷과 양말을 빨고 널고 잘 개어서 여동생 침대에 올
려놓았다.

백호는 은주네 집 근처 빌라촌에 도착했는데, 집이 전부 똑같았
다. 현관문도 똑같이 생겼고, 집으로 들어가는 현관도 똑같은 방향

이고, 벽돌색도 똑같았다. 이 집인지 저 집인지를 어떻게 알고 자기 집을 찾아 들어가는 것인지 백호는 그저 신기하기만 했다.

"은주야, 여기 집들이 다 똑같이 생겼는데, 너는 집을 어떻게 알고 찾아들어 가냐?"

"오빠, 뭐야? 우리 충주 할머니하고 똑같이 말하네."하며 은주가 웃었다. 백호가 아무리 보아도 집들이 다 똑같았다. 전봇대가 서 있는 장소도 똑같아서 진짜 별다른 특징을 찾을 수 없었다. 그런데 몇 집은 다른 것을 찾을 수 있었다. 창문이 깨지거나 금이 간 집, 전봇대 위치가 다른 집 그리고 구멍가게 근처 집 등은 백호 자기네 집이라고 하면 찾아 갈 수 있었지만 나머지 집들은 힘들겠다고 생각하며 말했다.

"나, 진짜 여기 와서 다시 너희 집을 찾으라고 하면 못 찾을 것 같다."

"오빠는 바보야. 위에 글자를 보라고. 여기는 덕흥, 저쪽은 개나리, 이쪽에는 장수빌라. 그리고 우리 집은 저기 대진빌라 C동 3층. 이제 알겠어?"

"아! 벽에 빌라 이름이 있구나. 나는 창문하고 현관만 보았지."

백호는 은주를 따라 대진빌라 3층 302호에 들어갔다. 집에 들어가니 방 2개와 작은 거실이 있는 집이었다. 은주는 잠깐만 기다리라며 자기 방으로 들어가서 옷을 갈아입는다고 했다. 백호가 거실을 보니 소파와 텔레비전이 있고, 소파 옆에는 큰 전축이 있었다. 전축 옆에는 오래된 책들이 몇 권이 있었다. 주방을 보니 4인용식탁이 있고, 싱크대는 진그레이 색상이었다.

은주가 방에서 나오며 말했다.

"오빠, 우리 집을 왜 그렇게 살펴봐?"

"엉? 그게…… 너무 깨끗해서."

"우리 엄마가 좀 부지런해."

은주는 주방으로 가서 냉장고에서 반찬을 꺼내 식탁에 차렸다.

"오빠, 오늘 아침에 엄마가 한 반찬 밖에 없어. 그래도 많이 먹어야 돼."

은주는 말하고, 보온밥솥에서 밥을 퍼서 식탁에 놓았다. 백호는 식탁에 앉아 은주가 차려준 밥을 먹으며, 이대로 시간이 멈추었으면 좋겠다고 생각했다. 아니, 세월이 빨리 지나가서 일요일 점심에 아내인 은주가 차려준 소담스러운 밥상에 앉아 맛있게 먹는 자신을 상상했다. 식사를 다하고 은주와 함께 개수대에서 설거지했다. 은주가 자기 방을 구경시켜 준다고 해서 백호는 조금 긴장됐다. 백호는 은주의 방을 보면서 같은 여자인데 자기 여동생과 비교가 되었다. 은주의 방은 향기도 좋았고, 정리정돈이 잘 되어 있었지만, 여동생 지현의 방은 그냥 돼지우리와 똑같았다.

은주의 방은 다른 빌라 쪽으로 창문이 나 있었고, 하얀 장미꽃이 핀 커튼이 걸려있었다. 문 옆에 침대가 있었고, 그 침대에는 요술공주 밍키 그림이 있는 베개와 이불이 잘 개어져 있었다. 백호는 요술공주 밍키가 은주와 잘 어울린다고 생각했다. 벽지는 편안함을 주는 파스텔의 부드러운 컬러라 정서적 안정감으로 준다고 느꼈다. 흰색 원목책상과 핑크색 주니어장은 붙어 있었다. 책상에는 무지개 갓 스탠드가 놓여 있었고, 연기학원에서 보았던 대본집과 일기장이 있었다. 그리고 책꽂이에는 고등학교 교과서와 참고서와 시집들이 꽂혀 있었다. 백호는 다시 책상위에 일기장을 보았는데, 그 일기장에는 무슨 내용을 썼고, 백호 자기에 관해 어떤 내용을 썼을까 아니면 아예 한 글자도 쓰지 않을 수도 있다는 궁금증이 밀려와 너무 보고 싶었다. 은주는 백호가 자기 일기장을 보는 것을 알고, 일기장을 책상 서랍에 넣으며 말했다.

"오빠, 이 일기장은 내 프라이버시야."

"엉?"

백호는 무안해서 호주머니에서 사진을 꺼내 은주에게 주었다.

"웬 사진?"

"증명사진."

은주는 고개를 끄덕이며 봉투에서 사진을 꺼내 보았다.

"어, 사진이 한 장이 없네. 그런데 왜 이 안에 오빠 사진이 있어?"하며 백호를 보았다. 백호는 뭐라고 말을 하기는 해야 하는데 입이 얼어서 열리지가 않았다. 은주가 다시 말했다.

"백호 오빠! 나 좋아해?"하며 은주가 맑은 눈으로 백호를 쳐다보았다. 백호는 또 무슨 말을 해야 하는데 말문이 막혀 버렸다. 은주는 웃으며 두 손으로 백호의 볼을 감싸 잡고 입맞춤했다. 그 순간 백호는 얼굴이 너무 빨개져서 쥐구멍이라도 숨고 싶었다. 숨도 제대로 쉴 수가 없었고, 혈압이 상승하기 시작했다.

얼굴에 미소를 머금은 은주가 말했다.

"난 오빠를 처음 보았을 때부터 좋아했어. 그런데 오빠는 연기수업이 끝나면 바로 역으로 가서 섭섭했는데. 이제 오빠가 날 좋아하니 행복해. 오빠! 내가 첫 키스한 남자는 백호 오빠야. 알았지."

백호도 웃으며 자기 입술에 남은 은주의 체온을 느끼고 있었다. 백호와 은주는 웃으며 집을 나와 손을 잡고 영등포역으로 걸어갔다.

"오빠, 이젠 연기학원이 문 닫았으니, 우리 못 만나는 것은 아니겠지?"

"나 토요일과 일요일에 영등포역으로 올라와서 널 만날게. 그럼 되는 거 아냐?"

"오빠, 진짜 매주 올라올 수 있어?"

"당근이지."

백호는 대답하며 마음속으로 매주 올라와서 은주와 즐거운 시간을 보내야겠다고 다짐했다.

월요일에 아산고등학교에 등교하니, 반 친구들이 백호를 둘러싸고 학원에서 일어난 사건을 말해달라고 아우성이었다. 백호는 친구들을 둘러보며 조용히 하면 이야기해 주겠다고 말했다. 교실 맨 끝에서 필드하키 선수인 친구가 백호를 손가락으로 부르고 있었다. 백호는 그 친구가 있는 곳으로 갔다. 백호가 그 친구 앞에 서 있으니 친구가 일어나서 백호의 오른쪽 뺨을 때렸다. 다시 왼뺨을 또 때렸다. 백호는 얼굴을 감싸며 쓰레기통 쪽으로 넘어졌다.

"일어나, 새끼야! 확 죽여 버리기 전에."

백호는 그 소리를 듣고 벌떡 일어나 차렷 자세로 서 있었다.

"너, 새끼야! 아침에 쪽문으로 해서 운동장 한가운데로 등교했지?"

"어? 그게…… 어떻게 하다 보니."

친구가 다시 오른 주먹으로 백호의 배를 가격했다. 백호는 "헉" 소리를 내며 주저앉았다. 그 친구가 팔로 백호의 머리를 잡고 조이기 시작했다.

"아아아. 아, 아파. 진, 진짜 머리가 깨지는 것 같이 아프다고. 성기야, 살려줘."

"야, 김성기! 그만해."

성기는 백호의 머리를 풀어주며 다시 주먹으로 배를 가격했다. 백호는 "헉" 소리를 내며 쓰러졌다. 그만하라는 친구가 백호를 일으켜 세우며 오른발로 성기를 밀어버렸다. 성기는 뒤로 넘어졌다가 다시 일어났다.

"안정재, 이 새끼가."하며 성기가 뛰어와 주먹을 휘둘렀다. 정재는 백호를 옆으로 밀며, 성기의 날아오는 오른팔을 잡고 덤블링을 했다. 성기가 크게 소리를 질렀다.

"아얏. 내 팔! 팔!"

"까불지 마라. 내가 힘주면 넌 영원히 하키를 못 한다. 알겠어, 김성기!"

"항복. 항, 항복한다고. 정재야!"

정재는 성기의 팔을 풀어주면 뒤로 빌어 버렸다. 성기는 아픈 팔

을 잡고 정재를 노려보았지만, 고개를 쑥이고 맨 뒤 자기 자리로
가 앉았다. 백호도 자리에 앉으며 정재가 한 동작을 머릿속으로 그
려 보았다. 백호는 죽었다가 깨어나도 못할 동작이었다. 수업종이
울려서 백호와 반 친구들은 수업준비를 했다.

여름방학이 끝나가는 토요일에 안 좋은 소식을 백호는 듣게 되었
다. 성기가 퇴학당한 친구들을 데리고 정재가 태권도 끝나는 시간
에 맞추어 남산에 올라가서 패싸움을 했는데, 성기가 쇠파이프로
정재의 머리를 가격하는 바람에 천안순천향병원에 입원했다는 것
이었다. 백호는 그 소식을 듣고 천안으로 갔다. 입원실에서 누워있
는 정재를 찾았다. 백호는 정재의 얼굴을 확인하고는 보호자용 침
대를 끌어당겨 앉았다. 정재는 미안해하는 백호의 표정을 보고, 환
자용 서랍에서 음료수를 꺼내 백호에게 주었다. 백호는 음료수를
따서 마시면서 말했다.

"정재야, 미안해. 나 때문에 네가 다쳐……."

"백호야, 미안할 것 없다. 운이 나빠서 그런 거지."하며 정재가
백호의 손을 잡아 주었다. 백호도 정재의 손을 잡았지만, 정재만큼
손아귀에 힘이 없었다. 삼십 분 정도 병문안을 마치고 병원을 나와
백호는 현충사로 가는 버스를 타며 생각했다.

'성기가 졸업은 할 수 있을까? 정재는 괜찮다고 하지만, 살인미수
로 경찰서에 신고가 된 사건인데…….'

아산고등학교 임광선 교장은 성기의 앞날을 생각해서 2주 정학처
분과 봉사활동 30시간으로 마무리를 하려고 했다. 그러나 성기가
이 사건 이후로 학교에 나오지 않았고, 어디론가 사라져서 다시는
나타나지 않았다. 이때부터 성기의 소식을 한동안 들을 수 없었다.
학교도 대한민국도 평화로움으로 한 해가 저물어 갔다.

백호는 3학년에 올라가면서 공부보다는 은주에게 빠져들었다. 매
일 거실에서 자면서 부모님 몰래 은주와 통화했고, 일요일에는 서

울에 올라가서 은주와 즐거운 시간을 보냈다.

초여름이 시작되는 토요일 밤에 백호가 은주에게 전화했다.

"따르릉. 따르릉. 따르릉."

"여보세요."

"……?"

백호는 아무 말도 하지 않고 가만히 있었다.

"백호 오빠지? 나 다 알아. 이젠 오빠 숨소리만 들어도 알 수가 있다고."

그래도 백호는 대답하지 않았다.

"아닌가? 전화 끊겠습니다."하며 은주는 수화기를 내려놓으려고 했다.

"은주야, 나야. 백호 오빠라고."

"그런데 왜 아무 말도 안 해."

"조금 전에 화장실에서 남동생이 나와서."

은주는 웃으며 백호의 표정을 생각했다.

"은주야. 지금 라디오 들을 수 있니?"

"라디오는 내 방에 있는데."

백호는 라디오를 들고 거실로 나오라고 했다.

"오빠, 잠깐만. 전화 끊지 말고 기다려."

은주는 전화기 코드를 빼서 자기 방으로 들어가서 전화 코드에 꽂고 백호에게 말했다.

"오빠, 이제 말해도 괜찮아. 우리 집은 내 방에서도 전화할 수 있어."

"은주야, 지금 KBS2 라디오를 틀어 봐."

은주는 백호가 말한 KBS2 라디오를 틀어서 '밤을 잊은 그대에게' 듣고 있었다. 줄여서 '밤그대'에서는 최수종과 하희라가 '사랑 고백'이라는 주제로 사연을 받아, 신청곡을 들려주고 있었다. 백호는 수화기 너머로 들려오는 유열의 '지금 그대로의 모습으로' 노래를 듣고 있었다. 백호는 숨을 죽여가면서 거실에서 라디오 볼륨을 작게 해서 듣고 있었다. 백호는 마음속으로 간절하게 기도하고 있으면서도 안방과 청룡과 지현의 방을 보았다. 청룡은 MyMy 카세트를 들으며 공부를 하는지 조용했고, 지현의 방에서는 지현의 코고는 소리만 들렸다. 안방에서도 아버지의 코고는 소리를 들으며 간절하게 기도했다.

'하나님! 부처님! 다음 사연에서는 저의 엽서가 뽑혀서 은주가 들을 수 있도록 해 주세요. 제발 제 간절한 기도를 들어 주세요.'

밤그대에서는 유열의 노래가 끝나고 광고 방송이 나오고 있었다.

은주가 말했다.

"백호 오빠, 밤그대에 사연을 보냈어?"

"엉? 아니. 내 친구가 보냈다고 해서 같이 듣자고 한 것인데."

"그래. 그럼, 나 그냥 라디오 끄고 공부할 게."하며 은주는 웃었다. 은주는 알고 있었다. 백호가 이렇게 늦은 밤 11시에 전화를 해서 굳이 함께 라디오를 듣자고 한 것은 사연을 보냈기 때문이라는 것을.

백호는 놀라서 은주의 이름을 크게 불렀다.

"은주야!"

백호는 자기 입을 막으며 안방과 청룡의 방, 지현의 방을 살폈다. 모든 방에서는 아무런 반응이 없었다. 백호는 속으로 '휴'하며 작게 은주를 불렀다.

"은주야, 전화를 끊지 마. 그리고 라디오도."

"오빠, 사연 보냈지?"

"……엉. 그, 그게 보냈어. 그런데 안 나올 수도 있고."

때마침 라디오에서는 광고가 끝나고 최수종이 말했다.

"이번 사연은 충남에서 왔네요. 충청도 양반 도시에서 사랑 고백을 보내다니. 와우."

"어머, 진짜네요. 이번에는 최수종씨가 읽겠습니다."라고 하희라 말했다. 백호는 숨도 쉬지 않고 자기가 보낸 사연이 맞는지에 귀를 기울였고, 은주도 숨소리를 죽여 가며 생각했다.

'백호 오빠가 어떤 고백을 할까? 사랑한다고, 아니야. 오빠의 성격에는 그냥 좋아한다고 했을 거야.'

최수종은 목소리를 가다듬고 사연을 읽기 시작했다.

"주에게."

그 순간 백호는 하늘을 나는 기분이었다. 백호가 은주를 '주'라고 불렀고, 은주는 백호를 '호호 아줌마'라고 장난스럽게 불렀기 때문이었다. 은주도 그 소리를 듣고 자기를 부른다는 것을 알았다. 은주도 라디오를 가까이 가져와서 귀에 대고 들었다.

" '나 호호 아줌마야.' 아, 어린이 만화에서 티스푼만큼 작아지는 '호호 아줌마'로 남자 친구에 '닉네임'을 정했나 보군요. 자 , 다시 읽겠습니다. '우리가 만나지는 오래 되었지만 너를 알고 지내지는 채 1년도 안 돼. 그러나 내가 너를 만나서 세상이 아름답고 예쁘게 보였고, 너를 만나서 매일 매일이 즐겁고 행복했어. 일요일에는 네가 사는 서울에 올라가는 기차를 탈 때는 그 누구도 부럽지 않았어. 주야, 네가 먼저 나에게 입맞춤을 했을 때 나는 세상에서 가장 행복한 남자가 되었어. 우리는 아직 어리지만, 나중에 너에게 이 노래처럼 말하고 싶어. 호호 아줌마가.' 사연은 이렇게 끝났는데요."하며 최수종이 말했다.

하희라가 말을 받았다.

"지금 광고를 내보내면 시청자들께서 비난이 쇄도 하겠지요. 최수종씨도 이 노래를 좋아하지요."

"물론, 저도 좋아합니다. 아니, 밤그대를 듣는 모든 분들이 좋아할 것이라고 생각합니다. 그래서 노래를 띄웁니다. 김승진의 '오늘은 말할 거야.' "

라디오에서는 경쾌하게 음악이 흘러나오기 시작했다.

"오늘은 말할 거야.
내 마음에 간직한 사랑한단 그 말 한마디.
타는 가슴 달래길 없어. 도저히 참을 수 없어.
오늘은 말할 거야.
제 아무리 예쁜 꽃을 바라보고 있어도 나에게는 예쁘지 않고,
눈 감아도 눈을 떠도 맴도는 그대 영상 내 마음 애를 태우네.
알면서도 모르는 척 왜 만나면 가벼운 미소만 띄우나.
터질듯 한 이 가슴 사랑의 고백을 오늘은 말할 거야."

은주는 노래를 들으며 양 볼에 눈물을 흘리고 있었다. 백호는 은주가 우는 것도 모르고 속으로 노래를 따라 불렀다. 수화기 너머로 이상한 소리가 들려서 백호가 말했다.
"은주야, 왜 그래?"
"백호 오빠! 지금 라디오 꺼."
백호는 은주가 라디오를 끄라고 해서 껐다. 백호는 은주가 화가 단단히 났다고 느꼈다.
'아, 내가 왜 밤그대에 사연을 보냈나. 이제 어떻게 은주에게 사과하고, 어떤 방법으로 수습해야 하지.'
"은주야! 내가 미안해."
은주는 아무 말도 하지 않았다.
"……?"
"은주야. 나는…….."
"백호 오빠!"
"엉?"
"지금 말해. 지금 말하라고."
"……?"
"오빠! 빨리 말하라고. 말 안하면 이제 오빠를 다시는 만나지 않을 거야."

백호는 은주가 진짜 화가 단단히 났구나, 라고 생각했다.

"은주야, 정말 미안하다. 그리고⋯⋯."

"아니. 노래에서 하고 싶다고 한 그 말을 하라고."

"노래?"

"응."

"⋯⋯노래?"

백호는 그제야 생각났다. 김승진 노래에서 자기가 은주에게 하고 싶다고 한 말.

"은⋯⋯ 은주야, 저⋯⋯ 저, 나 너⋯⋯."

은주는 백호가 떨면서 말하는 것을 침을 '꿀꺽' 삼켜가며 움직이지도 않고 듣고 있었다.

"나⋯⋯ 나⋯⋯ 너를 사 랑 해."

백호가 너무 떨려서 작게 말했다.

"오빠, 잘 안 들려. 크게 말해봐."

"나, 나⋯⋯ 너를 사⋯⋯ 랑⋯⋯ 해."

"백호 오빠, 소리가 이상하게 들려. 다시 말해봐."

백호는 가슴에서 심장이 쿵쾅거려서 미칠 것 같았다. 드라마에서는 배우들이 쉽게 사랑을 고백하는데 백호는 사랑해, 라는 이 말이 입에서는 안 나오고 머리와 혀끝에서만 맴돌기만 할 뿐이었다. 이 세 글자가 영어단어 외우는 것보다 수학 공식 푸는 것보다 더 어렵고 힘든 것 같았다.

백호는 심호흡하고 눈을 감고 크게 말했다.

"사⋯ 사랑해."

은주가 크게 비명을 질렀다.

"꺄악."

백호는 은주가 크게 지른 비명소리가 전화기를 타고 귀를 통해 온 몸을 감전시켰다. 그때 은주의 방문이 열리며 어머니가 들어왔다.

"은주야. 어디 아프니? 왜 그래."

은주는 수화기를 내려놓고 어머니를 거실로 데리고 나갔다. 입술에 손을 대면 '쉿'하며, 다시 자기 방으로 들어갔다.

은주 어머니는 그런 은주를 보며, 혼잣말로 중얼거렸다.

"우리 은주가 남자 친구가 생겼구나."

은주 어머니는 웃으며 안방으로 들어가서 불을 끄려고 했다.

은주 아버지가 말했다.

"은주가 왜 비명을 지른 거야?"

"자다가 악몽을 꾸었나 봐요. 당신도 얼른 자요."하며 웃음을 참으며 잠을 청했다.

은주는 수화기를 들고 백호에게 다시 말했다.

"오빠, 다시 한 번만 더 말해봐."

"엉?"

백호는 더 이상 말을 할 수가 없었다. 배를 깔고 누워 있는 백호를 청룡이 쳐다보고 있었기 때문이었다. 청룡은 백호를 보며 말했다.

"누구하고 통화하는지 모르겠지만 조용히 해라. 지금 자정이다. 넌 내일 일요일이라 신나겠지만, 나는 고1이라 힘들다."하며 자기 방으로 들어갔다. 백호는 청룡 방문을 보며 말했다.

"미안해."

"오빠, 미안해 말고 조금 전에 한 말."

"엉? 사랑해."

백호는 사랑해라는 말이 자기 입에서 이렇게 스스럼없이 나와서 자기도 모르게 입을 막았다. 은주의 행복한 웃음소리가 수화기를 타고 백호에게 들려왔다. 은주가 말했다.

"오빠, 내가 언제든지 온양에 놀러가도 괜찮겠지?"

"네가 여기로 내려온다고?"

"응. 내가 여기 영등포에서 장항선 타고 온양역에 내리면 오빠가 마중 나와 있을 것이 아니야?"

"당근이지. 나 새벽부터 기다릴 수 있어."

"오빠, 새벽은 너무 빠르고."하며 은주는 웃었다. 백호는 은주가
온양으로 놀러온다고 해서 너무 좋았다. 백호에게는 하나의 걱정이
생겼다. 백호는 집에서 하루에 이백 원을 주기 때문에 남는 돈이
없었다. 은주가 놀러온다고 하니 주머니에 돈도 없고, 돼지저금통
에는 더욱 더 돈이 없었다. 아니, 없는 것이 아니라 지현이가 뺏어
가서 십 원짜리 동전 하나도 없었다. 백호는 걱정 아닌 걱정을 하
며 은주와 새벽 2시까지 통화하고 잠을 잤다.

다음날.

은주는 주방에서 설거지하는 어머니를 보고 망설이다가 말했다.

"엄마, 좋아하는 사람이 있다면 그 사람하고 이야기도 하고 싶어
지고, 손도 잡아보고 싶어지는데 이상한 것이 아니지?"

"너 좋아하는 사람이 있니?"

"그런 사람 없어. 우리 반 친구 얘기야."

"거짓말하는 것 같은데. 밤에도 그렇고. 그런데 네 얼굴이 왜
빨……."

은주는 "없어."라고 말하며 자기 방으로 들어갔다. 다시 방문이
열리며 "그냥 친구야."라고 말했다. 은주 어머니는 은주의 방을 보
며 행복한 미소를 지으며 "우리 은주도 이제 다 컸네."라고 혼잣말
했다.

2) 피 끓는 청춘.

303부대의 기원은 1950년에 지리산과 덕유산에서 불꽃사단 별칭
으로 불린 빨치산 부대라고 전해지고 있었다. 1968년 1월 21일에
북한 특수부대 31명이 청와대를 습격하여 정부 요인을 암살하려고
한 김신조 사건, 1971년 8월 23일 실미도에서 북한침투훈련을 받
던 중 가혹한 대우에 견디다 못해 탈영하여 군경과 교전한 실미도
사건, 1974년 8월 15일 광복절 기념식이 열린 서울국립극장에서
육영수 영부인 저격당한 사건, 1983년 10월 9일 아웅산 묘소 폭
탄 테러 등의 사건을 교훈 받아서 위급시 정부 요인 경호와 전시
에는 북한 평양에 침투하여 핵심 인물을 제거하는 목적만을 위해
창설한 부대이며, 별칭도 303불사조부대이다. 한 치의 실수도 용
납하지 않으며, 오직 단 한 번밖에 기회가 주어지지 않기 때문에

혹독한 훈련을 통해 강한 자만이 살아남는다는 전천후 부대이다. 추천한 지원자만이 입대가 가능한 소수 정예로 이루어졌고, 체력과 정신력이 강한 최고의 군인으로 다시 태어나 주어진 임무를 수행하기 위해 고난도 훈련을 받아야 한다. 누가 부대를 창설했는지 아직까지도 의문에 의문이 남는 303불사조부대이다. 또한 이 부대는 4년 6개월 동안 오직 특수훈련만을 받은 뒤에는 베테랑급 특수대원으로 각각 다른 부대로 배치 받는다는 것만 알려져 있으며, 상사가 누구이고, 어느 부대 소속인지도 명확하지가 않은 전설속의 부대이다.

더운 초여름.
충청도 차령산맥에 깊은 한 산골.
지금 이곳은 303부대의 연병장이다. 이곳에서 훈련받는 훈련병들은 자원입대를 했으며, 군대의 목적인 적으로부터 국민을 보호하고 국가를 수호하는 것이지만, 이들은 오늘도 국가의 부름을 받는 그날을 위해 오직 훈련에만 전념할 뿐이었다.
백호도 303부대에 입대를 했다. 다이아몬드도 녹일 정도의 뜨겁고 매서운 눈으로 연병장에서 교관을 보고 있었다.
"이제 너희들은 민간인이 아니다. 군에 입대한지 어느덧 두 달이 흘렀다. 국가가 부르면 그곳이 용암속이든 호랑이 아가리 속이든 들어 가야한다. 그래서 지금부터 사제 물을 완전히 빼야겠다. 뒤에서 세 번째 놈! 너 이리 나와. 눈깔 돌아가는 소리가 여기까지 다 들렸어."
"…… 예?"
백호는 교관의 부름을 받고 앞으로 뛰어 갔다가 자기가 왜 땅을 베개 삼아 누워 있는지 몰랐다. 백호는 일어나려고 했는데 목이 너무 아팠다. 그래서 자기가 왜 땅에 누워 있는지 알게 되었다.
"일어나! 여기가 너희 집 안방으로 보이나?"

백호는 벌떡 일어나 교관을 보고 서 있었다. 교관은 백호 주변을 한 바퀴 돌고 검지로 백호의 정수리 찍으며 말했다.

"지금부터 내가 너희 16명을 부르면 대답은 악이다. 알겠나?"

"악."

"이 자식들, 사재에서 고기도 못 처먹었나? 넌 들어가."

"예."

교관이 다시 백호에게 돌려차기를 했다.

"퍼."

백호는 또 다시 땅을 베개 삼아 누워 있었다. 머리가 아팠지만, 다시 벌떡 일어나 대답했다.

"악."

백호는 대답하고 자기 자리로 뛰어가는 것을 교관이 가만히 지켜보고 있었다.

'저 자식은 싸움에서 이기려는 목적으로만 특공무술을 배우고 있단 말이야. 진짜 의문투성인 놈이야?'라고 중얼거렸다.

"전부 뒤로 돌아서 앞에 보이니 저 386고지에 소나무를 돌아서 여기로 온다. 선착순 2명이다. 실시."

훈련병들은 앞산에 보이는 386고지 소나무로 뛰어갔다. 교관 앞에 와서 선착순 번호를 부르고, 다시 뛰고, 또 부르고, 또 뛰었다.

"너희 8명은 전우가 저렇게 고생하는데 가만히 있으며 마음이 아프지 않나."

"악."

"좋아. 아주 좋아. 그게 바로 전우애야. 그래서 너희는 지금부터 피티 체조 8번 온몸 비틀기를 실시한다. 마지막 구호는 아주 크고, 아주 힘차고, 박력이 넘치게 큰소리로 생략한다. 피티 체조 8번. 칠 회, 실시."

뺑뺑이 선착순으로 일찍 들어왔던 훈련병들은 지옥의 피티 체조 8번 온몸 비틀기를 했다.

"하나. 둘. 셋. 넷. 다섯. 여섯. 일곱(?)"

마지막 일곱을 교관의 말대로 누군가 힘차고 크게 외쳤다.

"야, 이 놈들아! 아직도 배데지에 사제 기름이 좔좔 흐르지."하며 누워있는 훈련병들 배를 밟았다. 386고지를 돌아왔던 훈련병들은 한 줄로 서서 번호를 외쳤다.

"하나, 둘, 셋……."

"번호 그만."

교관이 말했다.

"너희 모두 저기 보이는 목봉을 들고 뛰어온다. 단 목봉 하나에 네 명이다. 갔다 와."

모든 훈련병들이 뛰어가서 목봉을 머리 위에 올리고 뛰어 오거나, 목봉을 가슴에 안고 뛰어 오는 훈련병들도 있었다. 교관은 그 모습을 보며 다음에는 어떤 기합을 줄 것인가를 생각했다. 훈련병들이 교관 앞에 와서 정렬하고 있을 때 교관에게 좋은 생각이 났다.

"지금부터 목봉 체조를 한다. 내가 '하나'하면 오른쪽 어깨에서 왼쪽 어깨로 옮기며 '나는 왜 태어났을까?'라고 외친다. '둘'하면 왼쪽 어깨에서 오른쪽 어깨로 옮기며 '죽지 못해 태어났네.'라고 외친다. '셋'하면 오른쪽에서 왼쪽 다시 왼쪽에서 오른쪽으로 옮기며 '부모님, 사랑합니다.'라고 목청껏 외친다. 알겠나?"

"악."

교관은 회심에 미소를 지으며 숫자를 부르기 시작했다.

"하나."

"나는 왜 태어났을까?"

"둘"

"죽지 못해 태어났네."

"셋"

"부모님, 사랑합니다."

"야, 이 놈들아! 고향에 계신 부모님께서 들을 수 있게 크게 하라

말이다. 알았나?"

"악."

"셋."

"부모님, 사랑합니다."

"더 크게 하란 말이다. 고향에 계신 부모님께서 우리 아들이 건강하게 군에서 밥도 잘 먹고, 군대에 잘 적응해서 훈련도 열심히 받고 있다고 들을 수 있게 하란 말이야. 셋."

"부모님, 사랑합니다."

"더 크게. 셋."

"부모님, 사랑합니다."

"좋아. 아주 좋아. 이것으로 오늘 교육은 끝이다. 저녁 맛있게 먹고 점호 때까지 푹 쉬도록."

교관은 웃으며 내무반 막사로 들어갔지만, 훈련병들 얼굴에는 땀과 콧물, 눈물이 범벅이 되어서 울고 있었다. 훈련병들은 울며 목봉을 제자리에 갔다가 놓고, 내무반으로 들어와 개인정비를 했다. 백호는 샤워장으로 가면서 아픈 왼쪽 발목을 만졌다. 동기들과 같이 저녁식사를 끝내고 내무반으로 오니, 행정병이 와서 백호에게 행정실로 오라고 했다. 백호는 흐트러진 관물대 수건을 바로 잡고, 행정반으로 갔다.

"충성. 서백호, 행정반에 불음을 받고 왔습니다."

백호는 인사계 앞에 앉아 있는 교관 앞으로 갔다. 교관은 백호를 보며 말했다.

"서백호! 너 오늘 잘못한 거 있어? 없어?"

"악. 어, 없습니다."

"왜 없어, 인마. 네가 다치면 네 부모님께서 얼마나 마음이 아프겠어?"

교관은 백호에게 간이침대에 누우라고 했다. 백호가 누우니 교관은 왼쪽 발목을 꺾었다. 백호는 얼마나 아픈지 입에서 "으악" 소리가 나오고, 눈에서는 눈물이 핑 돌았다. 교관은 일어나서 책상 위에 있는 멘소래담을 짜서 백호의 발목에 발라주고 마사지를 했다.

"좀 아프겠지만, 내일 훈련하는데 지장은 없을 것이다."

"악. 알겠습니다."

백호는 행정반을 나오면서 왼쪽 다리가 아프지 않다는 것을 알았다. 닫힌 행정반 문을 보며 백호는 혼잣말했다.

"교관이 저 정도 실력이면, 간부들은 도대체 어느 정도란 말인가?"

백호가 내무반에 오니 동기들이 모여 들었다.

"백호야! 너 왜 부른 거야?"

"훈련 받다가 왼쪽 발목이 꺾여서 치료를 받고 왔어."

"다른 이야기는 없었고."

백호가 대답하려고 하는데 행정반 문이 열리며 행정병이 곰보빵과 우유를 나누어 주었다. 훈련병들은 빵과 우유를 먹으며 행복한 미소를 지었다.

오늘은 레펠 훈련을 위해 훈련병들은 레펠 훈련장으로 행군했다. 훈련장은 부대에서 5km 떨어진 480고지였다. 480고지는 50년대 빨치산들의 군사 훈련장으로 알려졌으나, 지금은 국방부에서 보수하여 303부대 레펠 훈련장으로 사용하고 있었다. 행군해서 훈련장에 도착하니, 교관이 훈련병들을 보며 말했다.

"레펠은 첫째도, 둘째도 안전이다. 조교는 하네스① 착용을 도와주며 확인해라."

조교들은 훈련병들에게 다가가서 일일이 하네스 착용을 확인했다. 교관이 다시 말했다.

"너희에게 8자형 고리를 하나씩 주겠다. 이 고리는 너희를 살리는 생명의 고리이니, 절대로 훈련이 끝날 때까지 잊어버리지 마라. 알

---

① 하네스 : 군에서 레펠 할 때 착용하는 안전 장비.

겠나?"

"악. 알겠습니다."

레펠은 로프에 하네스를 결합하여 침투하는 기술로 건물에 고립된 인명을 구조하거나 적진지에 빠르게 침투하기 위한 훈련이다. 레펠은 기본 레펠, 전술 레펠, 헬기 하강 등으로 훈련을 실시하며 앉아 레펠, 허리 레펠, 역 레펠 순서로 훈련한다.

교관이 조교에게 레펠 타워에서 시범을 보이라고 했다. 조교는 15m 타워에 올라가서 8자형 고리를 로프에 연결하며 말했다.

"왼손은 내 눈 앞에, 오른손은 엉덩이에. 그런데 중요한 것은 오른손이다. 오른손으로 로프를 밖으로 꺾으면, 이렇게 멈춘다."

조교는 몸을 지상으로 조금씩, 조금씩 낮추어가며 멈추는 동작을 하고나서 다시 다른 조교에게 손을 내밀고 타워 안으로 들어가서 밑에 훈련병들을 내려다보았다. 훈련병들은 그 조교를 보며 박수를 쳤다.

화가 난 교관이 말했다.

"야, 이 놈들아! 박수치지 말고 조교의 시범을 똑바로 보라고."

"악."

조교는 앉아 레펠에서 가장 중요한 것은 UH-1H 헬기 다리에 양발을 어깨 넓이로 벌려서 버티고 도약을 하고나서 오른손으로 로프를 밖으로 꺾으면서 내려가는 것이라고 설명했다. 30m 높이에서 도약하기 때문에 중간에 멈추지 않으면 지상으로 낙하하는 속도 그대로 등허리로 떨어져 위험하다고 재차 설명했다. 지상 3m에서는 반드시 꺾어서 멈추라고 했다. 조교는 오른손이 얼마나 중요한지를 레펠 타워 다리에 양다리를 버티며 다시 각도를 낮추어 서서히 거꾸로 매달려가며 시범을 보이며 말했다.

"오른손을 로프에서 절대 놓치지 말고 중간에 한, 두 번 로프를 꺾어서 하강속도를 낮추어야 한다."

조교는 마지막에 3m씩 내려가며, 시범을 보여주고, 안전하게 지상에 착취했다.

교관의 명령에 따라 조교들은 훈련병들에게 지상훈련을 시켰다. PT체조로 정신과 몸을 단련시키고, 왼손을 앞으로 하고 오른손을 뒤로 하며 허리를 90도로 굽혀서 뒤로 움직여가며 "하나 둘, 하나 둘."을 외치며 훈련했다.

"야, 강훈기!"

"악."

"뒤로 뛸 때는 1m이상 뛰라고 했잖아. 너같이 그렇게 제자리 뛰기를 하면 헬기 다리에 대가리를 쳐 박는다고."

"악. 알겠습니다."

다른 훈련병들도 조교의 말을 듣고 뒤로 있는 힘껏 뛰며, "하나 둘, 하나 둘."하며 지상훈련을 받았다.

훈련병들은 오후에 앉아 레펠을 타워에서 실시했다. 15m 레펠 타워 계단을 오르고 타워 헬기 다리에 양발로 중심을 잡고 도약했다. 밑에서는 도약하는 훈련병들이 안전하게 지상에 착지할 수 있도록 조교는 로프를 잡고 있었다. 한 훈련병이 오른손을 꺾지 않고 내려오는 것을 보고 조교는 로프에 물결 반동을 일으켜 내려오는 속도를 잡아 주었다. 조교가 그 훈련병을 보고 말했다.

"야, 맹주성!"

"악."

"내가 말했잖아. 내려 올 때 오른손으로 로프를 한 번만이라도 꺾으라고. 넌 저기로 가서 쪼그려 뛰기, 30회 실시."

"악. 쪼그려 뛰기 30회, 실시."

다음 훈련은 역 레펠이었다.

"이번 레펠 훈련은 매우 중요하다. 적진지로 빠르게 내려가면서 사격하는 훈련이다. 우리 303부대는 적진지에 침투를 하기 때문에 이 훈련은 필수다. 그리고 너희들은 지금 공포탄을 쏘며 지상으로 안전하게 내려가야 한다. 알겠나?"

"악. 알겠습니다."

교관은 조교에게 시범을 보이라고 했다. 조교는 타워 밑에서 보고 있는 훈련병들을 내려다보며 말했다.

"이번 훈련은 매우 위험하다. 헬기 양편에서 내려오는 것도 위험하지만, 헬기 안이 아닌 밖을 보고서서 왼손으로 로프를 잡고 서서히 내려가서 몸을 일직선으로 만든다. 그리고 오른손은 K1개인화기 소총을 잡고, 두 다리는 로프를 교차로 해서 잡는다. 이때 절대 왼손에 잡은 로프를 놓으면 안 된다. 지상으로 내려오려고 할 때에는 왼손을 앞으로 쭉 뻗으며 로프를 살짝 놓아준다. 그리고 멈추려고 할 때에는 왼손을 가슴으로 당긴다. 잘 알겠나?"

"악. 알겠습니다."

"또한, 교차한 두 다리는 지상 착취 전까지는 절대 로프를 놓아서도 안 된다."

"악."

"지상으로 내려와서는 사주 경계를 확실하게 하여 전우가 안전하게 내려오도록 적의 동태를 살핀다."

"악. 알겠습니다."

조교는 맹주성을 보며 말했다.

"야, 넌 레펠용 장갑을 어떻게 했어?"

"악. 잘 모르겠습니다."

"맨손으로 로프를 잡으면 손바닥에 화상을 입는다고. 빨리 찾아."

그때 훈기가 백호에게 작게 속삭였다.

"영화에서는 맨손으로 하던데. 진짜 맨손으로 하며 화상을 입을까. 내가 한 번 해봐?"

백호는 어의가 없어서 한마디 했다.

"너 그러다가 교관한테 발차기로 얻어맞는다."

맹주성은 훈련장을 여기저기를 돌아다니며 장갑을 찾기 시작했다. 그 모습을 보던 교관이 다가와서 주성의 엉덩이를 발로 찼다.

"야, 인마. 장갑은 네 뒷주머니에 있잖아."

훈련병들은 레펠 타워에서 역 레펠 훈련을 받았다. 오후에 훈련병들은 타워 레펠 훈련을 마치고, 헬기 레펠 훈련을 위해 헬기장으로 이동해서 UH-1H 헬기에 탑승했다. 헬기는 높이 날아올라 훈련장 상공에서 호버링②하며 헬기 측면 양문이 열리고 로프가 내려왔다. 훈련병들이 교관의 지시에 따라 지상으로 공포탄을 쏘며 역 레펠을 했다.

"탕. 탕. 탕."

303부대에 장난기가 많은 홍우정이라는 기간병이 있었다.

하루는 탄약고 감시초소에서 배주연 상병과 홍우정 일병이 경계 근무를 서고 있었다. 근무 중에 헬기 세 대가 날아가는 것을 보고 배 상병이 상황실에 보고를 했다. 홍 일병은 장난기가 발동해서 헬기를 향해 '받들어총' 경례를 했다. 홍 일병은 헬기가 날아가는 방향을 따라 움직여가며 경례를 했다.

"빰 빰 빰빠밤. 빰 빰 빰빠밤."

빵빠레까지 울리며 헬기가 402고지를 넘어갈 때까지 경례를 했다.

"홍 일병! 그만해, 인마."

"예. 심심해서 그럽니다. 그런데 아직도 교대시간이 27분이나 남았습니다. 탄약고 근무 편성표를 2시간에서 1시간으로 바꾸자고 중대에 건의 좀 하세요."라고 말하는데 402고지에서 다시 헬기가 나타났다. 배 상병이 상황실에 보고하는데, 헬기 한 대가 부대 앞 279고지 헬기착륙장에 착륙했다.

"뭐야, 왜 헬기가 부대에 착륙하지?"

"네가 인마 장난치니 열 받아서 널 잡으러 왔나보다."

"에이, 설마! 날아가는 헬기에서 우리가 보이겠습니까?"

---

② 호버링 : 헬리콥터가 공중에 정지해 있는 상태.

"망원경이 있잖아."

"아, 그렇지."

때마침 본부중대에서 정보장교와 기간병 두 명이 탄약고를 향해 뛰어오는 것이 감시초소에서 보였다. 배 상병과 홍 일병은 얼굴이 파랗게 질렸다. 홍 일병은 "진, 진짜. 내 장, 장난 때문에." 배 상병은 "와! 이거 큰, 큰일 났네."하며 말을 제대로 못하고 있었다.

"야, 이 멍청한 새끼야! 너 때문에 영창 가게 생겼잖아. 내가 너보고 장난도 정도껏 하라고 했지. 이 미친놈 때문에 내 인생에 빨간 줄 생기는 영창 2주면 안 되는데."

"배…… 배 상병님, 저는 어…… 어떻게 해야 하…… 합니까?"

"내가 어떻게 알아. 이 자식아!"

정보장교는 탄약고에 와서 "야, 너희 둘 다 빨리 내려와."라고 말했다. 기간병 두 명이 교대하기 위해 초소로 올라갔다.

"야, 오달근 상병! 어떻게 된 거야?"

"우리도 몰라. 방금 착륙한 헬기에 별 세 개가 타고 가다가 갑자기 우리 부대에 내린 거래."

"와. 이를 어쩌나? 별 세 개면 중장인데."하며 배 상병은 홍 일병을 쳐다보았다. 장교만 없으면 개머리판으로 홍 일병을 가격하고 싶었다. 장교는 아무 말 없이 내려가고, 배 상병과 홍 일병은 풀이 죽어서 제식 동작도 맞지 않은 걸음으로 장교 뒤를 따라 걸었다.

홍 일병이 작게 말했다.

"배…… 배 상병님, 죄…… 죄송합니다. 진…… 진짜 죄송합니다."

배 상병은 홍 일병을 쳐다보다가 하늘에 대고 탄식했다.

"하, 미치겠네. 쫄따구 하나 잘못 둔 죄로 내가 영창을 다 가다니. 내 인생도 참 기가 막히네. 결국, 하사관에 지원해서 영창을 면해야 하나?"

중대본부에 도착하니, 반짝반짝 빛나는 별 셋 중장과 대대장 등 많은 참모들이 열을 맞추어 서 있었다. 정보장교가 홍 일병과 배 상병의 오른편에 서서 중장에게 보고를 했다. 중장이 손을 내미니, 주임상사가 경계근무일지를 건넸다.

"14시 33분. UH-60 3대가 5시 방향에서 11시 방향인 402고지 이동."말하고 402고지를 보았다.

"14시 36분. UH-60 1대가 402고지에서 나타나 279고지 부대 헬기착륙장에 착륙."

중장은 일지를 읽고 나서 웃으며 말했다.

"대대장!"

"네. 중령 황진명!"

"부대원들 근무가 아주 특출해. 헬기 타고 가는 나를 보고 경례도 다 하고. 근무보고도 아주 정확하게 보고하는군. 황 중령! 모범적인 저 사병들 6박 7일 휴가를 보내주게. 내가 황 중령, 자네를 다시 봐야겠어."

중장은 말하며 대대장 어깨를 툭툭 치며 격려했다. 중장은 헬기를 타고 부대를 떠났다. 대대장은 중장으로부터 부대 경계근무 칭찬과 격려의 말을 듣고, 배 상병과 홍 일병에게 9박 10일 휴가증과 금일봉을 하사했다.

이때부터 303부대에서는 날아가는 새만 보아도 받들어총 경례를 했다.

몇 주 후 훈련병들은 아침식사를 끝내고 연병장에 모였다.

교관이 훈련병들을 보며 말했다.

"오늘은 사격 훈련을 할 것이다. 정신을 똑바로 차리고 훈련을 받도록. 알겠나?"

"악"

"기간병들은 60트럭을 타고 사격장으로 이동하고, 조교와 훈련병들은 구보로 이동한다. 실시."

303부대의 사격장은 삼청교육대에 유격 훈련장으로 사용했던 장소였다.

훈련병들은 K1개인화기를 들고 사격장이 있는 530고지로 산악구보하며 이동했다. 사격장에 도착하기 전에 훈련병들은 죽을 것만 같았다. 말이 530고지이지. 이 530고지는 경사가 30도를 넘는 산속 언덕길에 비포장도로였다. 사격장에 도착하니 조교들이 훈련병들을 한 줄로 세우더니 사격예비훈련을 준비하려고 했다.

사격예비훈련을 영어로 PRI[3].

즉, 피가 나고 알이 배겨서 저절로 아이고 한다는 사격예비훈련.

교관이 말했다.

"너희 앞에 보이는 이 둥근 탑이 적이라고 생각하고 지금부터 PRI를 한다. 알겠나?"

"악."

"지금부터 조준 사격인 엎드려 쏴 자세와 무릎 쏴 자세를 배운다. 기회는 한 번. 훈련은 반복. 잘 봐둬라. 시범 조교는 앞으로."

"조교 앞으로."하며 조교 한 명이 앞으로 나왔다.

"엎으려 쏴."

"엎드려 쏴."하면서 조교가 시범을 보였다.

"무릎 쏴."

"무릎 쏴."하면서 조교가 또 시범을 보였다.

"지금부터 너희들은 엎드려 쏴를 하는데 삼 보 전진하면서 엎드려 쏴를 한다."

"악."

"각 조교들은 훈련병들을 각각 장소로 데리고 가서 PRI를 실시한다."

훈련병들은 조교를 따라 이동했다. 그런데 사격훈련장이 산속이다 보니 땅이 움푹 파인 구덩이가 많았고, 자갈도 많았다. 조교의 눈에는 그 모든 것이 보이지 않는지 사격예비훈련을 실시했다.

---

[3] Preliminary Rifle Instruction : 사격술 예비훈련.

조교는 훈련병들에게 엎드려 쏴를 지시했다.

"엎드려 쏴."

훈련병들은 "엎드려 쏴."하며 삼 보 전진하고 엎드리며 K1 소총에 가늠자와 가늠쇠로 표적을 조준하고 입으로 "탕."하며 총소리를 냈다. '엎드려 쏴.'라는 소리가 들리면 들릴수록 훈련병들 무릎이 까져만 갔고, 입에서는 단내가 나기 시작했다. 조교는 그것을 아는지 모르는지 계속해서 엎드려 쏴, 라는 말만 줄기차게 외쳤다.

하늘에 떠있는 해를 보니 점심시간이 다 되어갔다. 저 아래에서 60트럭이 올라오는 것이 보여서 훈련병들은 "이제는 쉴 수가 있구나."하며 트럭이 빨리 올라오기를 간절히 바랐다. "자 다들 모여라."라고 교관이 말했다. 훈련병들은 그 말을 기다렸다는 듯이 조교가 말하기도 전에 벌써 트럭 앞에 일렬로 줄을 서 있었다. 기간병들이 식판에 밥과 반찬 그리고 국을 주는데, 모든 훈련병들은 반찬보다 밥을 더 많이 주었으면 하는 생각으로 식판에 밥을 떠주는 기간병을 보았다. 기간병들은 훈련병들의 얼굴은 보지 않고 밥과 반찬을 떠주는 일에만 몰두할 뿐이었다.

훈련을 받고 야외에서 먹는 밥이라 그런지 더 꿀맛이었다. 식사시간이 끝나고 각자 담배 한 대씩 피우고 나서 오후 훈련을 위해 교관 앞에 서 있었다.

"점심을 맛있게 먹었는가?"

"악."

"좋아. 이제부터 사격 훈련을 실시한다. 너희가 한 발씩 한 발씩 쏘는 총알은 국민의 피와 땀으로 산 것이라는 것을 명심하기 바란다. 그러니 한 발이라도 실수가 있어서는 안 된다. 사격은 100m, 150m, 200m이다. 그리고 너희에게 개인당 30발씩 주겠다. 합격선은 28발이며, 그 이하는 알아서 생각하길 바란다. 알겠나?"

"악."

교관은 사격통제소로 올라가고, 조교들은 훈련병들을 정렬시켰다.

훈련병들은 조교의 통제에 따라 움직이며 사격 1조가 사격장으로 내려갔다. 조교가 탄창을 주며 탄피를 받는 다음 사격 2조에게 말했다.

"좌 탄인가 확인해."

"뭐라고 했습니까?"하며 강훈기는 총을 좌측으로 돌렸다. 조교는 강훈기 보며 입을 다물지 못했다. 그리고 다른 조교가 와서 강훈기의 어깨를 발뒤꿈치로 내려찍기를 했다. "어이쿠."하며 강훈기는 옆으로 넘어지면서 두 바퀴를 굴렀다.

"빨리 올라와. 탄을 확인하라고 했더니 총을 좌측으로 돌려. 이런 미친놈이 다 있어. 여기서는 한 순간 방심하면 네 옆에 전우가 죽을 수도 있다고. 알았어."

"악."하며 강훈기는 뛰어 올라와 탄창을 보았다.

"악. 우 탄입니다."

조교는 강훈기에게 걸어가서 탄창을 뺏어서 다시 확인을 했다. 그리고 앞 돌려차기로 강훈기의 옆구리를 차 버렸다.

"야, 인마. 탄창을 반대로 보며 어떻게 해. 이게 좌 탄이지? 우 탄이야?"하며 일어나는 강훈기의 조인트를 까 버렸다. "아이쿠."하며 강훈기는 조교를 보고 "악."하며 다시 탄창을 받고 확인하며 사격 1조 동기에게 탄창을 주었다. 사격 1조는 사격 자세를 취하고, 2조는 탄피를 받기 위해 옆에 서 있었다.

사격 통제실에서 교관이 말했다.

"사격은 1사로 부터하며, 문제가 발생하면 소총을 내려놓고 오른손을 든다. 절대 총을 만지지 않는다. 그리고 탄피조는 헬멧을 벗어서 탄피를 받는다. 1사로부터 100m에 사격을 실시한다. 실시."

훈련병들은 앞에 보이는 사람 모형 표적을 향해 총을 쏘았다. "탕, 탕, 탕."하며 총소리가 산에 정적을 깨웠다. 사격장에는 소총 사격으로 화약 냄새가 충청도 산하를 뒤덮었다. 사격이 끝나고 기간병들이 탄 구멍의 개수를 세는 동안 다른 기간병들은 표적을 바꾸고 있었다. 사격장에서는 조교들이 탄피 개수를 세며 마지막 3조를 사격장으로 이동시켰다. 사격을 끝낸 2조는 뒤편으로 가서 노리쇠를 이삼 회 후퇴전진하고 방아쇠를 당겨 약실에 있을 수도 있는 탄알을 제거했다.

"사격 2조, 모두 이상무."

백호는 떨리는 마음을 다 잡고, 탄피조가 주는 탄창을 받고 좌탄인가 확인하며 소총에 탄창을 끼웠다. 사격 통제실에서 교관이 사격하라는 명령이 떨어졌다. "탕, 탕, 탕."하며 총소리가 사격장에 울려 퍼졌다. 방아쇠를 당길 때마다 화약 냄새가 흥분으로 번지면서 백호 몸속에 묵은 그 뭐라 말할 수 없는 응어리들이 부서지는 느낌이 들었다. 총알이 날아가 흙먼지와 뒤섞이는 것을 보았을 땐 백호는 표적에 백발백중했다, 는 쾌감을 느꼈다. 교관이 마지막 서른 발 사격을 지시하려고 할 때 5사로에 있던 윤병구가 소총을 들고 일어나며 말했다.

"악. 총알이 나가지 않습니다."

교관과 조교는 깜짝 놀라서 말을 못하고 있는데 한 조교가 병구 근처에 가서 말했다.

"탄피조, 너는 뒤로 물러나고, 병구는 그대로 가만히 총구를 밑으로 내린다."

병구는 소총을 잡고 소염기 안을 자세히 보고 밑으로 내렸다. 그 모습을 본 조교들은 어의가 없어서 할 말을 잊어버렸다.

"윤병구 훈련병, 잘했어. 이제 총을 땅에 내려놓고 뒤로 한 발짝 물러난다."

병구는 소총을 땅에 내려놓기 전에 총구를 사격을 끝낸 훈련병들을 향해 서너 바퀴를 돌리며 내려놓았다. 통제실에서 그 모습을 보고 "모두 엎드려."하는 소리가 들려서 조교들과 훈련병들은 모두 땅에 바짝 엎드렸다. 병구도 놀라서 엎드리며 소총의 방아쇠를 건드렸다. "탕."하며 병구의 소총에서 총알이 발사되었다. 그 소리에 교관과 조교, 훈련병들은 움직일 수가 없었다. 교관이 통제실에서 내려와 조교에게 말했다.

"지금 즉시 일어나서 훈련병들과 기간병들 유무 등을 확인해."하며 교관은 병구에게 갔다. 교관은 소총을 들고 탄창을 제거한 후 노리쇠를 후퇴전진한 후 방아쇠를 당기고, 개머리판으로 누워있는 윤병구의 머리를 내려찍었다.

한 번, 두 번, 세 번.

교관이 병구의 멱살을 잡고 일으켜 세웠다.

"야, 이 새끼야! 네 동기들 다 죽일 일이 있어. 내가 말했지. 총이 고장 나면 손을 들으라고 했지. 총을 들고 돌리라고 내가 말했어?"

병구는 "악."하며, 얼이 빠져 있었다. 병구도 자기 소총에서 총알이 발사될 줄은 꿈에도 몰랐던 것이었다. "철모나 똑바로 써."하며 교관은 조교들을 바라보았다.

"1조 이상무."

"2조 이상무."

"3조 이상무."

"기간병 전원 이상무."

교관은 "휴"하며 한 숨을 쉬며 병구를 바라보았다. 병구는 교관이 보는 줄도 모르고 아직도 넋이 나가 있었다. 교관은 3조 조교에게 눈짓하여 병구를 사격장에서 나오게 하고 뒤쪽으로 데리고 갔다. 기간병 한 명이 뛰어와서 점수판을 교관에게 주었다. 점수판을 본 교관은 몹시 화난 얼굴이었다. 교관은 조교를 불러 모으며 말했다.

"지금 당장 여기서부터 부대까지 저놈들 오리걸음으로 내려오게 한다. 이 새끼들은 나라의 세금을 좀먹는 국방부 쓰레기들이다. 세 발, 여덟 발, 제일 많이 맞은 놈이 아홉 발이다. 이 자식들은 아직도 사제 물이 덜 빠졌어. 지금부터 실시해."

백호는 "뭐? 아홉 발이 최고라고. 그럼 내가 쏜 총알은 다 어디로?"라고 혼잣말하듯 중얼거렸다. 백호를 비롯한 모든 훈련병들은 소총을 거꾸로 머리 위로 들어 올리고, 사격장에서 내려가며 "오리" "꽥꽥" "오리" "꽥꽥"하며 오리걸음으로 산비탈을 내려가기 시작했다. 오십 미터쯤 내려가자 소총이 땅에 처박히고, 어떤 훈련병은 소총과 같이 넘어지면서 옆 동기와 같이 밑으로 굴렀다. 조교들이 다가와서 그런 훈련병들을 군화발로 걷어찼다. 훈련병들은 맞지 않기 위해 재빨리 일어나 오리 소리를 내며 부대 연병장까지 왔다.

교관은 부대 사열대에 서 있었고, 조교들도 그 옆에 섰다.

"지금부터 일어나서 연병장 다섯 바퀴를 뛴다. 실시."

훈련병들은 오리걸음으로 내려와서 힘들어 죽겠는데 다시 연병장을 다섯 바퀴나 뛰라는 소리에 속으로 욕했다. 교관이나 조교가 듣지 못하는 반대편에 왔을 때는 "나쁜 새끼들." "저 또라이 새끼들."이라고 서로가 욕을 해댔다. 교관이 그 모습을 보며 말했다.

"지금부터 군가를 부르며 뛴다. 군가는 진짜 사나이다. 군가 시작."

훈련병들은 교관이 말한 군가를 부르며 연병장을 뛰었다. 훈련병들은 모르고 있었다. 오리걸음으로 내려와서 바로 내무반으로 들어가며 밤에 쥐가 나거나 다음날에 알이 배겨서 걸을 수가 없다는 것을.

교관이 다리의 근육을 풀어주기 위해 일부러 연병장을 뛰게 했다는 것을 나중에야 알았다. 백호와 훈련병들은 연병장을 돌고 나서 내무반으로 들어왔다. 탈진해서 침상에 모두 누웠다. 그때 행정반문이 열리면서 행정병이 말했다.

"각 훈련병들에게 전합니다. 지금 즉시 뒤편 목욕탕 앞으로 집합하기 바랍니다. 이상."

행정병은 말을 끝내고 행정반으로 들어갔다. 훈련병들은 개인위생가방을 챙겨서 막사 뒤편에 있는 목욕탕으로 가 열을 맞추어 섰다. 조교가 와서 개인위생가방을 일일이 확인하더니, 목욕탕 문을 열고 말했다.

"지금부터 목욕시간은 3분이다. 3분을 넘는 놈이 있으면 연병장 한 바퀴이고, 머리를 못 감은 놈은 연병장 두 바퀴이다. 지금 즉시 목욕탕으로 들어간다. 실시."

조교의 말이 떨어지기 무섭게 훈련병들은 목욕탕 안으로 뛰어 들어갔다. 탈의실 안에도 조교가 서 있었다.

"자. 다들 한 줄로 선다. 그리고 모두 탈의하고 목욕탕에 들어가서 일렬횡대로 선다. 실시."

훈련병들은 일초라도 아끼기 위해 속옷과 바지를 한 번에 벗고 목욕탕 안으로 들어갔다. 훈련병들이 들어가자마자 또 다른 조교와 기간병들이 바가지로 물을 뿌리기 시작했다. 그것도 딱 세 번만 뿌렸다. 훈련병들은 어의가 없어서 조교만을 보는데, 조교가 말했다.

"몸에 비누칠하고, 머리 감기를 열 셀 동안 실시한다."

"하나, 둘, 셋, 넷, 다섯, 여섯, 일곱, 여덟, 아홉, 아홉에 반, 열."

조교의 숫자세기가 끝나자, 기간병들이 물을 뿌리기 시작했다. 이번에도 역시 딱 세 번만 뿌렸다. 조교가 다시 말했다.

"목욕 끝. 모두 밖으로 집합한다. 실시."

훈련병들은 비누칠도 못했거나 머리에 비누칠은 했지만, 행구지 못한 훈련병들은 탈의실에서 옷을 입고 밖으로 나왔다. 이 모습을 가족들이 보았다면 울었을 것이고, 개그 프로에 나왔다면 박장대소를 했을 상황이었다. 머리에 거품만이 있는 훈련병, 바지를 입었는데 한쪽 발만 들어갔거나 윗도리를 거꾸로 입은 훈련병, 속옷을 입으며 여기저기를 쳐다보며 웃음을 참는 훈련병 등등.

그들을 보며 조교가 말했다.

"여기 너하고, 저기 끝에 너는 앞으로 나와."

훈련병 두 명이 앞으로 나왔는데, 조교들이 갑자기 웃기 시작했다. 기간병들은 더 크게 웃었다. 한 훈련병은 머리에 쓴 수건으로 중요한 부위만 가리고 있었고, 또 다른 훈련병은 양 손에 양말로만 중요한 부위만 가리고 있었다. 조교는 웃음을 참으며, 그 상태로 훈련병 모두에게 연병장을 두 바퀴를 돌라고 했다. 훈련병들이 연병장을 돌고 있을 때 조교와 기간병들이 부대가 떠나가라며 웃었다. 연병장 구보를 끝내고 훈련병들이 목욕탕 앞에 도착하니 조교들이 그제야 목욕탕에 들어가서 제대로 목욕하라고 지시했다.

이날부터 훈련병들은 시간이 있을 때마다 내무반에서 소염기 위에 바둑알을 올려놓고 총 쏘는 연습을 매일 했다. 바둑알과 친구가 되어가면서 훈련병들의 사격은 날로 좋아져서 모두가 30발을 정확하게 표적에 맞추었다. 야간 사격과 방독면 사격도 처음에는 힘들었지만, 한 훈련병이 기간병에게 들은 방법으로 터득하면서 모두가 백발백중이었다.

백호는 남자들만의 세계인 군대에서 편안한 분위가 좋았다. 훈련할 때는 그 훈련에만 집중할 수가 있어서 좋았지만, 침상에 눕기만 하면 보고픈 그리운 얼굴이 생각나 무기력했던 학창시절 자신에 대해 분개했다. 백호는 은주를 만나야 한다는 신념과 자신만이 행복하게 해 줄 수 있다는 꿈을 잊지 않기 위해 쉼 없이 자신을 두들겨댔다.

훈련병들은 100km 행군하여 공수훈련장에 도착했다. 낙하산을 이용해 적진지에 침투하는 훈련을 받기 위해서였다. 하지만 고공강하는 매우 위험하고 특수훈련이라 훈련병들은 긴장했다.

교관이 훈련병들을 보며 말했다.

"우리 부대는 정신력과 전투력 모두 최고를 자랑한다."

"악."

"작전이 하늘이든 땅이든 바다이든 정확한 수행능력을 발휘하여 임무를 완수해야만 한다. 단 한 번에 기회로, 단 한 번에 성공을 해야 하는 것이 우리의 임무이고 의무이다."

"악."

"이제 너희들 어깨에 조국의 운명이 걸려 있다고 생각해라."

"악."

"이것만 알고 있어라. 전쟁이 일어나면 대한민국은 쑥대밭이 된다. 주유소는 대형지뢰가 될 것이고, 모든 자동차는 수류탄이 될 것이다. 그리고 원자력 발전소는 핵폭탄이 될 것이며, 전국을 파이프로 연결한 도시가스는 엄청난 화력을 자랑할 것이며, 댐은 우리나라를 물바다로 만들 것이다. 전쟁이 일어나면 모든 도시의 도로에서는 피맺힌 절규만 일을 뿐이다. 그것을 막는 것이 너희에 임무다. 알겠나?"

"악."

"내 말을 따라서 외쳐라. 한 번에 기회. 한 번에 성공. 실패는 없다."

훈련병들은 공수훈련장이 떠나가도록 목이 터져라 외쳤다.

"한 번에 기회. 한 번에 성공. 실패는 없다."

"지금부터 PLF④를 실시하겠다. PLF란 공수지상훈련으로서 항공기 탑승부터 착지까지 전 과정을 지상에서 훈련하는 것이다. 알겠나?"

"악."

교관은 흐뭇한 표정으로 훈련병들을 바라보았다.

"오늘 공수훈련에서 무엇보다 중요한 것이 강인한 체력이다. 그러나 우리 부대는 아침마다 5km 구보와 저녁에 특공무술 등을 하는 강인한 체력을 보유한 불사조다. 그래서 고공강하 동작 숙지 훈련만을 실시한다."

"악."

공수훈련장에는 훈련병들의 대답소리가 우렁차고, 힘차게, 충청산하에 울려 퍼졌다.

"항공기 내에서는 긴장하기 때문에 반복 숙달은 필수다."

"악."

---

④ Parachute Landing Fall : 공수지상착륙훈련.

훈련병들은 조교의 시범을 보고, 지상에서 왼손을 앞으로 내밀고 생명 줄을 걸고 앞으로 "하나. 둘, 하나. 둘." 외치며 한 발 두 발 움직이는 반복 숙달 훈련을 저녁 늦게까지 며칠 동안 받았다.

그 다음 주에는 보조 낙하산을 착용하는 훈련을 했다. 보조 낙하산은 주 낙하산이 펴지지 않는 긴급 상황에 대처하는 훈련이다. 이 훈련은 복장에 익숙해져야 항공기 내에서도 임무를 수행할 수 있기 때문에 훈련병들은 항공기 이탈 자세인 "하나에 머리, 둘에 팔, 셋 허리, 다리."를 외치며 몸을 구부린 자세로 훈련을 받았다. 보조 낙하산을 착용하고 지난주에 배운 항공기 이탈자세를 반복 훈련을 받았다,

다음 날부터는 땅바닥에서 보조 낙하산을 잡고 한 발짝 뛰며 "일만, 이만, 삼만, 사만."을 외치며 훈련을 받았다.

교관이 조교들에게 말했다.

"조교들은 이탈 자세가 불안전한 훈련병들에게 개별 훈련을 시켜라."

교관의 명령을 받고 3조 조교는 백호를 따로 불러서 훈련을 시켰다.

"서백호!"

"악."

"이탈이 불량하면 생명 줄 때문에 항공기에 매달리거나 산개 충격으로 전우가 다칠 수도 있다. 알겠어."

"악."

"지금 배우는 이 모든 훈련이 너와 전우들에 생명과 직결되는 자세인 것이다."

"악."

"항공기에서 이탈되면 두 발을 빨리 모으고 올려서 몸과 다리가 90도가 되게 하면서 일만을 외쳐라. 실시."

"악."

백호는 땅에서 힘껏 뛰면서 가슴에 있는 보조 낙하산을 '딱'하고 두 손으로 치며 "일만, 이만, 삼만, 사만"을 외쳤다.

다음날에는 착지 훈련을 했다.

"이번 착지 훈련은 매우 중요하다. 낙하산 타고 잘 내려와서 마지막에서 잘못하면 부상을 당할 수 있다. 전시에 부상을 당하면 아군에게는 엄청난 피해를 줄 수 있다. 알겠나?"

"악."

조교는 훈련병들에게 착지 낙법이 얼마나 중요한지 설명했다. 착지를 잘못하면 부상도 발생하지만 바람이 낙하산을 끌고 가면 사람이 크게 다칠 수 있다는 것도 알려주었다. 안전한 착지는 생명을 보호하고, 적진에서는 다음 임무를 무사히 수행할 수가 있다. 착지 훈련하는 훈련병들은 주먹으로 헬멧을 누르며 머리를 숙이고 두 발을 모으며 우로 회전하는 낙법훈련을 받았다.

교관이 말했다.

"극한 상황에서 육체적, 정신적 한계를 극복해야만 하는 것이 우리 불사조다. 애인은 배신할 수 있지만, 연습에 연습은 절대 배신을 하지 않는다. 알겠나?"

"악. 알겠습니다."

모든 공수훈련은 끝이 없는 반복에 반복으로 훈련함으로서 자기 자신도 모르게 몸이 알아서 반응을 하도록 하는 숙달 훈련이다. 모든 훈련병들의 얼굴과 몸은 땀과 흙으로 범벅이 되었다.

다음날은 낙하산을 회수하는 훈련이었다.

교관이 말했다.

"낙하산은 국민의 피와 땀으로 만들어서 너희에게 제공을 한 것이다. 그러므로 회수하여 다시 쓸 수 있도록 잘 관리하는 것도 군인으로써 의무이고 임무다. 지금부터 훈련을 실시한다."

훈련병들은 조교가 가르쳐 준 방법으로 양팔을 넓게 벌려서 한 걸음씩 나아가며 오른손으로 낙하산을 잡고 팔로 회수하는 훈련을 했다. 낙하산을 오른쪽과 왼쪽 팔에 번갈아 가면서 8자를 만들며 낙하산을 회수했다. 이 훈련은 공수 훈련 착용법, 전복법, 회수법 중에서 맨 마지막에 해당하는 훈련이었다.

3주째 접어들면서 공중동작 숙달 훈련을 실시했다. 훈련병들은 공중에 매달려서 "보고 잡고. 당기고. 하나. 둘. 셋. 넷. 산개 검사."를 외쳤다. 조교가 "착지."라고 외치면 훈련병들은 "착지 준비."를 외치며 착지했다.

3조 조교가 병구에게 말했다.

"야, 윤병구! 당기고 할 때는 얼굴을 왼쪽으로 돌리라고 했잖아. 얼굴을 돌리지 않으면 보조 낙하산이 펴지면서 얼굴을 맞아 기절하거나 다친다고 몇 번을 말해."

"악. 알겠습니다."

"너, 강훈기는 왜 위를 안 보냐고."

"악. 알겠습니다."

"말만 하지 말고, 보고 잡고 당기고 할 때 보고는 위에 주 낙하산이 펴져 있는지를 확인하는 거야. 알겠어."

"악."

훈련병들은 지겹도록 반복 또 반복하며 훈련을 받았다.

떨어지고 또 떨어지고.

회전하고 또 회전하고.

입으로 숫자를 세고 또 숫자를 세고.

수없이 같은 동작을, 안전을 위해 반복에 반복 훈련을 받았다.

4주차부터는 15m 막타워에서 강하 훈련을 했다. 실제 항공기에서 뛰어내리는 상황을 숙달하는 훈련이다. 훈련병들은 막타워에서 뛰어내리며 "일만, 이만, 삼만, 사만, 산개 검사, 조종 줄잡고."를 수없이 외치며 반복에 반복 훈련을 받았다. 교관이 막타워에서 뛰어내려 훈련을 마치고 걸어가는 병구에게 말했다.

"야, 인마! 동작을 똑바로 해. 저 위에서 너같이 하면 네 뒤에서 뛰어내리는 전우가 다쳐."

"악. 알겠습니다."

막타워 안에서 조교가 백호에게 말했다.

"왼손으로 생명 줄을 제대로 걸고 던지고 다리를 모아 90도로 세우고 착지. 알겠나?"

"악. 알겠습니다."

막타워 강하 훈련이 끝난 훈련병들은 제 자리에서 "기능 고장. 보고 잡고. 당기고. 하나. 둘. 셋. 넷. 산개 검사."를 외치며 기능 고장 훈련도 받았다.

1조 조교가 훈련병들에게 말했다.

"하나. 둘. 셋. 넷, 할 때에는 보조 낙하산을 빨리 꺼내는 동작이다. 배 속에 있는 자기에 내장을 꺼낸다는 생각으로 힘차게 앞으로 쫙 쫙 펴면서 외쳐라. 알겠나?"

"악. 알겠습니다."

드디어 5주차 강화 훈련이 시작되었다. 훈련병들은 긴장과 압박감으로 정신이 없었다. 다치지 말자는 걱정과 높은 고도에서 뛰어내린다는 설렘으로 저 멀리서 시누크 헬기에 '두두두두' 소리가 들려왔다. 훈련병들은 강하장에 도착하여 강하복을 입고 주 낙하산과 보조 낙하산을 결합하고 낙하산 낭을 끼워 넣고 시누크에 올랐다. 시누크 헬기에 '두두두두' 소리가 너무 커서 앞에 마스터가 수신호로 강하 5분전을 알려주었다.

"강하지역 5분전. 패스. 일어섯."

훈련병들은 수신호에 맞추어 준비를 하는데, 기체 문이 서서히 열리고 있었다. 마스터가 말도 했지만, 훈련병들은 마스터의 수신호만을 보았다.

"강하지역 1분전. 문에 서."

램프에서 빨간 불이 녹색 불로 바뀌면서 마스터가 맨 앞에 훈련병에게 말했다.

"그린 라이트. 뛰어."

훈련병들은 그 소리에 맞추어 뛰어 내리기 시작했다. 한 치에 망설임도 없이 1500피트⑤ 상공에서 지상을 향해 몸을 던진 것이다. 밑에서 그 모습을 지켜보는 조교들은 불안 불안했다. 낙하산으로 착지를 하지만, 그 속도는 맨 몸으로 3층에서 떨어지는 것과 비슷해서 착지를 잘못하면 큰 부상을 당하기 때문이었다.

교관은 시누크에서 떨어지는 훈련병들에 낙하산 수를 세고 '휴'하며 혼잣말했다.

"언제 보아도 창공에서 떨어지는 저 낙하산 꽃은 정말 아름다운 장관이단 말이야."하며 함박웃음을 지었다.

날씨가 너무나도 맑고 화장한 날.

303부대에서는 5박 6일 휴가가 걸린 최고의 불사조 용사를 뽑는 날이었다. 연병장에는 벌써부터 뜨거운 열기로 가득했다. 기간병들도, 훈련병들도 절대 양보할 수 없는 포상휴가가 걸려서 서로가 서로에 대해 눈치작전이 심했다. 기간병들은 중대에서 치열한 경쟁을 뚫고 넷 팀이 올라왔다. 훈련병들도 넷 명씩, 넷 팀으로 나누었다. 기간병들은 알파, 베타, 감마, 델타로 팀명을 정했고, 훈병들은 독수리, 참수리, 송골매, 솔개로 정했다. 토너먼트 방식에서는 알파와 독수리, 베타와 참수리, 감마와 송골매, 델타와 솔개가 경기를 하는 것으로 정했다.

나흘 동안 경기를 치르는데, 각 경기마다 1등을 하면 20점이고, 2등은 19점이며, 등수가 낮을수록 한 점씩 감점을 해서 마지막 꼴찌를 하는 팀은 13점이었다. 사격과 수류탄 투척 등은 백발백중을 하면 20점 동일 점수로 할 수 있었다. 솔개에는 서백호, 윤병구, 백우성, 심강호로 해서 팀을 이루었다.

첫째 날.

---

⑤ 1500피트 : 475.2m

오전에는 가로세로 30cm 창문에 10m 거리에서 개인당 수류탄 5개씩 투척하는 경기였다. 일곱 팀 모두가 백발백중으로 20점을 받았고, 기간병 팀인 베타가 세 개를 실수하여 13점을 받았다.

오후에는 대형 폐타이어 200m 끌기 릴레이 달리기 경기였다. 이 경기는 토너먼트였다. 병구가 몸을 푸는 기간병들을 보며 말했다.

"아니, 우리가 기간병을 어떻게 이기냐고. 쟤들은 두 달 전부터 연습하고 소대별로 경기해서 올라온 강팀들이잖아."

백호가 말했다.

"그래도 우리가 강하지. 우린 맨 날 훈련을 받잖아."

훈련병들은 백호의 말에 호응하듯이 고개를 끄덕였다. 연병장 끝에서 끝까지 달려가 반환점을 돌아와서 다음 주자의 어깨에 걸어 주어야 출발을 할 수가 있었다. 드디어 경기를 하면서 마지막에 남은 팀은 솔개와 참수리이었다. 솔개에서는 백호가 첫 번째 주자로 나오고, 참수리에서는 훈기가 나왔다.

출발을 알리는 호루라기 소리에 맞추어 백호가 조금 앞서갔는데, 솔개의 마지막 주자인 강호가 골인지점 15m 남기고 그만 힘이 빠져서 앞으로 넘어졌다.

참수리가 1등을 해서 20점이고, 솔개가 19점, 알파가 18점을 받았고, 이번에도 베타가 꼴찌로 13점을 받았다.

둘째 날.

오전에는 사격장에서 20발씩 200m만 사격하는 경기였는데, 모든 팀이 한 발도 놓치지 않아서 전부 20점을 받았다.

오후에는 목봉을 어깨에 메고 100m 이동하기였다. 이 경기도 토너먼트 방식으로 마지막에 남은 팀은 솔개와 감마였다. 이 경기에서 솔개가 1등을 했다. 3등은 독수리가 했다. 이 경기에서도 베타는 꼴찌를 했다.

늦은 오후에는 M60 완전 분해 후 조립하는 경기를 했는데, 작은 소동이었다. 기간병 감마에서 개머리판을 분해를 하지 않았고, 델타와 송골매가 삼각대를 접었다가 펴지 않아서 세 팀 모두 13점을 받았다. 기간병들은 삼각대는 분해나 조립이 아니라고 항의를 했지만, 주임상사가 "삼각대를 접었다가 펴든지, 총열을 바꾸던지 했어야 한다."고 정리를 하여 마무리가 되었다. 그리고 조립 후 격발이 되지 않아서 독수리와 베타가 각각 16점을 받았다. 솔개는 1분 02초로 1등을 해서 20점을 받았고, 참수리는 1분 16초를 해서 19점, 알파는 1분32초를 해서 18점을 받았다.

셋째 날.

오전에는 대테러 구출작전 경기를 했다.

지상 출발선에서 깃발을 꽂고 계단을 통해 건물 5층까지 올라간 다음, 다시 5층에서 레펠로 2층까지 내려와서 창문으로 들어가 건물 각 층에 있는 방독면 네 개를 찾는 경기였다. 이 경기는 시간과의 싸움도 중요했지만, 각 층마다 있는 대항군 한 명을 처리해서 진입을 해야 했기에 기민하게 움직여서 5층에서 다시 레펠로 지상으로 내려와 깃발을 잡아야 끝나는 속도전이었다.

참수리가 5분 42초로 1등을 했고, 송골매가 5분 48초로 2등, 독수리가 5분 50초로 3등을 했고, 4등은 5분 52초로 솔개가 했다. 기간병들은 모두 8분을 넘었고, 베타는 대항군에게 세 명이 저격을 당하였고, 생존자 한 명만이 9분51초로 꼴찌를 했다.

오후에는 5km를 25kg 완전군장으로 산악구보를 한 다음 독도법으로 자기 팀의 푯말을 찾아 부대에 도착해서 연병장에 2인용 텐트 두 개를 치는 경기였다.

모든 팀들이 동시에 출발해서 달리기 시작했다. 백호는 팀원들을 보면서 모두가 힘을 내기를 간절히 빌었다. 5박 6일 휴가를 나가서 은주를 만나고 싶었다. 백호는 뒤로 자꾸 처지는 우성을 보다가 뒤로 가서 같이 달렸다.

"우성아! 힘들지만 조금만 힘을 내자."

"힘든 것이 아니라 오전에 구출작전 중에 계단에서 오른발을 비끗해서 잘 뛸 수가 없어."

백호는 우성에게 군장을 달라고 해서 자기 군장에 올리고 달렸다. 우성은 그런 백호를 보며 작게 중얼거렸다.

"자식! 여자 친구를 만나러 가고 싶어서 환장했네."

솔개팀은 5km지점에 도착해서 나침반과 지도를 받고, 지도에 표시된 지점으로 이동했다. 우성이 입에서는 걸을 때마다 신음 소리가 새어 나왔다. 백호는 중간지점에서 잠시 쉬자고 한 다음 우성에게 다가갔다.

"우성아! 전투화를 벗어봐."

병구도 다가와서 우성의 발을 살펴보았다. 백호가 발을 보았을 때 큰 부상이 아닌 것 같아 우성에게 전투화를 다시 신으라고 했다. 백호는 전투화를 신은 우성에게 바깥으로 삐끗했냐고 물으니 그렇다고 해서 발목을 안쪽으로 꺾게 하고선 세게 밟았다.

"아얏. 야, 서백호! 지금 뭐하는 거야?"

병구와 강호도 놀라서 백호를 쳐다보는데, 백호가 말했다.

"한 번 일어나서 걸어봐."

우성은 백호를 째려보며 일어나 걸으니 진짜 아프지가 않았다.

"발목이 접질렸을 때 반대쪽으로 하며 괜찮다는 것을 학창시절에 합기도 배울 때 알았거든. 어째든 말하지 않아서 미안하다."

"신기하네."라고 병구가 말하면 백호를 보았다. 멋쩍은 백호는 군장을 챙겼다. "저 놈은 누구에게도 기대지 않는다."라고 병구가 혼잣말로 중얼거렸다. 언제부터였는지는 몰라도 혼자 모든 것을 해결하려는 백호를 보며, 병구는 사랑을 하는 사람은 뭔가 달라도 크게 다르다고 생각했다. 모든 것을 혼자 해야 한다는 백호 옆에 병구가 험한 길이라도 함께 걸어가기로 마음을 굳혔다. 병구가 군장을 멘 백호의 뒷모습을 보며 혼잣말했다.

"그래, 그것이 전우애이고 의리다. 나 병구는 비겁하거나 후회하는 인생은 질색이다."

병구도 군장을 메고, 푯말을 찾기 위해 행군했다.

송골매가 2시간 28분으로 1등을 했고, 솔개는 2시간 29분으로 2등을 했다. 3등은 참수리는 2시간 32분을 했다. 꼴찌는 역시 베타로 3시간 26분이였다.

마지막 날은 참호전투 경기이었다.

참호전투는 독수리와 솔개가 A조를 이루고, 알파와 베타가 B조, 참수리와 송골매가 C조, 텔타와 감마가 D조를 이루어 경기를 했다. A조와 B조가 1차로 경기를 하고, C조와 D조 경기에서 이긴 팀과 치루는 토너먼트 경기였다. 그리고 마지막까지 한 명이 남는 최종승자 경기도 같이 진행을 했다. 마지막까지 남은 최종승자는 9박 10일 포상휴가와 상패도 주어지는 진짜 불사조들은 불꽃이 튀는 경기가 바로 이 참호전투 경기였다. 이 참호전투에서 최종승자만이 불사조 명예의 전당에 당당하게 이름을 올릴 수 있었다. 그래서 더욱 더 치열하고 과격하게 하기 때문에 참호전투에서는 큰 부상자도 발생했다.

참호전투에 들어가기 전에 각 팀은 작전을 짜기 시작했다.

"솔개가 135점으로 1등이고, 우리 독수리가 125점으로 우리가 1등을 해도 휴가를 못 가. 그래서 우리 독수리가 너희 팀을 방어하고, 솔개가 공격하는 것으로 하자."

솔개팀도 독수리팀 작전에 동의를 했다.

"우리 알파가 123점이고, 베타가 98점이잖아. 우리가 1등은 못해도 우리 중에 2등은 해야 할 것이 아니야. 그러니 너희 베타가 우리 도와줘. 권기석 병장! 내 작전 어때?"

"좋아. 우리는 이렇게 하나, 저렇게 하나, 어차피 꼴찌잖아. 쟤들한테는 지지말자."

A조와 B조는 참호 속으로 들어갔다. 참호는 허리까지 물이 차 있었고, 참호 밖에서는 대장장을 비롯한 간부들과 대대원들이 모여서 응원하기 시작했다.

교관은 호루라기 소리에 경기가 시작되었다.

독수리팀이 베타팀을 향해 돌진하니, 솔개팀에게 뒤를 따랐다. 기회를 잡았다고 생각한 알파팀과 베타팀이 독수리팀원을 잡고 참호 밖으로 밀어냈다. 솔개팀원이 베타팀원 한 명을 밖으로 내보내고, 백호가 알파팀원 한 명을 다리를 들면서 밀어 올려서 실격을 시켰다. 독수리팀은 베타팀원 두 명을 참호 밖으로 같이 밀어내서 실격을 시켰다. 그 순간에 알파팀원들이 우성을 실격시켰고, 베타팀도 독수리팀원 한 명을 실격을 시켰다. A조와 B조는 호흡을 가다듬고 다시 맞붙었다. 백호와 병구가 힘을 합해서 베타팀원 전부를 실격을 시켰다. 독수리팀도 알파팀원들에게 두 명이 실격이 되었다.

이제 A조는 다섯 명이고, B조는 세 명이었다.

백호가 독수리팀원에게 고개를 끄덕이니, 두 명씩 짝을 이루고 B조 팀들에게 달려들었다. 백호와 병구가 짝을 이루어 함께 B조 팀원 한 명을 실격시키고, 다시 강호에게 다가가서 B조 팀원을 셋이 들어서 밖으로 내보냈다. 독수리팀원이 나머지 한 명이 B조 팀원에 다리를 잡고 들어 올리면서 밀어 모두를 실격시켰다.

첫 번째 경기는 A조 승리로 끝났다.

C조 참수리에 점수는 134점과 송골매 점수는 125점이였고, D조 델타는 114점과 감마는 115점이었다. 그러나 이 경기는 C조 승리로 싱겁게 끝났다.

점심식사 후 한 시간에 휴식을 갖고, 오후에 다시 경기가 시작이 되었다.

참호 밖에서는 많은 간부들과 대대원들이 흥미진지하게 보고 있었다. A조와 C조가 같이 참호 속으로 들어갔다. 그들은 교관의 호루라기 소리가 울리기를 기다렸다.

교관이 호루라기를 입에 대었다.

"삐익삐익"

드디어 경기가 시작되었다. 호루라기 소리가 나자마자 참수리팀원 두 명이 독수리팀원 한 명을 밖으로 밀어 내었다. 백호의 A조 팀원들은 너무 놀라서 멈칫했다. 그것을 본 송골매팀원 두 명이 병구의 팔과 다리를 잡고 들어 올리는 것을 백호가 보고 달려가려고 하는데, 참수리팀원 한 명이 백호를 뒤에서 깍지를 껴서 잡아 움직이지 못하게 했다. 백호가 움직여서 빠져 나오려고 했지만, 쉽지가 않았다. 그 사이 병구는 밖으로 밀려나 실격하고, 송골매팀원 두 명도 실격을 당했다. 백호는 좌우로 흔들다가 일부러 상대와 같이 물속으로 넘겨져서 겨우 빠져나왔다.

양 팀 모두 여섯 명씩 남았다. 그때 우성이가 옆으로 움직이다가 미끄러지면서 전열이 흐트러졌다. 그 기회를 놓칠 수가 없는 참수리팀원들이 우성에게 몰려들어서 우성을 밖으로 밀어냈다. 우성을 돕는다고 강호가 덤비자, 송골매팀원 두 명이 백호를 잡았다. 그 사이에 훈기는 강호가 아닌 독수리팀원 한 명을 밖으로 밀어 올려 실격을 시켰다. 백호도 송골매팀원 한 명을 밀어내고, 남은 송골매팀원과 밀고 당기는 싸움을 했다. 백호가 싸우는 사이에 강호도 밖으로 밀려났고, 참수리팀원도 두 명이 실격되었다. 양 팀 모두 3명씩 남은 상황에서 훈기가 백호에게 덤볐다. 백호와 훈기가 엎치락 뒤치락하는 사이에 독수리 팀원 한 명이 실격이 되고, 송골매팀원 한 명도 실격이 되었다. 백호는 훈기에 뒤를 돌아 허리를 잡고 쓰러트려서 밀어 올렸다. 참수리팀원이 독수리팀원을 밀어 올려 실격을 시키고, 백호에게로 다가왔다. 백호와 훈기는 격하게 서로를 밀고 당기고 할 때 백호가 훈기의 다리를 잡아 밀어 올리는데, 마지막으로 남은 참수리팀원이 백호와 훈기를 동시에 밖으로 밀어냈다. 결국 남은 사람은 참수리팀원 이중광 훈련병이 올해 최고에 불사조 용사가 되었다.

솔개팀과 참수리팀이 같은 154점이었지만, 이중광 훈련병이 참수리팀원이었기에 5박 6일 휴가증을 가져갔다. 이중광 훈련병은 9박 10일 휴가증과 불사조 명예의 전당에 이름을 남겼다.

백호는 함께 싸워준 팀원들과 그리고 기간병들에게도 껴안으며 고생했다고 말했다. 모든 경기가 끝나고, 내무반으로 와서 개인 정비를 하면서 백호는 속상했지만, 이 또한 운명이라고 여겼다.

나흘 동안 전우들과 경기를 하면서 백호는 하나를 알게 되었다.

그리움이 가슴에 사무쳐 아무 생각 없이 숨만 쉬는 백호에게 은 주는 자기의 삶을 비추는 태양이라는 것을.

부대에 흰 눈이 펑펑 내리는 일요일.

훈련병들은 내무반 페치카⑥ 주변에 모여 개인정비를 하고 있었다. 몇몇 훈련병들은 따뜻한 페치카에 등을 기대어 병아리가 졸듯 꾸벅꾸벅 졸고 있었다. 내무반 뒷문이 열리며 검은 옷을 입은 빼당⑦ 기간병이 페치카로 다가와 철판 위에 있는 물통을 확인하면서 주전자를 올려놓고, 쇠 파이프 건조대에 빨래를 일일이 확인하고, 눈치를 살피며 혼잣말하듯 크게 중얼거렸다.

"점심 반찬도 별로인데 라면이나 먹어야겠다."

빼당의 말을 듣고, 허상진이 그의 어깨를 잡으며 말했다.

"지, 지금 라, 라면이라고 했습니까?"

"예. 반합에 라면을 끓여서 먹으려고 합니다. 왜 그러십니까?"

상진이는 라면이라는 소리를 듣고, 손등으로 입술에 흘러내린 침을 훔치며 말했다.

"나도, 아니 우리도 먹을 수 있습니까?"

"어? 지금 라면이 하나 밖에 없는데."

빼당은 상진의 얼굴을 보며 얄밉게 웃었다. 백호가 빼당에게 가서 그의 얼굴을 보며 말했다.

"내가 PX에 가서 라면을 사오면 우리 다 같이 먹을 수 있습니까?"

---

⑥ 페치카 : 방안의 벽에 돌이나 벽돌 따위를 붙여서 만든 러시아풍의 난로.
⑦ 빼당 : 페치카를 관리하는 병사.

"사온다면 먹을 수는 있겠지……."

백호가 말을 가로챘다.

"내가 PX에 갔다 오겠습니다."

백호는 그 말을 하고, 깔깔이를 챙겨 입고, 눈이 쌓인 연병장 한가운데로 뛰어갔다. 백호가 나가는 것을 본 훈기도 관물대에서 지갑을 챙기며 그도 깔깔이를 입고 PX로 뛰어갔다. 빼당은 검은 옷에 묻은 탄가루를 툴툴 털며 내무반 뒷문으로 나가 웃으며 혼잣말을 했다.

"너희들도 라면에는 별수 없지. 페치카에 끓인 라면에 소주라. 캬아! 눈 내리는 날 이 맛을 누가 알리. 그런데 PX에 간 쟤들이 소주는 사올까?"

내무반에서는 훈련병들이 군장에 있는 반합을 전부 꺼내 세면장으로 가서 반합을 닦고, 그 반합에 물을 채우고 내무반 밖 페치카로 갔다. 빼당은 탄가루와 황토 흙을 버무려 만든 탄을 페치카에 넣고 있었다.

"아니, 반합을 전부 가지고 나오면 어떻게 합니까?"

"한 사람에 반합 하나. 반합 하나에 라면 하나씩."

"이 페치카 아궁이를 보세요. 여기에 반합 두세 개 밖에 안 들어갑니다."

"그럼, 어떻게 해야 하는데?"

다가오던 백호와 훈기는 동기들의 대화를 듣고, 백호가 말했다.

"훈기야! 네가 세면장으로 가서 식판 여섯 개만 가지고 와."

"야, 역시 뭘 좀 알고 있네."라고 빼당이 오른손으로 엄지 척하며 말했다. 훈련병들은 백호와 빼당을 보며 가만히 서 있었다. 상진은 훈기가 놓고 간 박스에서 라면을 꺼내며 세었다.

"라면 스무 개. 닭발 일곱 개. 소주 열여섯 병. 그리고 볶은 김치 다섯 개. 야, 백호가 웬일이야."

"뭐, 소…… 소주라고."

"그것도 열여섯 병씩이나."

한 훈련병이 손으로 목을 그으며 말했다.

"교관이나 조교한테 걸리면……."

병구가 말을 가로챘다.

"야, 괜찮아. 설마 이렇게 함박눈이 내리는 날 부대로 오겠어. 교관도 집에서 파전에 막걸리를 먹겠지."

그 말에 훈련병들은 상진이가 꺼낸 소주를 보며 함박웃음을 지었다. 빼당도 소주를 보고, 백호에게 또다시 엄지 척하며 말했다.

"반합 세 개에 라면 아홉 개를 끓이고 나머지는 봉지라면으로. 그런데 몇 개를?"

"당연히 전부 끓여야지. 안 그래?"

훈련병들은 상진에 말을 듣고 고개를 끄덕이며 벌써부터 군침을 흘리고 있었다. 백호와 빼당은 페치카 아궁이 앞에서 라면을 끓이고, 훈기와 다른 훈련병들은 내무반으로 들어가서 라면봉지를 조심해 가며 뜯고, 그 안에 스프를 털어 넣고, 페치카 철판 위에 있는 주전자에서 뜨거운 물을 봉지에 부었다. 라면봉지가 터지지 않게 조심하면서 라면이 든 봉지를 살짝 꼬아 스프봉지로 묶었다. 다른 훈련병들은 페치카 근처에 식판에 닭발과 볶은 김치를 쏟았고, 한 훈련병은 식판을 들고 식당으로 가서 밥과 배식으로 나온 김장 배추를 가지고 왔다. 때마침, 내무반 문이 열리고 백호와 빼당이 반합에 라면을 끓여왔다. 모두가 반합에서 피어오르는 구수한 라면 냄새를 맡으며, 백호가 페치카 근처에 앉을 수 있도록 자리를 비켜주었다. 훈기가 봉지라면도 잘 익었는지 확인하고, 식판에 쏟아 부었다. 누구라고 먼저 할 것도 없이 젓가락을 들고, 반합 뚜껑을 그릇 삼아 먹기 시작했다.

백호가 빼당에게 반합 뚜껑을 주니, 빼당은 웃으며 받고, 백호가 따라주는 소주를 받아 마셨다.

빼당이 말했다.

"그것 참 희한하단 말입니다. 사제에서 같은 소주를 소주잔에 먹으면 이 맛이 안 납니다. 그리고 안주로 삼겹살을 먹어도 이 군대 닭발만큼 개운한 그런 맛이 없습니다."

"야, 백호야! 나도 반합뚜껑에 소주 줘 봐."

"야, 여기도 줘."

"하여튼 애들 앞에서는 냉수도 못 마신다니깐. 하하하."

상진의 웃음소리에 모두가 내무반이 떠나가라 크게 웃었다.

한겨울 펑펑 내리는 눈이 충청도 산하를 덮는 오늘이 훈련병들에게 봉지라면과 소주가 가장 추억에 남는 날이었다.

따뜻한 봄기운이 스며드는 어느 날 저녁.

모든 훈련병들이 완전군장을 하고 연병장에 모여 있었다. 사열대에는 황진명 대장장이 서 있었고, 훈련병들 앞에는 교관과 조교들이 서 있었다. 황진명 대장장이 말했다.

"오늘 너희들은 야간천리행군을 한다. 단 한 명에 낙오자가 없기를 이 대장장은 진심으로 바라고 있으며, 또한 무사히 부대로 복귀하기를 바란다. 그리고 너희들이 메고 있는 군장은 25kg으로 전시와 똑같은 완전군장이다. 그 대신에 식사는 부대에서 지원한다. 질문이 없는 것으로 알고 지금부터 이동한다."

교관이 대장장에게 경례하고, 훈련병들을 보며 말했다.

"우리는 4년 6개월 동안에 16명씩 너희들을 특수대원으로 만들기 위해 교육시킨다. 언제, 누가 그런 것은 우린 모른다. 나라가 부르면 너희들은 언제든지 움직여야한다. 그러나 군 생활이 끝나면 너희들은 그저 대한민국에 선량한 국민일 뿐이다."

교관은 잠시 말을 끊고 군장을 메고 있는 훈련병들을 일일이 한 명씩 쳐다보았다.

"이번 야간천리행군은 매우 중요하고도 위험하면서 자기와의 싸움 훈련이다. 난 너희들을 믿는다. 단 한 명의 낙오자가 없이 무사하게 부대로 복귀하기를 바란다. 각 조에 조교는 훈련병들에게 주의 사항을 말해 주길 바란다. 이상."

조교들은 훈련병들을 모이게 하고 주의사항을 말했다. 주의사항을 들은 훈련병들은 입을 다물지를 못했다.

천리 행군?

사백 킬로미터를 일주일에 완주하기 위해 하루에 열 시간씩 행군하며, 한 시간에 육 킬로미터를 행군하는 죽음의 행군을 한다는 것이었다. 그것도 25kg을 완전군장에 소총까지 메고 차령과 태백산맥, 비포장도로를 행군한다고 하지만 실질적인 것은 산악구보를 한다는 것이 맞을 것이다. 모두가 넋이 나간 상태로 가볍게 몸을 풀고 나서 행군 준비를 했다.

훈련병들이 위병소를 벗어 날 때 양쪽 옆에서는 기간병들이 박수를 치며 무사 귀환을 바라며 소리를 질렀다.

"무적의 불사조. 파이팅!"

"할 수 있다. 우리의 불사조!"

"모두 무사히 부대로 복귀를 바랍니다. 힘내라. 막강 불사조!"

"싸우면 이기는 우리는 불사조다. 백전백승의 불사조. 파이팅!"

훈련병들은 위병소와 점점 멀어지면서 어깨로 군장 무게를 서서히 느끼기 시작했다. 행군할 때 소총이 이렇게까지 걸리적거릴 줄은 몰랐다. 산골짜기에 버리고 싶을 만큼 소총의 무게도 만만치 않았다. 하루, 이틀 지나니 소총의 멜빵을 목에 걸고 총열에 팔을 올려놓고 행군하는 자세가 편하면서 익숙해졌다.

백호는 이미 행운이 자기도 모르게 놓쳐버린 것이 아닌가, 하는 생각으로 한밤중에 별빛들을 보며 동기들을 따라 걷기만 했다. 어쩌면 신이 아직 자기에게 행복을 한 번도 주지 않을 수도 있다는 생각이 마음속에서 소용돌이치며 천리행군을 했다.

훈련병들이 사흘째 행군 중이었다. 윤병구는 발바닥에 물집이 생겨서 잘 걷지를 못했지만, 그래도 끝까지 힘을 내며 따라오고 있었다. 백호는 억지로 병구의 군장을 뺏어서 자기 군장위에 올려놓고 행군했다. 몇 분, 몇 십 분이 지났는지 모르는 상태로 저 멀리 보이는 산들이 원망스럽기만 했다. 보이는 모든 산과 길은 훈련병들이 지나왔거나 앞으로 지나 갈 길이고, 올라가야하는 산이기 때문이었다. 때마침 앞에서 조교의 목소리가 들렸다.

"십 분간 휴식. 다들 담배 한 발 장전한다."

3조 조교가 병구에게 다가왔다. 병구는 다가오는 조교를 보고 자기도 모르게 떨고 있었다.

'설마, 나보고 여기서 호송차에? 안 돼, 절대로 안 돼.'라고 생각했다.

"윤병구!"

"악, 전 괜찮습니다."

"알았으니, 전투화를 벗는다. 실시."

"악"하고 대답하며 병구는 조교를 보았다. 조교는 자기 탄띠에서 실과 바늘을 꺼내고 있었다. 조교는 손전등으로 병구의 오른발 바닥을 이곳저곳을 살피고, 바늘에 실을 꿰어 병구의 발바닥에 생긴 물집에 바늘을 찔러 넣었다. 그리고 실을 길게 빼더니 라이터를 켜서 실을 끊고, 왼 엄지발가락에도 똑같이 하고 일어나서 다른 훈련병들을 살피기 위해 갔다. 백호는 손전등으로 병구의 발바닥을 보니 실이 물집 뚫고 길게 삐져나와 있었다. 병구는 어찌된 영문인지 모르고, 양말을 신고, 전투화의 끈을 묶었다. 십 분 휴식이 끝나고 다시 행군이 시작되었다. 병구는 조금 전에 조교가 해 준 처방 덕분에 잘 걸을 수 있다는 것을 알고 다음에는 동기들에게 알려주면 좋겠다고 생각했다. 병구는 바로 앞에서 걷는 백호의 두 다리를 보며 혼잣말로 중얼거렸다.

"백호가 저녁마다 연병장을 맨발로 다섯 바퀴씩 걷고 뛰는 것을 보며 비웃었는데 행군을 위해 미리 발바닥을 단련했던 것이었구나. 자식, 준비성이 대단히 좋아."

한 시간에 육 킬로미터를 뛰다시피 행군을 하다 보니 잠깐 쉬는 10분에 앉기만 하면 졸거나, 군장에 다리를 편하게 올려놓고 눕기만 하면 바로 잠에 곯아떨어졌다. 야간행군으로 낮에 자는데 깨워서 밥을 먹을 때는 모래알을 씹는 기분이었다. 밥 먹는 것보다 잠을 더 자고 싶었지만, 조교들은 식사는 반드시 해야 한다며 일일이 깨우고 확인까지 해서 어쩔 수 없이 식판을 비웠다. 식판을 반납하고 양치질도 하지 않고, 모두들 텐트로 들어가 다시 잠을 잤다.

칠일간의 야간천리행군도 끝나고 가고 있었다. 훈련병들에게는 군장 무게가 25kg이 아니라 이제는 100kg의 무게가 느껴질 정도에 체력은 바닥이었고, 육체는 피곤에 절어 있었다.

앞서가던 1조 조교가 뒤를 돌아보며 말했다.

"지금 저 전방에 보이는 고개가 할딱 고개다. 저 고개만 넘으면 바로 우리 부대의 위병소다. 자, 다들 힘을 내기 바란다."

훈련병들은 "악" 대답하고 고개를 올라가기 시작했다. 고개는 300m도 안되었고, 경사도가 20도를 넘지가 않았는데, 진짜 사람을 팔짝뛰게 할 정도 숨이 할딱거렸다. 걸으면 걸을수록 머리가 땅바닥에 닿을 정도로 힘들고, 숨이 할딱거렸다.

"힘내라. 이 할딱 고개만 넘으면 너희들을 위해 대대장님께서 연병장에 막걸리와 두부를 차려놓고 기다리고 계신다. 자, 힘내자. 다 같이 '할 수 있다'를 외치며 행군한다. 좌측은 '할 수 있다.' 우측은 '우리 힘내자'를 외친다. 실시."

훈련병들은 속으로 조교에게 욕을 했다. 힘들어 죽을 지경인데 거기에 소리를 지르며 말까지 하라고 하니 미칠 것 같았다. 입에서는 단내가 나고, 발은 누가 못 가게 잡아당기는 것 같았다. 종아리에는 10kg 모래주머니가 있는 것 같이 무겁고, 허벅지는 알이 박혀서 더 이상 못 걸을 것 같았다. 발바닥에는 물집이 잡혔고, 허벅지 사타구니 쪽은 행군 중 군복에 쓸려서 스치기만 해도 아려서 양쪽 다리는 자기 다리가 아닌 것 같았다. 어깨에 군장은 진짜 쌀 한

가마니를 지고 있는 것 같이 무거워서 양쪽 어깨를 짓누르고 있었다. 그런데 할 수 있다, 는 이 말이 이렇게까지 힘이 될 줄은 훈련병들도 몰랐다. 할 수 있다, 는 소리를 들으면 들을수록 힘이 나고, 동기들에게 주먹으로 파이팅, 힘내자, 를 외치며 걷는 모든 동기들의 얼굴에는 자신감이 넘쳐나 보였다.

조교가 다시 크게 말했다.

"이제 마지막 고지에 다 왔다. 우리 조금만 더 힘을 내자. 자, 다시 오른쪽은 악이다. 왼쪽은 깡이다. 실시."

"악이다."

"깡이다."

백호도, 훈기도, 병구도. 모든 훈련병들은 서로 얼굴을 보며 이상한 기분이 들었다. '할 수 있다. 악이다. 깡이다.'가 이렇게 무서운 힘을 발휘할 줄은 몰랐다. 조금 전까지만 해도 내무반에 들어가서 누우면 바로 쓰러져 깊은 잠을 잘 것 같이 피곤할 정도로 체력이 바닥이었는데, 온 몸에서 알 수 없는 에너지가 솟구쳐 정신도 몸도 멀쩡해졌다.

위병소에 도착하니 많은 기간병들이 박수를 치며 훈련병들을 반겨주었다. 훈련병들은 그 박수 소리에 자기도 모르게 눈물이 흘러내렸다. 백호도 눈물을 닦으며 동기들을 보았는데 모든 동기들이 울고 있었다.

"우리가 해냈다."라고 백호는 크게 외쳤다.

훈련병들은 연병장 사열대 앞에 서 있었다.

황진명 대대장이 말했다.

"고생들 많았다. 이제부터 너희들은 진정한 불사조 용사다. 그 기분으로 연병장 한 바퀴를 돌며 다 같이 '불사조 사나이'를 공수박수를 쳐가며, 목이 터져라 부른다. 자, 실시."

훈련병들은 그 무거운 군장을 메고, 구보로 연병장을 돌며 공수박수를 치며 군가를 힘차게 불렀다.

"우리는 사나이다. 불사조 사나이.
나라와 겨레 위해 바친 이 목숨.
믿음에 살고 의리에 죽는 불사조 사나이.
나가자 삼천리강산 평화를 위해.
지키자 백두에서 한라까지.
아아 우리는 무적의 불사조.
그 이름도 유명한 불사조 사나이."

훈련병들의 군가 소리가 충청도 산하를 뒤흔들 정도로 목이 터져라 외쳐가며 불렀다. 연병장에 기간병들이 잔밥통 안에 막걸리와 두부를 갖다가 놓았다. 훈련병들은 연병장을 돌고나서 누가 말하기도 전에 연병장 한가운데로 가서 막걸리를 마셨다. 그 어떤 물보다, 그 어떤 음료수보다, 지금까지 마셨던 그 어떤 술보다 맛나서 그들은 흥겹게 주거니 받거니 하며 마셨다.
　흐뭇한 표정으로 교관이 말했다.
"조금만 마셔라. 모레부터 4박 5일간 소대휴가가 너희를 기다리고 있다. 술에 취해서 휴가복도 다려 입지 않은 하사관에게는 휴가증을 주지 않겠다."
　모든 훈련병들은 들고 있던 막걸리 잔을 내려놓으며 환호성을 질렀다.
"와, 휴가다!"
"드디어 우리도 휴가를 간다."
"기다려라, 내 사랑하는 여인이여!"
　교관과 조교들은 단 한 명에 낙오자 없이 무사 귀환한 훈련병들을 보며 웃었다. 훈련병들은 내무반에 들어가서 군장 등 개인장비를 제자리에 놓고 세면장으로 가서 샤워를 했다. 훈련병들은 새벽여명을 보며 서서히 꿈나라로 달려갔다.

누가 깨우지도 않았는데, 훈련병들이 알아서 일어나 점심을 먹고 나서 천리 행군 때 사용했던 개인장비를 기간병들에게 반납했다. 모두들 내무반으로 들어와 휴가복을 다리고 전투화에 광을 내기 시작했다. 다리미가 중대에 두 대 밖에 없어서 백호는 기간병 중대에 가서 두 대를 더 빌려와 옷을 다렸다. 오후 내내 훈련병들은 휴가복과 전투화와 씨름을 했다. 저녁 먹고도 휴가복을 다리지 못한 동기도 있어서 다리미 때문에 작은 소란이 있었다. 결국 저녁 7시에 다리미 세 대가 고장이 났다.

훈기가 말했다.

"야, 그만 다림질해. 다리미가 더는 못한다고 아우성이잖아."

백호가 말했다.

"내가 빌려왔는데, 정작 나는 다리미를 써 보지도 못하고……."

"내일 아침에 하면 되잖아."

"아침에? 내가 장담하는데 내일도 다들 다리미와 또 씨름을 할 걸."

"에이, 설마?"

다음날, 훈련병들은 기상나팔 소리가 나기도 전에 일어나 침상을 정리하며, 기상나팔 소리가 빨리 울리기만을 기다렸다. 303부대의 기상나팔 소리는 신형원의 '터' 노래였다. 매일 아침마다 울려 퍼지는 터의 노래는 훈련병들에게는 지겹고도 듣기 싫은 노래였다. 그런데 오늘은 터의 노래가 빨리 흘러나오기를 훈련병들은 기다렸다. 드디어 스피커에서 잡음 소리가 들리더니 노래가 흘러 나왔다.

"저 산맥은 말도 없이 오천년을 살았네.
모진 바람을 다 이기고 이 터를 지켜왔네
저 강물은 말도 없이 오천년을 흘렀네.
온갖 슬픔을 다 이기고 이 터를 지켜왔네 ~ "

훈련병들은 터의 노래를 따라 부르며 연병장에 모였다. 다른 중대 사열대 앞을 보니 기간병들은 아직도 밖에 나오지 않았다. 당직사병이 행정반에서 나와 담배에 불을 붙이려고 하다가 훈련병들을 보며 놀라고 있었다. 아직 6시 2분도 지나지 않았는데, 모든 훈련병들이 줄을 맞추어 서 있었고, 그들의 눈에서는 아침 햇살보다 더 빛나고 있었다. 당직사병은 안으로 들어가고 조금 있으니 교관이 나왔다. 아니, 당직사관이 나왔다. 당직사관은 훈련병들을 보고 웃으며 말했다.

"휴가를 간다고 하니 기분이 좋은가 보군. 자, 모두 뒤를 돌아 힘차게 고향에 계신 부모님과 애인을 향해 오늘 휴가 나간다고 알리는 함성을 30초간 크게 발사 한다. 실시."

모든 훈련병들은 목소리를 크게, 아니 목이 터져라 악으로 깡으로 함성을 질렀다.

"아아악악."

당직사관은 애국가 일 절만 부르게 하고, 조교로부터 아침 점호를 마쳤다. 조교는 훈련병들에게 5km 구보를 시키고 나서, 특공무술 1형부터 3형까지 하고, 내무반으로 들여보냈다. 내무반에 들어 온 훈련병들은 다시 군화에 물광을 내거나 휴가복을 또 다리미로 다리기 시작했다. 구김살 하나 없이 칼날같이 휴가복에 각을 잡았다.

행정반 문이 열리며 당직사병이 말했다.

"지금 식판을 들고 밖으로 집합."

훈련병들은 아침밥을 먹기가 싫었지만, 휴가 신고를 언제 할지 몰라서 식판을 들고 밖에 모여 열 맞추어 식당으로 가서 식사하고, 세면장에서 식판을 닦고, 내무반으로 들어왔다. 모두들 또 다시 전투화와 휴가복에만 신경을 썼다. 시간은 여덟 시를 넘어, 여덟 시 반을 향해 가고 있었다. 모든 훈련병들은 행정반 문만 쳐다보고 있었다. 행정반 문이 열리며 '밖으로 집합.'이라는 소리를 듣고 싶었다. 행정반 문에 누가 용접을 했거나, 못으로 박아 놓았는지 문은 열리지 않았다. 한 훈련병이 진짜 못이 박혀 있는지 확인하기 위해 문을 밀어보려는 순간에 문이 활짝 열렸다. 문을 열었던 행정병도 놀라고, 훈련병도 놀라서 서로 얼굴만 쳐다보았다.

"지, 지금 뭐하십니까?"

"그게, 밖으로 나간다고 한 것이······."

"밖으로 나가는 문은 내무반 중간에 있지 않습니까?"

훈련병은 뒷머리를 만지며 침상에 걸터앉았다.

행정병이 말했다.

"지금 휴가복 상의와 모자를 들고 행정반 뒤편 창고 사무실로 모두 모여 주기 바랍니다. 이상."

행정병은 전달사항을 끝내고 문을 닫았다. 훈련병들은 왜 상의를 들고 창고로 가라고 하는지도 모르면서도 서로 먼저 일어나서 상의를 벗으며 창고로 갔다. 창고에 도착하니 문은 닫혀 있어서 훈련병들은 서로 얼굴만 쳐다보았다. 그때 기간병 두 명이 다가오더니 창고 문을 열고, 다른 기간병이 말했다.

"모두 일렬로 서서 기다려 주기 바랍니다. 이름표와 계급을 달아야 휴가를 나갈 수 있습니다."

훈련병들은 재빠르게 정렬하고 기간병 앞에 서 있었다. 기간병은 맨 앞에 있는 훈련병에게 이름을 물어보고, 재봉틀로 '드르륵 드르륵' 하며 이름을 새기고, 옆에 있는 기간병에 주었다. 다른 기간병은 훈련병에게서 상의를 받고, 이름표를 '드르륵 드르륵' 하며 달아 주었고, 모자에 하사 계급장도 '드르륵 드르륵' 하며 달아 주었다. 모든 훈련병들이 이름과 하사 계급장을 단 모자를 쓰고 내무반에 있으니 행정반 문이 열리고 인사계가 들어왔다. 그는 훈련병들을 쭈우욱 살펴보더니 손에 있는 휴가증과 봉투를 흔들며 말했다.

"이 휴가증을 너희에게 줄 마음이 없다. 그리고 휴가비도 줄 생각도 전혀 없다."

인사계는 그렇게만 말하고 행정반으로 들어갔다. 훈련병들은 서로 어의가 없어서 할 말을 잊었다. 새벽부터 일어나서 물광을 내고, 칼같이 각을 잡은 서로의 휴가복만 쳐다보았다.

"씨발, 뭐 하자는 거야?"

"아니, 휴가가 무슨 애들 장난이야. 기간병들은 휴가를 잘만 가던데."

"시방, 이게 어떻게 된 거여? 인사계가 언제 술을 잘 못 먹었나? 아니면 오늘 아침에 자기 마누라한테 얻어맞고 출근했나? 뭐여, 진짜 이게 뭐냐고. 1년 5개월 만에 사제 밥도 먹고 싶고, 사제 향긋한 공기 냄새도 맡고 싶었는데. 이게 뭐여. 우리 휴가가 무시기 애들 장난이여."

백호는 다른 훈련병들보다 더 속상했다. 휴가를 나가며 은주네 집에 가고, 은주의 부모님이 하는 식당에도 가려고 마음을 먹었는데. 다시 행정반 문이 열리며, 교관이 말했다.

"이놈들, 지금 뭐하는 거야? 빨리 밖에 집합하지 못해. 지금까지도 사제 물이 덜 빠져있어. 지금 그 상태로 빨리 밖에 집합해서 훈련 준비해. 나가라고. 이놈들아."

훈련병들은 교관의 목소리를 듣고 문을 열고 연병장에 뛰어 나갔다. 연병장으로 나오니 대대장과 많은 참모들이 사열대에 서 있었다. 훈련병들은 대대장과 중대장 등을 보고 줄을 맞추며 섰다. 주임상사가 앞으로 나오더니 교관에게 뭐라고 귓속말을 했다.

교관은 고개를 끄덕이고 말했다.

"모두 한 팔 간격으로 2열 횡대로 줄을 맞춘다. 실시."

훈련병들은 교관은 말이 끝나자 왼팔을 들고 한 팔 간격으로 줄과 열을 맞추었다. 교관은 훈련병들에게 "번호"라고 말했다. 훈련병들은 번호를 외쳤고, 마지막 훈련병이 "열여섯, 번호 끝."하며 크게 외쳤다. 교관은 '하나'를 외친 훈련병에게 다가갔다. '하나'를 외친 그 훈련병은 교관이 다가오자 자기가 무엇을 잘못했는지를 생각했다. 교관의 얼굴을 보니 너무 두려워서 자기도 모르게 소변을 찔끔 지렸다. 교관은 '하나'를 외친 훈련병에게 말했다.

"한 발 앞으로 나와서 소대 중앙에 서있는 다."

그 훈련병은 소대 중앙에 서있으니 주임상사가 다가와 그에게 휴가 신고식 하는 방법을 가르쳐 주었다. 그리고 대대장에게 다가가서 모든 준비가 끝났다고 말했다. 대대장은 고개를 끄덕이더니, 사열대에서 내려오고 각 참모들과 교관이 훈련병 앞으로 다가갔다. 훈련병에게 일일이 봉투를 주며, 작은 하사 계급장을 가슴에 달아주었다. 대대장은 그 훈련병에게 계급장을 달아주고 사열대 위로 올라갔다. 교관이 그 훈련병에게 고개를 끄덕이며 사인을 보냈다.

훈련병은 뒤로 돌아서 말했다.

"부대, 차렷. 대대장님께 경례."

훈련병들이 "충성."하는 함성이 연병장에 우렁차게 울렸다.

훈련병들은 휴가 신고식을 끝내고, 휴가증을 받아서 위병소를 나왔다. 부대의 담장을 넘은 것은 훈련이후 처음이었다. 모두들 크게 숨을 들어 마시며 내려가려고 했다. 부대에서 버스가 나오더니 그들 앞에 멈추었다. 이 버스는 기간병들이 일요일에 종교행사를 나갈 때나 장교들이 출, 퇴근 할 때만 운행하는 버스여서 훈련병들은 가만히 있었다. 버스 앞문이 열리며 운전병이 말했다.

"이 버스에 탑승해야 합니다. 여기서 정류장까지 걸어서 가면 한 시간이 넘게 걸립니다."

훈련병들은 버스에 탑승하니 버스는 힘차게 산길을 내려가기 시작했다. 산길을 꼬불꼬불 내려가서 신작로에 도착했는데도 버스는 멈추지 않고 Y면사무소 앞에 버스를 세웠다. 운전병이 말했다.

"여기서 버스를 타고 대전터미널이나 역으로 가세요."

버스는 훈련병들을 내려주고 부대로 복귀하려고 U턴을 했다. 훈련병들은 버스가 오기를 기다리고 있는데, 한 훈련병이 봉투를 열어 보았다.

"와! 만 원짜리 다섯 장이다."

모두들 그 소리를 듣고 봉투를 확인했다. 진짜 모두에게 휴가비 오만 원씩 들어 있었다. 백호도 돈을 확인하고 뒷주머니에 있는 돈을 만졌다. 백호뿐이 아니라 모든 훈련병들은 군에서 받은 월급을 쓸 곳이 없었다. 인사계에게 맡긴 전우도 있었고, 통장을 만들어서 은행에 저금한 전우도 있었지만, 백호는 돈을 자기 관물대 비밀 서랍을 만들어서 보관했고, 지금 그 모든 돈을 들고 휴가를 나온 것이다. 버스가 도착해서 모두가 버스타고 대전역으로 갔다. 백호와 대여섯 명은 대전역에서 내렸다. 대전역에서 전우들은 각자 고향으로 가는 기차표를 샀다. 백호는 서울행 기차표를 사서 플랫폼으로 나가려고 했다. 전우들은 열차 시간이 조금 남았다고 하면서 역 근처에서 오래간만에 삼겹살 주물럭에 소주를 마시자고 하며 대합실을 빠져나갔다. 백호에게도 같이 가자고 했으나, 병구가 동기들에게 눈짓을 보내고, 백호에게 손을 흔들고 웃으며 대합실을 빠져나갔다. 백호는 부산에서 올라오는 열차를 타고 영등포역에서 내려 은주네 빌라촌에 도착했다.

백호는 은주네 집 빌라 3층을 올려다보며 혼잣말을 했다.

"은주에게 연락이 왔을까? 아니, 집에 있을까? 은주야, 보고 싶다. 그리고 사랑한다."

어떠한 아픔도 무디게 만드는 약이 세월이라고 하지만, 백호에게는 세월이 지날수록 오히려 죄책감뿐이었다. 백호는 초인종을 누르기 전에 "은주는 살아있다. 살아있어. 그리고 집에 와 있다."라는 말을 되뇌며 마음속으로 기도를 했다.

백호는 천리 행군 중에 병구가 해 주었던 말이 생각났다.

"백호야! 눈물이 나면 울고 싶은 거야. 나도 너처럼 잠 못 이루는 날들이 많은 것이 사실이잖아. 그런데 자꾸만 기억하고 싶지 않은 것들과 그 시절로 돌아갈 수 없다는 것이 슬퍼진다고. 너의 마음을 알기에 말하는데 조금만 참으면 은주 씨를 만날 수 있어. 내가 네 옆에서 도와줄게. 우리는 포기를 모르는 불사조 사나이들이잖아."

병구는 그 말을 하고, 백호의 군장을 살짝 밀어주고, 산비탈 언덕 길을 힘차게 올라갔다.

백호는 군모를 똑바로 쓰고, 용기를 내어 은주네 집에 초인종을 힘껏 눌렀다.

"띵동, 띵동, 띵동."

백호는 은주네 집 현관문이 열리는 것을 보며 속으로 기도했다.

'하느님! 부처님! 이 문을 열어주는 사람이 은주이기를 간절히 바랍니다.'

문을 여는 손목을 보니 여자 손이고, 긴 머리카락도 보였다.

백호는 더듬거리며 이름을 불렀다.

"은…… 은, 은주야!"

3) 지상에서 가장 슬픈 연인.

    은주는 세수하고, 드라이기로 머리카락을 말리고, 방을 나와 어머니께서 차려 놓은 아침상을 맛있게 먹었다. 부모님은 아침 예약손님 때문에 구로역 민들레식당에 가셨는지 집 안이 조용해서 은주는 설거지와 집안 청소를 했다. 집을 나와 학교 가는 길이 너무 즐거웠다. 그 어떤 날보다 온 세상 모든 것이 아름답고 행복했다. 학교생활도 백호를 만나 사귀기 이전과 많이 달라졌다. 수업에 집중을 할 수도 있었고, 친구들과 쉬는 시간에 어울려 놀았으며, 수업시간에 선생님 몰래 짝꿍과 떠드는 수다도 재미가 있었다. 점심에는 싸온 도시락을 여러 친구들과 어울려가며 먹었다. 시험지를 받으면 예전에는 하얀 것은 종이요. 검은 것은 글자였는데, 지금은 답안지에 답을 적어 선생님께 제출하고, 복도로 나와서 친구들과 답을 맞춰가며 기쁨과 아쉬움을 토로했다. 이젠 친구들에게 인상 깊게 읽은 시집과 주말에 백호와 같이 본 영화와 여의도에서 놀았던 이야기를 나누며 자랑하고 싶어졌다. 은주는 학생으로서 성실하고 부모님에게도 자랑스러운 딸이 되도록 어긋난 행동을 하지 않았다. 학교에서 하는 장애인시설 봉사활동도 적극적으로 참여하여 친구들에게 다른 모습을 보여주니, 어느덧 친구들에게 부러움에 대상이 되었다.

"은주가 이상해. 너는 그런 것을 못 느껴?"

"이상하기는 해. 연기학원에서 안 좋은 일이 있어서 걱정했는데, 그래도 다행이네."

"은주, 쟤 남자 친구 있는 것이 아니야?"

"은주가 무슨 남자를……. 있나?"

백호는 은주에게 매일 전화했다. 은주와 통화를 하고 나면 하루가 즐거웠고 행복했다. 백호는 저녁에 반 친구가 가르쳐 준 서로의 마음을 이름을 통해 알 수 있다는 이름점(名占)을 치기 위해 청룡이 방에서 종이를 가지고 와 밥상에 앉아 서백호와 양은주 이름을 적었다. 같은 글자를 찾아 지우려고 했는데, 백호와 은주는 겹치는 글자가 하나도 없었다. 백호는 자기 이름을 "좋싫사따생미원"하며 한자씩 써 내려갔다. 서백호는 자기 이름이 18획이라 "따라 다닌다."고 점이 나서 살짝 미소를 지었다. 백호는 양은주 이름을 "좋싫사따생미원"을 말하며 한자씩 써 내려갔다. 백호는 마지막 글자 "ㅜ"를 쓸 수가 없었다. 은주는 14획이었다. 백호는 다시 이름을 천천히 한 글자씩 확인하며 써 내려갔다. 몇 번을 해도 은주 이름에서 백호를 "원망한다."는 점이 나왔다. 백호는 종이를 확 찢어버리며 말했다.

"소석민! 이 나쁜 새끼. 왜 나에게 이런 것을 알려줘서. 진짜? 어떻게 하지. 나는 은주를 따라 다니는데, 은주는 나를 원망한다고.

아, 진짜 미치겠네. 그래, 이 점은 잘못된 거야. 그냥 장난으로 하는 것이잖아. 그래, 이름점은 그냥 우리 청소년들에 장난인거야?"

백호는 그날 밤 꿈에서 알 수 없는 깊은 수렁으로 빠지는 꿈을 꾸었다.

깊이를 알 수 없는 깊고도 깊은 낭떠러지로 백호는 계속해서 떨어지고 있었다. 너무 컴컴해서 깊이도 알 수 없는데 보일 듯 말 듯 하는 여자의 실루엣이 말을 했다.

"오빠, 나 구해줘. 제발 구해줘."

"너 은주니?"

"나쁜 놈! 너 때문에 내 인생 망쳤잖아. 너는 혼자서 잘 먹고 잘 살고 행복하게 지내. 넌 진짜 나쁜 놈이야. 내 인생 책임져. 책임지라고."하며 실루엣이 다가와 두 손으로 백호의 목을 조였다.

"누구 없어요. 살려주세요. 살려주……."

실루엣이 천둥처럼 "내 인생 책임져. 책임지라고. 이 나쁜 놈아!" 하고 지르는 소리에 백호는 잠에서 깨어났다. 식은땀이 비 오듯 흘러 이불과 요는 백호의 땀으로 흠뻑 젖어 있었고, 거실 창을 통해 밖을 보니 새벽이었다.

"내가 악몽을 꾸다니. 그것도 비명소리도 못 지르는 악몽을……?"

백호는 새벽 여명에 밝게 빛나는 샛별을 보며 기도를 했다.

"천지신명님! 저는 절대 양은주에게 나쁜 짓을 안 하겠으니, 저를 도와주세요. 은주가 저를 원망하지 않도록 도와주세요. 천지신명님, 사랑합니다. 제발 저의 기도를 들어주세요. 앞으로 착하게 살겠으니, 저와 은주의 앞길에 등불이 되어 밝혀주세요."

백호는 학교에 등교하여 짝꿍인 오주찬에게 꿈 이야기를 했다. 오주찬은 다 듣고 나서 백호를 빤히 쳐다보았다.

"왜? 내 얼굴에……."

"꿈에서 너에게 욕한 여자가 어느 학교에 다니는데?"

"엉……? 난 모르지."

"그럼, 개꿈이네. 꿈은 현실과 반대라잖아. 너 여자 친구가 생긴다는 꿈이 아닐까?"

"어? 진짜 꿈과 반대지? 여자 친구. 여자 친구라……."

"그래. 여자 친구가 생기면, 나도 한 명 소개팅 해줘라."

"엉? 어."

"……?"

일요일 날 백호는 버스 매표소에서 공중전화 카드를 사서 국민은행 앞 공중전화부스로 가 줄을 서서 기다렸다. 십 분정도 기다리고 있으니, 백호에 차례가 왔다. 백호는 02를 누르고 은주네 집에 전화를 했다. 그런데 남자가 전화를 받았다. 백호는 자기가 전화를 잘못 걸어나 해서 끊으려고 하니 상대편 수화기에서 말소리가 들렸다.

"자네가 우리 은주와 사귄다는 그 친구인가?"

"네? 네, 그런데 누구세요."

"내가 은주 아빠네. 내가 자네를 만나고 싶으니, 구로역 앞에 있는 민들레식당으로 지금 올라오게."하고 은주 아버지가 전화를 끊었다. 백호는 공중전화기를 보고 가만히 있었다.

"학생! 전화 통화가 끝났으면 얼른 나와."

백호는 공중전화부스에서 나와 온양역으로 가서 기차표를 샀다. 구로역에서 내려 민들레식당을 찾았다. 민들레식당은 역 건너편 도로가에 있어서 횡단보도를 건너서 민들레식당 앞으로 갔다. 백호는 식당 문을 열고 안으로 들어갔다. "어서 오세요."하며 아주머니가 백호를 쳐다보았다. 백호는 아주머니를 보고 은주와 똑같이 생겨서 은주 어머니라는 것을 알았다. 백호는 은주 어머니에게 인사했다.

"안녕하세요. 은주와 사귀는 서백호입니다."

"어?"하며 은주 어머니는 백호를 쳐다보았고, 주방에서는 앞치마에 손을 닦으며 남자가 나왔다. 은주 어머니가 백호에게 빈자리에 앉으라고 하면서 은주 아버지도 맞은편에 앉았다. 은주 어머니가 냉장고에서 사이다를 가지고 와 컵에 따르고 앉았다.

"자네가 우리 은주에 사귄다는 서백호라는 학생인가?"

"네. 제가 서백호입니다."

은주의 부모님은 백호를 빤히 쳐다보며 백호의 이곳저곳을 살펴보았다. 은주 어머니가 말했다.

"은주는 우리에게 외동딸이야. 그래서 걱정을 많이 했는데, 학생을 보니 마음이 놓이네. 은주가 학생 이야기를 많이 했어. 착한 오빠라며 전화 통화도 많이 했다고. 이제는 오빠가 생겨서 외롭지 않다는 말도 했고."

"네에"

"자네가 우리 은주를 많이 도와주게. 연기학원 다닌다고 하면서 고생을 했는데, 학원에서 불미스러운 일이 있고 나서 은주가 상심이 심해. 나도 자네를 보니 마음이 놓이고."

"은주는 나이답지 않게 조숙하게 행동하지만, 아직 어려서 철이 없어."

"네? 네."

'사실 저도 철이 없는 데요.'라고 백호는 생각했다.

백호는 은주의 부모님과 대화를 하고 있는데, 식당 문이 열리며 은주가 들어왔다.

"어? 백호 오빠가 여기에 왜 있어?"

"아빠가 얼굴을 한 번 보고 싶어서 오라고 했어."

은주 어머니가 백호와 은주에게 밥을 먹으라고 하면서 은주 아버지는 주방으로 들어갔다. 은주와 백호는 감자탕을 같이 앉아서 먹었다. 감자탕은 정성이 듬뿍 들어가서 그런지 맛이 있었다. 백호는 식사가 끝나고 은주의 부모님에게 인사하고 둘이 밖으로 나왔다. 그들은 구로역에서 전철을 타고 영등포역에서 내려 여의도로 갔다. 일요일 오후인데도 사람들이 많았다. 그들은 여의도를 산책하듯이 걸으며 학교에서 있었던 이야기와 지금 유행하는 개그맨들에 유행어를 흉내를 내며 산책했다.

은주가 말했다.

"오빠, 나 다음 주 수요일부터 방학이여서 토요일에 온양에 놀러 가고 싶은데?"

"어? 우리는 내일부터 방학인데. 은주, 네가 내려오겠다고?"

"응. 나는 지금까지 충주 할머니네 말고 서울을 벗어 난 적이 없어. 그래서 오빠가 사는 온양에 내려가서 구경하고 싶어서."

백호는 꼭 온양으로 내려오라고 하면서 은주를 집까지 바래다주고 영등포역에서 장항선 기차를 타고 집으로 내려왔다.

백호는 월요일 아침에 아카데미예식장 신축 공사장으로 갔다. 한 아저씨에게 말해서 공사장에서 데모도[8]를 했다. 아저씨들 들통지게에 벽돌을 팔십 장을 쌓아 주면 아저씨들은 들통을 지고 신축 건물 안으로 들어갔다. 오전에는 벽돌 일을 했지만, 점심을 먹고 나서는 모래를 질통에 담아 주는 일도 했고, 시멘트도 나는 일을 했다. 아저씨들은 해가 뜨면 일을 시작했고, 해가 지면 일을 마치고 온양시장으로 가서 막걸리를 마셨다. 공사장 옆에는 밥과 술을 파는 함바식당이 있었지만, 시장보다 비싸고 대모도 아저씨들과 오야지[9]간에 싸움이 많아서 잘 가지를 않았다. 오야지와 싸우면 다음날 일을 시키지 않고 돌려서 보낸다고 했다. 백호는 일당으로 받은 돈으로 밤새 술을 마시거나, 밤새 화투패를 했던 아저씨들이 다음 날 공사장에 나오지 않는 것을 보며, 자기도 나중에 저렇게 될까봐서 몸서리를 쳤다. 백호는 일을 하면 할수록 허리가 아파왔다. 하루는 아저씨 한 분이 백호가 허리를 두드리는 모습을 보며 말했다.

"학생인 것 같은데 뭐 때문에 더운 여름에 여기 와서 일해?"

---

⑧ 데모도 : 공사장 잡부.
⑨ 오야지 : 공사장 반장.

백호는 여자 친구와 놀러가기 위해서 한다고 말하려고 하다가 2학기 참고서와 문제지를 사기 위해서 알바를 한다고 말했다.

"곰방에 골병든다는 말이 있어. 가급적이며 이런 일 하지 마. 열심히 공부해서 좋은 대학에 들어가."하며 아저씨는 질통을 지고 계단을 오르고 있었다. 백호는 질통을 지고 오는 다른 아저씨를 보고 다시 삽질을 했다.

금요일 저녁에 은주네 집으로 전화를 했는데, 은주가 내일은 못 내려간다고 했다. 충주 할머니께서 토요일에 올라온다고 하면서 다음 주에는 내려갈 것이라며 온양에서 예쁘고 멋진 곳을 구경시켜 주고 맛있는 것도 사 달라고 했다.

백호는 월요일에 다시 예식장 신축 공사장에서 질통에 모래를 담아 주는 일을 했다. 허리가 아파서 파스를 붙여 가며 일했다. 파스 냄새를 맡은 아저씨가 청자 담배를 꺼내 물고 불을 붙여 담배 연기를 깊숙이 빨고 뱉으며 혼잣말하듯 말했다.

"내가 제일 참기 힘든 고통은 처자식들이 굶는 걸 보는 거야. 저번에 말했듯이 열심히 공부해서 대학에 가. 내가 너를 보니 참고서를 사려고 막노동을 하는 것이 아니라 방학 때 친구들하고 대천해수욕장에 놀러 가려고 하는 것 같아 보여."

아저씨는 그 말을 하고 질통을 지고 건물 안으로 들어갔다. 백호는 뜨끔하면서 힘든 고통이 굶는 것이란 말에 고개를 까웃거리며 혼잣말했다.

"나한테는 잠을 못 자는 게 더 힘든 고통인데. 그리고 아침에 일어나는 것도 얼마나 힘들고 고통스러운데."

아시바[10]를 나르는 아저씨들을 보며 고개를 끄덕이며 중얼거렸다.

"아하, 아니구나. 잠은 자기 혼자지만, 나 때문에 굶는 것은 아내와 자식이구나. 그래서 저렇게들 일하시는구나. 자식들을 가르치고 먹이기 위해서. 나는 절대 가족을 굶기지 않는다. 지금 버는 이 돈

---

[10] 아시바 : 쇠로 된 안전 발판.

도 내가 아닌 은주를 즐겁게 해주기 위해서 하는 거잖아."

백호는 질통을 내려놓은 아저씨가 조금 더 쉴 수 있도록 삽질을 천천히 했다.

백호는 금요일 저녁에 일당으로 받은 돈을 세며 행복하게 웃음을 지으며 혼잣말했다.

"2주 동안 일해서 이렇게 돈이 많으니, 은주하고 영화도 보고 신정호에 놀러가서 배도 타야지."

백호는 토요일 오전에 온양역에서 은주를 기다리고 있었다. 녹산백화점을 보니, 영화간판포스터가 눈에 확 들어왔다.

-미미와 철수의 청춘스케치-

백호는 영화포스터를 보고 웃으며, 개표구에서 나오는 은주를 보았다.

"은주야, 여기! 여기!"하며 백호는 은주에게로 걸어갔다. 은주는 백호를 보며 환하게 웃으며, 역문 옆에 있는 빨간 우체통에 엽서를 넣었다. 둘이 손을 잡고 온양역 광장을 걸을 때 백호가 녹산극장을 보며 말했다.

"은주야, 우리 미미와 철수의 청춘스케치 영화보자."

"응, 좋아. 나도 저 영화를 진짜 보고 싶었는데."

백호는 은주와 같이 녹산극장으로 갔다. 백호가 청춘스케치 영화를 보고나서 신정호 관광단지를 산책하자는 말에 은주의 눈빛이 들뜬 설렘으로 가득했다. 매표소에서 표를 사서 영화관으로 들어가서 백호와 은주는 배꼽이 빠져라 웃어가며 영화를 보았다. 이규형 신인감독이 만들었는데 영화가 정말 웃겨서 은주는 백호의 어깨를 두드려가며 보았다. 둘이는 영화관을 나와 엘리베이터를 타고 내려가려고 했는데 은주가 벽보에 '신나고 재미있는 녹산롤러스케이트장 3F'라고 쓴 포스터를 보았다. 은주는 백호에게 포스터를 가리키며 말했다.

"오빠, 지금 롤러스케이트장에 가자."

"엉? 점심은……."

"천천히 먹어도 괜찮아. 그리고 아직 배도 안 고프고."

백호는 내심 걱정하면서 은주와 같이 계단을 이용해 롤러스케이트장으로 들어갔다. 백호는 매표소에서 준 롤러스케이트를 받으며 말없이 자기 신발을 주고 롤러스케이트를 신고 있었다.

은주가 말했다.

"오빠, 난 여의도 광장에서 롤러를 뒤로도 타고, 점프도 할 수 있고, 지그재그로 탈 수도 있어."

"그래!"

은주는 백호의 대답을 들으며 백호의 손동작을 보았다. 백호가 롤러스케이트를 묶는 것을 보며 롤러를 처음 탄다는 것을 은주는 알았다. 은주가 먼저 일어나 롤러장 안으로 들어갔다. 은주는 음악에 맞추어 가면서 롤러를 탔다. 그런 은주를 롤러장에 있던 많은 학생들이 넋을 놓고 바라보았다. 백호는 롤러장 안으로 들어와서 벽을 잡고만 있었다. 발을 움직이면 넘어져서 벽에 딱 붙어 있었다. 롤러장 안에 있는 긴 의자에 앉고 싶었지만 사람들이 앉아 있었다. 은주는 롤러스케이트를 잘 탔지만, 백호는 두려워서 탈 수가 없었다. 은주는 뒤로 타면서 백호에게 다가갔다. 음악소리 때문에 "오빠, 내 손 잡고 타면 돼."라고 크게 말하며, 은주가 백호의 손을 잡아 주었다. 은주는 뒤로 움직이며 백호의 손을 잡고 천천히 롤러장을 돌았다. 백호는 은주가 손을 놓을까봐 꽉 잡았다가 은주가 아플 것 같아서 다리에 힘만 주니 앞으로 나아갈 수가 없었다.

"오빠, 나만 믿고 발을 뒤로 밀어. 그렇지. 오빠, 진짜 잘하네."

백호는 은주가 가르쳐주는 대로 하면서 롤러를 탔다. 몇 번을 넘어져도 은주는 잘 탄다, 고 말하거나, 오빠는 진짜 멋지게 탄다, 고 하면서 계속 뒤로 타면서 백호에게 칭찬의 말을 하며 백호의 양손은 놓지 않았다. 백호는 은주에게서 칭찬하는 말을 들으니 자신감이 생겨서 이제는 은주가 잡아주지 않아도 탈 수가 있었다.

"은주야, 넌 어떻게 이렇게까지 잘 타냐?"

"오빠, 우리 집 앞이 여의도 광장이잖아. 여의도에는 자전거 타는 사람도 많지만, 롤러를 타는 사람도 많아. 그래서 나는 주말에는 여의도에서 롤러를 탔지만, 자전거는 가르쳐 주는 사람이 없어서 못 배웠다고. 지금은 오빠가 가르쳐 주어서 잘 타잖아."

백호와 은주는 롤러스케이트장에서 재미있는 시간을 보냈다. 그들은 녹산백화점을 나와 온양시장으로 갔다.

"은주야, 너 쫄면 좋아하니?"

"쫄면? 한 번도 먹어 보지 못했는데. 떡볶이는 학교 앞 분식집에서 친구들하고 많이 사 먹었지만."

백호는 온양경찰서를 지나 왼쪽으로 꺾어서 우리분식식당으로 갔다. 그런데 우리분식 앞에는 여학생들이 줄을 서서 기다리고 있었다. 백호는 앞에 있는 여학생들을 세며 은주에게 말했다.

"여기 쫄면이 온양에서 제일 맛있는데, 사람이 너무 많네. 다른 곳으로……."

"내가 봐도 그런 것 같아. 먹고 나오는 애들 보니, 땀을 흘리면서도 즐거워 보이잖아. 오빠, 그냥 여기서 기다렸다가 먹자."

백호와 은주는 차례가 되어서 식당 안으로 들어갔다. 백호가 쫄면 두 개와 김말이 튀김을 시켰다. 백호는 쫄면이 나와서 젓가락으로 비비고 있는데, 은주가 웃으며 말했다.

"오른손으로 비비고, 왼손으로도 비비고."

백호는 은주가 하는 말을 듣고, 은주를 따라서 말했다.

"오른손으로 비비고, 왼손으로도 비비고."

은주는 그런 백호를 보며 입을 가리고 웃었다. 백호는 쫄면을 다 먹고 나서 김말이 튀김은 남은 쫄면 양념에 찍어서 먹어야 한다, 며 은주에게 가르쳐 주었다.

"오빠, 이렇게 김말이 튀김을 먹으니 진짜 별미다."

둘이는 쫄면 맛있게 먹고 식당을 나와 시장을 지나 신정호로 향했다. 제일관광호텔을 지나면서 백호가 말했다.

"옛날에는 온양시로 신혼여행을 많이들 왔었다고 해."

"어? 우리 아빠, 엄마도 신혼여행을 온양온천과 도고온천으로 왔다고 했는데."

"진짜?"

둘이는 웃어가며 온양공립병원을 지나는데 은주가 말했다.

"여기는 어떻게 공립병원보다 호텔들이 더 커. 촌 동네라 아픈 사람은 없고, 호텔만 크게 해서 시의 인구를 늘리려고 하나?"

백호가 은주를 보았다. 백호는 대답을 하려고 했지만, 생각나는 말이 없어서 주택은행만 보았다. 그때 주택은행에서 발행한 복권을 아버지가 사는 것이 생각나서 말했다.

"우리 아버지는 한 번도 당첨이 된 적이 없으면서 주택복권을 매주 사. 나 이해를 할 수가 없어. 차라리 그 돈으로 저축하면……."

"오빠, 주택복권이 아니라 올림픽 복권이라고. 이름이 바뀐 지가 언제인데."

"주택이든, 올림픽이든 간에 그 돈을 저축하면 좋잖아. 말이 복권이지 도박이잖아. 아버지와 같이 텔레비전을 볼 때마다 아나운서가 '쏘세요.'하면서 누나들이 번호를 들고 말하는 것이 도박에서……."

은주가 말을 가로막으며 말했다.

"오빠, 복권은 도박에 거는 돈이 아니라 자기의 인생을 거는 거야."

백호는 은주를 보며 똑똑하다고 생각했다. 복권을 도박만으로 생각했는데 은주의 말대로 복권에 인생을 거는 사람들이 많다는 것을 어른들을 통해 알 수가 있었다. 그러나 백호는 어른들을 이해할 수가 없었다. 흘린 땀에 노동은 값진 것이다, 라고 생각하며 그 돈을 저축하면 오히려 복권보다 더 많은 돈이 될 것이라고 생각했다.

백호는 주택은행을 보며 나중에 여기에 취직을 해야겠다고 다짐했다. 은주가 건너편 인도에서 걸어가는 노부부를 보며 말했다.

"오빠, 우리도 나중에 저렇게 될 날이 오겠지?"

백호는 노부부를 보며 어떤 말을 해야 할지 잠시 망설였다.

"늙는다는 것은 막을 수가 없어. 나이가 들수록 세상에 인정해야 하는 것과 기억을 지우는 것이 아니라 떠나보내는 순간이 짧다는 마음의 시간으로 어른이 되는 것이 아닐까?"

"와, 오빠 진짜 유식해졌네."

"음, 그래. 그럼 한 번 더 말하지. 인생에서 가장 아름다운 날이 언제인지 알아?"

"……어, 그게?"

"그것은 아직 살지 않은 우리의 미래야. 왜? 지금 그 미래를 즐겁고, 행복하게 하기 위해 오늘을 열심히 살아가는 거니깐."

"오빠, 진짜 짱이다."

은주는 감탄하며 백호의 얼굴을 쳐다보고 나서 언덕길을 힘차게 걸었다. 백호는 은주가 걸어가면서 앞뒤로 흔드는 손을 다시 잡아볼까, 하며 왼손을 보았다. 은주는 그런 백호를 보며 웃었다. 백호는 놀란 얼굴로 은주를 보며 말했다.

"저녁에는 돌체레스토랑에서 고소한 크림 스프와 돈가스를 먹자. 그 레스토랑에서는 토스트가 나오는데 사장님이 직접 만들어서 맛있어."

"오빠는 어떻게 그 레스토랑을 잘 알아. 나 말고 다른 여자 애와 같이 가봤어?"

"어? 아니, 아니야. 친구들에게 물어봤지."

"진짜지?"

"진짜, 하느님께 맹세할 수 있어."

은주는 웃으며 말했다.

"오빠의 말을 믿을게."

온양고등학교를 지나며 백호가 말했다.

"미미와 철수의 청춘스케치 영화에서 나왔던 최양락 형이 여기 온양고등학교를 졸업했어."

"깐족거리는 최양락 개그맨이 온양 출신이라고?"

"그래, '남 그리고 여'에서 팽현숙과 같이 나오잖아. 내가 볼 때 최양락 형과 팽현숙 누나는 둘이 결혼할 운명이야. 둘이 남과 여 카페에서 나올 때보면 진짜 천생연분 같다니깐."

"백호 오빠! 개그맨들끼리는 절대 결혼 안 해, 아니 연예인들끼리는 결혼을 안 한다고."

"은주야, 너 만약에 둘이 결혼하면 어떻게 할래."

은주는 백호를 쳐다보았다. 그리고 잠시 고민을 하더니 대답했다.

"둘이 결혼하면 나는 오빠한테 시집갈게."

백호는 은주를 보며 더듬거리며 말했다.

"진…… 진, 진짜 농, 농담하는 것 아니지?"

백호는 오른손 새끼손가락을 보이며 약속하라고 했다. 은주는 웃으며 새끼손가락으로 약속하고 엄지손가락으로 도장도 찍고 백호 손바닥에 사인까지 해 주었다.

"오빠, 절대 그런 일은 없지롱."하면 양 볼에 엄지손가락을 대며 손바닥으로 날갯짓을 하며 혀를 내밀며 메롱했다. 백호는 은주의 행동이 너무 귀여워서 죽을 지경이었다. 둘이는 방축주공아파트를 지나면서 다정하게 손을 잡으며 걷고 있었다.

"백호 오빠! 넌센스 퀴즈."

"퀴즈?"

"응. 내가 문제를 낼 테니 한번 맞추어봐. 신혼여행 갈 때 3대 필수의약품이 무엇일까요?"

"어어? 그런 게 다 있어. 난 모르겠는데. 그런 약도 다 파나?"

"팔지. 배 멀미에는 키미테. 커져라 세져라 미니막스. 12시간 지속 콘텔600이거든."

"어? 그러니깐. 그게 배와 커지고 12시간. 야, 그건…….''

"하하하. 그래 아재개그야. 나는 오빠의 이런 순진무구한 마음이 진짜 좋아.''하면 은주는 크게 웃었다. 백호는 은주가 웃는 모습을 보며 가슴이 따스해지며 즐거웠다. 백호는 속으로 '은주야! 내가 너의 영원한 흑기사가 되어 줄게.'하며 더 크게 웃으니, 은주가 가까이 다가와 백호에게 팔짱을 끼면서 다정하게 웃었다. 백호는 이 느낌이 사라지지 말고 영원하다면 좋겠다고 생각했다. 신정호에 도착하니 사람들이 별로 없었다. 그들은 이순신 동상이 있는 곳으로 걸어가는데 조용하던 하늘에서 꽝하며 번개 빛이 번쩍거렸다. 또다시 천둥이 우르르 꽝꽝하며 내리쳤다. 요란한 소리를 내며 소낙비가 '쏴아'하며 내리고 하늘에는 먹구름이 드리워져 오후 3시이었지만 믿을 수 없을 정도로 어두워졌다. 바람도 거칠게 울부짖는 소리가 들려왔다. 백호와 은주는 신정호 공중화장실로 들어갔다. 거센 빗발이 화장실 유리통문에 부딪쳤다. 백호는 우우우 하는 날카로운 바람 소리를 들으며 말했다.

"갑자기 웬 소나기래?"

"오, 오빠! 진짜 무섭게 비가 내린다. 바람도 심하게 우네.''

은주의 말처럼 바람이 우우우 하며 더 심하게 울고 있었다. 비극이 일어나기 직전처럼 비바람이 심하게 몰아쳤다. 은주는 마음속으로 이상한 걱정이 앞섰다.

'우리한테 별일이 없어야 할 텐데.'

백호가 은주를 보며 화장실 안을 살펴보았다. 화장실 안에는 백호와 은주 둘만이 있었다. 은주도 백호를 보며 '내 가슴이 왜 이렇게 떨리는 걸까.'하고 속으로 생각했다. 백호는 19년 동안 살면서 이렇게까지 긴장했던 순간이 또 있었을까 싶었다. 백호가 은주를 살며시 껴안았다. 그리고 은주에 눈을 보았다. 그 맑은 눈으로 꼼짝하지 않고 백호를 쳐다보았다. 그리고 은주의 도톰한 입술에 가로로 가는 선들이 관능적인 입술이었다. 그 입술을 보는 순간 백호의 얼굴이 화끈 거렸다. 은주는 쿵쾅거리는 가슴을 진정시키며 천천히 눈을 감았다. 백호는 은주의 입술에 키스를 했다. 키스하는 동안 밖에서는 바람도 비도 멈추었다. 은주가 눈을 뜨고 백호를 더 세게 꼭 껴안았다.

"은주야! 나 앞으로 너만 좋아할 거야. 내 목숨보다 더 너를 아끼고 사랑할 거야."

"나도 백호 오빠가 좋아. 순수하면서도 때가 묻지 않은 오빠가 정말 좋아."

그들은 한 번 더 키스를 하고 밖으로 나왔다. 비와 바람은 언제 내렸냐는 듯 하늘이 맑고 바람도 신선하면서 시원했다. 백호는 은주의 손을 잡고 신정호를 산책하려고 하는데 주차장 봉고차에서 남자들이 내리며 손짓으로 백호와 은주를 불렀다. 은주는 직감으로 위험하다는 것을 알고 백호의 손을 잡고 공원 밖으로 뛰었다. 그러나 몇 발자국도 못가서 백호와 은주는 남자들에게 잡혔다.

"이 새끼가 도망가. 야, 저 년은 차에 태워."하며 인상이 험악한 남자가 말했다. 은주는 봉고차에 타지 않으려고 발버둥을 쳤는데, 말한 남자가 손날로 은주의 목을 내리쳤다. 은주는 기절을 해서 봉고차 안에 던져졌다. 다른 남자가 백호에게 다가와서 말했다.

"조용히 가만히 있으면 다치지 않는다. 알았지, 아가야."

"살려주세요. 저와 여자 친구를 살려주세요."

남자가 씩 하고 웃을 때 봉고차에서 은주의 목소리가 들렸다.

"아저씨! 안돼요. 안 돼. 백호 오빠! 나 살려줘. 사…… 살, 살려줘."

백호는 그 남자를 밀치고 봉고차가 있는 곳으로 뛰어갔다. 갑자기 백호는 눈앞이 캄캄해졌다. 백호가 눈을 뜨니 땅 바닥에 넘어져 있었다. 백호 귀에 대고 남자가 말했다.

"내가 말했잖아. 가만히 있으면 살 수 있다고. 너 내가 세게 차면 그냥 골로 가."

백호는 무슨 말인가 하려고 했지만, 머리가 너무 아파서 말을 할 수가 없었다. 봉고차에서는 은주가 계속해서 비병을 지르고 있었다.

"안 돼. 아……안…… 돼."

백호는 다시 일어나서 봉고차가 있는 곳으로 가려고 했다. 백호는 남자가 발을 들어 백호의 얼굴을 때리는 것을 똑똑히 보았다. 백호는 그 발에 맞고 다시 정신을 잃었다.

"야, 이 새끼야! 그 애를 개 반죽으로 만들면 어떻게 해. 귀밑머리 솜털이 보송해서 이 년은 오늘부터 내가 데리고 다닌다."

백호는 땅에 엎드려서 험악하게 생긴 남자를 노려보며, 봉고차 안에 있는 은주를 보았다. 은주의 윗옷은 전부 찢어져 있었고, 청바지로만 다리를 가리고 있었다. 은주는 백호를 보며 울고 있었다. 아니, 살려달라고 간절하게 백호의 눈을 보고 있었다. 백호가 일어나려고 하니 남자가 백호의 배를 밟았다. 그 남자가 허리를 숙이고 말했다.

"가만히 있으면 산다고 했잖아."

백호는 그 남자의 인상보다 발이 더 무서웠다. 백호는 두려움과 무서움 때문에 몸이 빳빳하게 굳어서 손가락도 움직여지지가 않았다. 봉고차에서는 은주가 백호를 보며 살려달라고 간절하게 눈빛으로 말했다. 백호는 두려움 때문에 손발이 바들바들 떨리고, 꼼짝할 수가 없어서 자기도 모르게 은주의 눈빛을 피해 아스팔트 주차장 바닥을 보았다.

"모두 차에 타라. 그 병신 새끼는 내버려 둬."하고 험악하게 생긴 남자가 말했다.

"지 애인이 성폭행 당했는데도 킥 소리도 못하는 병신 같은 새끼네. 안 그렇습니까? 망치 형님!"이라고 남자가 말했을 때 옆에 있던 남자가 말한 그 남자를 엎어치기를 했다.

"어이쿠."

"야, 이 짱돌 새끼야! 형님 이름 막 부르지 말라고 했지?"

짱돌이라는 남자는 백호 옆에 대(大)로 뻗어 있었다. 백호를 발로 찬 남자가 백호 귀를 잡아당기며 말했다.

"앞으로 쟤는 찾지 마라. 그냥 너답게 지금처럼 조용히 강아지처럼 살아."

남자는 그 말을 하고 봉고차로 갔다. 백호 옆에 뻗어 있던 짱돌이라는 남자가 일어나 앉으며 중얼거렸다.

"너를 때린 놈은 국대라고 하는 전직 태권도 국가대표고, 나를 엎어치기 한 새끼는 재떨이라는 전직 유도 국가대표 출신이다. 저년은 영원히 잊어라. 이제 저년은 망치의 영원한 노리개야. 인마."

짱돌이라는 남자는 등허리를 만지며 봉고차로 갔다. 백호는 봉고차가 주차장을 빠져 나가는 것을 보고 일어나 뛰었다. 그때 백호 귀에 가까이서 음악소리가 들렸다. 백호는 음악소리가 들리는 신정호 중간에 떠있는 수정궁으로 뛰어갔다. 다리를 지나 수정궁 문을 열고 크게 소리를 질렀다.

"살려주세요. 제발, 우리 은주를 살려주세요."

백호에 간절한 목소리를 듣고 음악이 멈추었고, 춤을 추던 사람들과 종업원들이 밖으로 나왔다. 그들은 백호를 보며 물었다.

"그래, 친구가 어디에 빠졌니?"

"아니에요. 물에 빠진 것이 아니라 망치라는 깡패가 은주를 데리고 갔어요."

백호는 보았다. 종업원들이 너무 놀라서 수정궁으로 다시 들어가는 것을. 사람들도 종업원과 몇 마디를 나누더니 수정궁으로 다시 들어갔다. 아무 일 없다는 듯이 다시 수정궁에서 음악이 크게 울리기 시작했다. 백호는 수정궁으로 들어가지 않은 아저씨 한 명을 붙잡고 말했다.

"아저씨! 제발 도와주세요."

그 아저씨는 백호를 뚫어지게 보며 말했다.

"이 수정궁도 망치 것이다. 망치는 서울에서 유명한 정치 깡패야. 그래서 이 수정궁 종업원들도 망치라는 소리를 듣고 겁부터 먹은 것이고. 네 여자 친구는 영원히 찾을 수가 없을 것 같다. 깨끗하게 잊고 그냥 다른 여자 친구를 사귀어."하며 아저씨도 수정궁으로 들어갔다. 백호는 신정호 도로를 뛰기 시작했다. 눈물 때문에 앞이 보이지가 않았지만, 그래도 은주가 봉고차를 타고 간 곳을 향해 뛰었다. 제일호텔까지 뛰어와서 봉고차만 보이며 그 안을 살폈다. 모든 차를 살피며 백호의 머릿속에서 봉고차 번호판이 생각났다.

-서울 75 2???-

그 다음 번호는 기억이 나지가 않았다. 백호는 역전파출소로 다시 뛰어갔다. 파출소 문을 열고 경찰들에게 신정호에서 일어난 일을 말하기 시작했다. 나이 많은 경찰이 백호의 설명을 듣더니 백호의 말을 끊었다.
"뭐? 망, 망치가 온, 온양에 나타났다고. 야, 김 순경. 빨리 서에 전화해서 망치가 내려왔다고 전해. 야, 이거 큰일이네. 망치, 그 패거리 새끼들이 어디 보통 놈들인가."하며 한 숨을 크게 쉬었다.
백호는 은주에 대해 더 설명하려고 했는데, 파출소 안은 경찰들이 전화하는 목소리로 더 시끄러웠다.
"글쎄, 망치파가 내려왔다고 합니다."
"진짜 망치가 나타났습니다."라고 심성식 경찰이 말했다.
"이거 이번에는 온양시내와 온양관광호텔 나이트클럽을 쑥대밭으로 만드는 것이 아닌지 모르겠습니다."
파출소 경찰들은 서로가 전화기만 들고 떠들고 있었다. 백호는 어쩔 수 없이 파출소를 나왔다. 온양역 앞에 공중전화부스로 갔다. 은주네 집 전화번호를 누르면서 은주가 전화를 받기를 빌었다. 조금 전에 일어난 사건이 꿈이기를 모든 신들에게 빌었다. 전화의 신호는 계속해서 갔지만, 전화를 받는 그 누구도 집에 없었다. 백호는 온양역을 보며 구로로 갈까를 생각했다. 그때 전화기에서 상냥한 여자의 목소리가 들렸다.

"지금은 거신 전화는…….."

백호는 수화기를 내려놓고 동전 떨어지는 소리를 들었다. 그 동전 떨어지는 소리가 백호의 심장도 같이 쿵하며 떨어지게 했다. 백호는 온양시내 도로를 보며 망연자실하게 서 있었다.

"내가 왜 태권도를 배우지 않았을까?"하며 한 숨을 쉬었다.

역전파출소 언덕에서 검은 도복을 입고 내려오는 친구들과 후배들이 보였다. 친구들은 백호를 보지 못했는지 백호 앞을 지나 역 광장으로 걸어갔다. 그때 역 안에서 한 남자가 뛰어나오고, 아주머니가 뒤를 따라 나오며 소리를 질렀다.

"저 소매치기가 내 지갑을 훔쳐 갔어요. 도와주세요."

그 소리를 듣고 백호의 친구와 후배들이 그 남자를 막아섰다. 그 남자가 가슴에서 긴 칼을 꺼냈다. 파출소에서도 소매치기라는 소리를 듣고 경찰들이 나와서 그 광경을 보고만 있었다.

"어떤 새끼든지 덤벼. 오늘 아주 황천길을 제대로 보내 줄 게."

경찰들이 가만히 있는데 백호와 같은 반 친구인 김상복이가 그 남자에게 다가갔다. 백호가 아는 상복은 겁이 많아서 학교에서도 잘 나서지 않는 친구였다. 그 남자가 말했다.

"어쭈. 어린놈이 죽여 달래라고 덤비네."하며 칼을 앞으로 내밀었다. 소매치기를 당한 아주머니도 겁이 나서 더 이상 말을 못하고 있었다. 백호는 상복이가 어깨에 걸친 도복을 그 남자에게 던지는 것을 똑똑히 보았다. 상복은 도복을 던지면서 자세를 잡더니, 뒤후려차기로 그 남자의 머리를 정확하게 차고, 쓰러진 그 남자의 칼을 든 오른팔을 꺾고 움직이지 못하게 했다.

"아이고, 내 팔. 팔이 아프다고. 아아."

경찰들이 다가와서 소매치기를 잡고 지갑을 찾아 아주머니에게 돌려주었다. 경찰들이 상복에게 고생했다며 학교와 이름을 물어보았다. 백호는 상복이가 언제 저렇게까지 태권도를 배웠는지 궁금했다. 백호는 은주를 찾기 위해서는 태권도를 배워야겠다고 다짐했다. 광장을 지나 걸어가는 상복이에 뒷모습을 보며 차라리 상복이가 조금 전에 그 발차기로 국대라는 깡패를 때려 눕혔으면 좋겠다고 생각했다. 백호는 집에 와서 은주네 집으로 계속해서 전화했다. 밤 10시에 다시 전화를 했는데 은주 어머니가 전화를 받아서 자기도 모르게 놀라서 끊었다. 백호는 거실에서 잠을 자려고 했지만 잠도 오지 않았고, 국대에게 맞은 어깨와 머리가 아파서 제대로 누울 수가 없었다.

백호는 일요일 아침에 일어나서 어제 일들은 꿈이기를 바라며, 다시 은주네 집에 전화했다. 이번에는 은주 아버지가 전화를 받았다.

"은주니?"

백호는 깜짝 놀라서 전화를 또 끊었다. 전화기를 보는데 다시 전화할 용기가 나지 않았다.

여름방학이 끝나는 개학날인 월요일에 백호는 상복을 학교 교련장으로 불러냈다.

"상복아! 나 태권도 가르쳐 줄 수 있어?"

"왜? 누가 또 너를 괴롭혀. 그리고 나는 태권도가 아니고 합기도거든. 그런데 내가 운동하는 것을 네가 어떻게 알았어?"

백호는 지난 토요일 날 온양역에서 본 이야기를 했다.

"그래서 나도 태, 아니 합기도를 배우고 싶어."

상복이 말했다.

"나 송악사거리 새마을금고 3층에 있는 정도관에 다녀. 토요일에는 동양합기도체육관에서 3단 심사를 받고 나온 것이고. 정말 배우고 싶으면 송악사거리 정도관으로 오던지."하고 상복은 교실로 들어갔다. 백호는 하굣길에 송악사거리 정도관에 들러서 체육관에

등록했다. 도복과 흰띠를 받고 합기도를 정식으로 배우기 시작했다. 백호는 토요일 오후에 합기도를 끝내고 영등포역으로 가는 기차를 탔다. 영등포역에서 내려 지하철을 타고 구로역 민들레식당으로 갔다. 문 앞에서 잠시 생각하다가 문을 열고 안으로 들어갔다. 백호가 들어오는 모습을 보고 은주의 부모님은 의자에서 일어났다. 백호는 무릎을 꿇고 울며 지난 토요일에 있었던 일을 말했다. 갑자기 은주 아버지가 백호에게 의자를 집어 던지고, 백호에게 뺨을 때렸다. 은주 어머니는 계속해서 울고, 은주 아버지는 백호를 노려보며 다시 또 뺨을 때렸다. 백호의 얼굴이 확 돌아갔지만 벌겋게 달아오른 볼을 만지지는 않았다.

"이제 와서 그 이야기를 하면 어떻게 해, 이 새끼야!"

은주 아버지가 또 때리려고 할 때 은주 어머니가 말렸다.

"여보, 지금 중요한 것은 신고예요. 얘가 무슨 잘못이 있다고. 빨리 구로경찰서에 가서 신고부터 해요."

은주 어머니는 은주 아버지를 달래며 백호와 같이 구로경찰서로 갔다. 구로경찰서에 도착해서 백호는 모든 이야기를 했다. 은주의 부모님은 울면서 경찰들에게 은주를 꼭 찾아달라며 간곡하게 부탁했다. 백호는 경찰들에 표정을 보았다. 온양 역전파출소에서 경찰들이 보였던 표정과 지금 구로경찰들이 보인 표정이 너무 똑같다는 것을 알았다. 한 경찰이 인적사항 등을 적으라며 종이를 주고 자기들끼리 수군대었다. 백호와 은주의 부모님은 경찰서를 나왔다. 백호는 은주의 부모님에 뒤를 따라 식당으로 갔다. 식당에 도착해서 은주 아버지는 냉장고에서 소주를 꺼내 병째 마셨다. 은주 아버지가 퀙퀙 거려서 은주 어머니가 등을 두드리며 말했다.

"술 한 잔도 못하는 양반이 병째 소주를 마시면 어떻게 해. 이럴수록 정신 차려서 은주를 찾아야지. 그리고 은주는 어린애가 아니라 집도 찾아오고 전화도 할 수 있잖아. 당신과 내가 정신을 차려야만이 우리 은주를 찾을 수 있다고."

은주 아버지는 일어나서 백호에게 다가가 또 뺨을 좌, 우로 때렸
다.

 "야, 이 새끼야! 우리 은주를 찾으란 말이야. 너는 뭐하는 새끼
야."

 백호는 다시 무릎을 꿇고 울었다. 아파서 우는 것이 아니라 진심
으로 미안해서 울었다. 무능한 자신을 한탄하며 울었다. 겁이 나서
소리도 못 지르고, 무서워 몸이 덜덜 떨리고, 두려워 은주의 눈빛
을 피한 것 때문에 더 크게 울었다. 은주 어머니가 한숨을 크게
쉬며 말했다.

 "우리 은주는 힘들고 어려운 상황일수록 문제를 해결하려는 침착
성을 발휘하는 야무진 딸이잖아. 그리고 지금까지 앙탈을 부린 적
도 없는 의젓한 딸이었는데."

 은주 아버지는 의심스러운 눈으로 백호를 찬찬히 쳐다보며 말했
다.

 "네가 아무 이유 없이 우리 은주를 온양으로 내려오라고 할 일이
없잖아. 다른 곳에. 너 설마 은주를 인신매……."

 백호는 자신도 모르게 "씨발, 아니라고."하며 예의에 어긋났다고
생각했지만, 화가 나서 죄송하다는 말은 하지 않고 울기만 했다.

 "가. 가라고 새끼야. 꼴도 보기 싫으니 가라고. 은주를 찾기 전에
는 여기에 오지도 마. 이 새끼야."하며 은주 아버지도 울었다. 백
호는 울며 문을 열고 밖으로 나와 영등포로 갔다. 은주네 집에 가
서 초인종을 눌렀다. 안에서는 아무런 인기척이 없었다. 백호는 몇
번을 초인종을 누르다가 여의도로 갔다. 여의도 광장 한가운데에
서서 크게 이름을 불렀다.

 "은주야! 은주야! 내가 미안해. 내가 반드시 너를 찾을 게. 은주
야! 흑흑흑."

 자전거를 타던 사람들도 롤러스케이트를 타던 사람들도 백호를
보았다. 그래도 백호는 은주의 이름을 계속해서 불렀다. 백호는 밤

기차로 온양으로 내려왔다. 백호는 온양역에서 집까지 뛰어갔다. 백호는 집에 도착해서 공책에 조직도를 그리며 말했다.

"망치가 두목이고, 국대와 재떨이가 망치의 경호원이다. 그리고 망치는 내가 잡아서 은주를 꼭 찾는다."

백호는 새벽에 온양시내를 뛰어 다니며 신문을 돌렸다. 하교 할 때도 뛰어서 집에 갔다. 정도관 체육관에서 운동할 때는 하나라도 더 호신술을 배우기 위해 상복에게 매달리며 가르쳐 달라고 했다. 백호는 양쪽 종아리에 5kg 모래주머니를 메고 다니며 생활했다. 토요일 오후에는 구로역 민들레식당에 올라가서 식당일을 도와주 었다. 처음에 백호가 식당 일을 도와주었을 때는 은주 아버지가 백 호를 쫓아내며 은주를 찾아오라고 했다. 백호는 다시 식당으로 들 어가서 식탁을 닦고 서빙을 했다. 이제는 백호가 와도 은주 아버지 는 신경을 쓰지 않았다. 아니, 투명인간으로 보았다. 은주 어머니 는 백호에게 그만 와도 된다며 오지 못하게 했지만, 시간이 지날수 록 은주 어머니는 백호가 친아들 같은 생각이 들었다. 은주의 부모 님은 집전화도 식당에서 받을 수 있도록 했다. 경찰도 전화도 은주 에 대한 아무런 소식이 없었다. 어디에 있는지, 살았는지, 죽었는 지 그것이 궁금한데 경찰서에서는 기다리라고만 하니 어떻게 해야 할지 그 누구도 몰랐다.

은주의 부모님은 매일 소리 죽여 가며 가슴으로 울었다. 크게 울 면 은주에게 나쁜 영향이 갈 것 같아서 눈물도 보이지 않으며 울 었다. 은주가 사라진 날에 충주 할머니는 끝내 눈물을 보이지 않으 며, "다 내가 죄가 많아서 그런 거야. 이 업을 어떻게 해야 하나." 하며 몇 달을 시름시름 앓더니 끝내 은주를 보지도 못하고 돌아가 시고 말았다.

백호는 토요일 밤마다 천호동, 청량리, 미아리, 서울역 등을 돌아 다니며 은주를 찾았다. 그 어디에서도 은주를 찾을 수가 없었다. 은주의 증명사진은 이제 백호의 손 땀이 묻어 누렇게 변해갔다. 그래도 백호는 포기를 하지 않았다. 수원역, 평택역, 인천역 등을 돌아다니면서 은주를 찾았다.

초겨울 어느 날, 하루는 서울역 대합실에서 파주 용주골에 망치가 나타나서 집장촌을 쑥대밭을 만들었다는 이야기를 듣게 되었다. 백호는 서울역에서 택시를 타고 파주 용주골에 도착했다. 용주골은 평온하다 못해 영업이 한창 성업 중이었다. 나이를 알 수 없는 여자가 백호에게 다가왔다.

"자기야, 내가 서비스 잘 해 줄 테니 놀다가."

백호는 그 여자에게 은주에 대해 말했다.

"은주? 은주는 이 안에 있는데."하며 백호를 데리고 여자가 방으로 들어갔다. 그 여자는 백호에게 은주를 보고 싶으면 이만 원을 달라고 했다. 백호는 여자에게 이만 원을 주고 은주를 기다렸다. 여자가 다시 들어와서 백호에게 말했다.

"뭐해? 옷을 안 벗고."

"저기 누나가 은주 여기 있다고 했잖아요. 지금 은주는 어디에 있어요?"

여자는 헛웃음을 치며 말했다. 한 번 이곳에 들어오면 늙거나 병들기 전에는 빠져 나갈 수 없는 곳이라고 했다. 자기 발로 들어왔든, 팔려서 왔든, 인신매매로 왔든가에 이곳에서 벗어나기는 힘들다고 했다. 그리고 여자가 백호의 귀를 번쩍 뜨게 하는 말을 했다.

"이런데서 몸 파는 애들은 벗어나고 싶어도 못 벗어나. 왜? 망치가 지 부하들 풀어서 지구 끝까지 찾아다니거든. 그리고 한 번도 망쳤다가 잡히면 마약 중독도 시킨다고."

"누, 누나. 지, 지금 망치라고 했어요?"

"어? 그래 망치. 망치파 두목이 망치인데. 네가 망치를 알아?"

백호는 은주에 대해 이야기하며 반드시 은주를 찾겠다고 했다. 그런 백호를 여자는 빤히 쳐다보며 입을 열었다.

"포기해. 망치 뒤에는 수많은 정치인들이 있어. 그리고 태권도와 유도했던 국가대표 출신 경호원들도 있고."

그 말을 듣고 백호가 말했다.

"난 죽어도 포기 못 해요. 반드시 은주를 찾기 전에는 포기란 없어요."

여자는 백호가 순진하다고 느껴서 호주머니에서 이만 원을 꺼내주며 말했다.

"이 돈 다시 돌려줄게. 그리고 망치가 자주 나타나는 곳은 서울역이야. 그곳이 망치파에 본거지라고. 물론, 전국 곳곳에 망치의 부하들이 있지만, 은주를 찾고 싶으면 망치가 잘 나타나는 서울역이나 청량리역에서 찾으라고 알았어."

여자는 그 말을 하고 백호를 데리고 나와 용주골 밖으로 쫓아냈다.

간절하게 원하면 하늘도 도와준다는 믿음으로 은주 어머니는 매일 새벽 천주교에 나가서 미사를 드렸다. 그러던 어느 날 새벽 미사에 나가려하는데 전화벨이 울렸다. 은주 어머니는 직감으로 은주라는 것을 알고 수화기를 들고 "은주니?"하며 이름을 불렀다. 수화기 너머에서는 애처롭게 우는 소리만 들렸다.

"은주야, 엄마다. 지금 어디니? 몸은 괜찮고?"

"······흐흐흐."

대답 없이 흐느껴 우는 소리만 더 크게 들렸다.

"은주야! 아빠와 엄마가 네 생각만 해. 백호도 그렇고."

"······? 엄, 엄마! 사랑하고 미, 미안해요."

딸깍하며 전화기를 내려놓는 소리가 들렸다.

"은주야! 은주야!"하며 부르는 소리에 은주 아버지가 안방에서 나왔다.

"은주가 왔다고. 내 사랑하는 딸. 우리 은주는 어디에 있어?"

"은주가 전화를 했는데 울기만 했어요. 나 이제 어떻게 해요?"

은주 아버지는 날이 밝는 대로 전화국에 가서 어디에서 전화를 했는지 알아보자고 했다. 오전에 전화국에 가서 확인을 하니 수원역 공중전화부스라고 했다. 영등포경찰서에 알려주고, 수원역으로 갔지만, 은주에 흔적은 찾을 수가 없었다.

백호가 합기도 2급을 따고나서 박광섭 관장이 불렀다.

"넌 무엇 때문에 합기도 배우니?"

"네?"

백호는 박 관장이 물어보는 진의를 몰라서 어리둥절했다.

"내가 너를 몇 개월 동안 가까이 지켜보았는데, 합기도를 마치 원수를 갚기 위해 배우는 것 같아서 그래. 졸업식 날 학교에서 친구들에게 사용하려고 배우니?"

"아니에요. 상복이가 너무 잘해서 부러워서 배우기 시작한 것인데요. 상복한테 물어 보면 알아요."

박 관장은 백호를 보더니 알겠다며 나가서 운동을 하라고 했다. 백호는 사무실에 나와 운동을 했다. 백호가 거울에 비친 자신을 보며 혼잣말했다.

"내가 너무 티 나게 운동을 했나? 티가 나도 상관없어. 은주를 찾기 위해서 더 열심히 운동을 해야 해."

백호는 더 열심히 발차기를 했다. 백호가 발차기 할 때 박 관장은 백호의 발차기 자세를 보았다. 박 관장은 백호의 발차기는 마치 사람을 죽이기 위한 발기술로 보였다. 상복이가 와서 박 관장은 백호에 관해 이야기를 했는데, 백호의 말이 사실이었다.

"그래. 그런데 저 놈의 모든 발차기가 살인 발차기로 보이지. 야, 나도 이제 늙었구나. 아니면, 쟤가 일취월장인가?"

졸업을 며칠 앞둔 2월 초에 백호는 구로에 갔다.

은주 아버지는 백호를 보며 말했다.

"차라리 너 여기서 약 쳐 먹고 죽어라."

"정말 죄송합……."

은주 어머니가 백호의 말을 잘랐다.

"여보! 지금 무슨 말을 하는 거예요."

"내가 뭐? 저 자식한테 틀린 말을 한 것이 아니잖아."하며 백호를 때리려고 했다. 은주 어머니가 은주 아버지에 팔을 잡았다.

"이거 놓으라고. 곁에서 보기가 딱해서 그러니 너, 백호 여기 찾아오지 말고 군대나 가라, 아니 내 눈 앞에서 영원히 사라져 줘. 인마."

백호는 은주가 아니었다. 은주의 부모님도 나름대로 백호를 이해하려고 애썼다. 오히려 서로서로가 점점 더 힘에 부쳐갔다. 백호는 인사하고 온양으로 내려왔다.

백호는 고등학교를 졸업을 하자마자 군대에 지원입대를 했다. 그것도 하일석 사범이 말한 303불사조 부대에 지원을 한 것이다. 하 사범은 합기도가 끝나면 제자들에게 303불사조 부대를 자랑했다. 백호는 하 사범이 보여주는 발차기와 특공무술에 심취했다.

백호는 혼잣말로 중얼거렸다.

"저 부대에서 배운 것으로 은주를 구해야 된다. 망치와 그 패거리들은 국가대표 출신 선수들이 많고, 정치인들도 있다. 나는 내 영혼을 팔아서라도 싸움 기술은 무엇이든 배워서 은주를 구해야 한다. 설령 그곳이 용암 속 지옥이라도."

입대 후 백호는 303불사조 부대에서 점점 더 살인병기로 변해갔다.

4) 기약도 없는 사랑을 기다리며.

백호가 군대에 입대했다고 집이 달라진 것은 없었다. 오히려 더 평화로웠다. 아산고등학교를 다니는 남동생 서청룡은 전교에서 일등을 했고, 삼화여자중학교 다니는 서지현은 필드하키 선수로 활동했다. 백호의 부모님은 농사일을 하면서 근근이 살아갔다. 그렇다고 다른 사람들 같이 농협에서 대출을 받고 살아갈 정도로 궁핍하지는 않았다. 밭농사와 논농사로 가족들을 풍요롭지 못해도 굶지는 않았다.

남동생 청룡은 장학생으로 학교에서 SKY, 경찰대, 육사 중에 들어갈 수 있다며 기대가 컸다. 그것도 전국 수석을 아산고등학교에서 나올 수 있다는 기대로 모든 선, 후배 동문들에게 주목을 받고 있었다.

여동생 지현이는 필드하키를 하면서 체력도 좋아졌지만, 실력도 좋았다. 대통령기 전국중고하키대회, 문화체육관광부장관기대회, 전국하키대회, 한국중고연맹회장기대회 등에서 매 경기마다 득점을 할 정도 실력은 뛰어났다.

백호는 휴가를 나와 집에 도착했다. 집에는 부모님께서 밭일을 가셨는지 보이지 않았다. 백호는 군복을 벗고 사복으로 갈아입고 마을 정자에 앉아 앞으로 할 일들을 생각했다. 은주를 찾기 위해서 어디서부터 조사를 해야 할지 난감했다. 백호는 저녁에 온양 집장촌인 장미마을을 찾아가서 은주에 대해 알아보고 구로에 있는 은주의 부모님이 장사하는 민들레식당에 가기로 했다. 백호는 저 멀리 산비탈 밭을 보니 어머니가 일하는 것이 보였다. 백호는 일어나서 밭으로 걸어갔다. 밭둑을 따라 걸어가면서 모든 농작물들은 걱정이 없는 것 같았다. 농작물들은 하루가 다르게 쑥쑥 자라겠다는 듯 땅속에 수분과 양분을 빨아대고 있었다. 허리를 펴시던 어머니가 백호를 보고 밭고랑에서 나오시며 말했다.

"아이고, 백호가 휴가를 나왔나 보네. 군대서 고생을 하더니 얼굴이 많이 상했구나."

"고생은요. 훈련도 없는 탄약고 경계근무만 하는 부대인데요."라고 백호는 거짓말을 했다. 백호의 대답을 듣고 아버지가 말했다.

"남자는 고생하는 부대에서 훈련을 받아야 하는데, 무슨 탄약고만 지키는 부대로 배치를 받아. 어디 가서 그런 이야기는 하지마라. 동네가 다 창피하다."

"네."

백호가 대답을 하니, 어머니가 백호의 손을 잡고 눈물을 흘리며 말했다.

"당신은 큰아들이 고생하는 부대에 갔으면 좋겠어요?"

"저 놈이 옛날부터 한 행동을 보라고. 막걸리에 물 탓 듯 흐리멍덩하고 대가리는 돌머리잖아. 저런 놈은 군대에서 고참들한테 점호가 끝나면 얻어맞으며 군 생활하기에 딱 좋은 놈이라고."

어머니는 아버지를 한 번 보고 눈을 흘기며 백호의 등을 쓰다듬어 주었다.

'아니, 얘 등이 왜 이렇게 딱딱해.'라고 생각하며 다시 등을 쓰다듬었다. 백호는 그런 어머니의 손을 잡고 웃었다. 백호는 밭고랑으로 가서 김매기를 했다.

"백호야, 휴가를 나왔는데 집에 가서 쉬어. 군대에서도 고생을 많이 했잖아."

"고생은 무슨. 청룡이 만큼만 하라고 해. 아니면 지현이 같이 운동 신경이 뛰어나거나. 저 머저리 같은 자식은 밥도 아까워."

아버지는 백호를 한심하게 보며 밭일을 했다. 어머니는 속상했지만 할 일이 태산 같은 것이 농사일이라 바쁘게 김매기를 했다. 아버지가 다시 허리를 펴고 일어나 허리를 두드리며 백호를 보았다. 그리고 머리를 좌우로 흔들며 다시 백호를 보았다. 백호는 허리를 한 번도 펴지 않고 풀을 뽑고 있었다. 마치 삽으로 파서 풀을 뽑는 것 같이 쉽사리 뽑고 있었다. 백호의 어깨도 딱 벌어진 것이 운동을 몇 십 년을 한 운동선수로 보였다.

'저 자식이 군대에서 탄약통을 들고 여기저기로 옮기는 수송대에서 근무를 하나?'

백호가 일하는 모습을 보며 어머니가 한마디 했다.

"이 놈에 풀은 잠도 없나봐. 자고 일어나면 내 키만큼 또 자라나고 있으니. 백호야, 천천히 쉬어가며 해."

"괜찮아요. 매일 일하시는 부모님을 생……." 하며 백호는 아버지를 보았다. 그때까지 아버지는 넋이 나간 듯 백호를 쳐다보았다. 아버지에게 백호는 전쟁을 치르고 승리해서 온 개선장군처럼 보였다. 얼굴을 보니 장군보다 더 든든해 보였다. 백호는 아버지를 보며 씨익 하고 웃었다. 아버지는 웃는 백호를 보며 다시 밭일을 하며 혼잣말했다.

"저 자식이 해병대에 지원입대를 했나? 아닌데, 그냥 일빵빵인데. 진짜 이상하네."

백호는 밭일이 끝나고 어머니와 같이 내려오는데 어머니가 말했다.

"백호야, 오늘 저녁에 엄마가 마늘 많이 넣고 닭백숙을 해 줄 테니 든든하게 먹어. 군대에서 고생하고 휴가를 나와서 이렇게 밭일까지 도와주니 고맙다."

"닭백숙을요?"

"뭐? 닭백숙! 그것은 청룡이하고 지현이한테 해 주어야지. 저런 숙맥한테 그 귀한 씨암탉을 왜 해 줘."

"아니, 당신은 도대체 백호한테 왜 그래요."

"어머니, 아버지 말이 맞아요. 청룡이는 공부한다고 고생하고, 지현이는 필드하키 한다고 고생하잖아요. 저는 군대에서 편하게 생활해서 괜찮아요. 요즘은 식사도 잘 나와요."

백호는 어머니의 손을 잡으며 호미를 달라고 해서 함께 집으로 갔다. 집에 도착하니 지현이가 백호를 보면 말했다.

"야! 휴가를 나왔으면 나한테 보고해야 할 것이 아냐. 너 어디 갔다가 왔어?"

백호는 지현이를 보며 웃었다. 입대 전에 보았던 어린 지현이가 이제는 아가씨 같이 성숙해 있었다. 그런 백호를 보던 지현이가 하키 스틱을 들고 백호의 허벅지를 힘껏 때렸다.

"팍"

어머니가 백호의 허벅지를 만지며 말했다.

"지현아! 큰오빠한테 왜 그래. 도대체 얘가 무엇을 그렇게 잘못했다고. 모두가 백호를 못 잡아먹어서 안달이냐고. 백호가 주어 온 자식이야. 너 얼른 큰오빠한테 사과 안 해."

지현은 손목이 아팠다. 틀림없이 백호의 허벅지를 강하게 때렸는데 백호는 그 어떤 미동도 없이 가만히 있었다. 전혀 아픔을 모른다는 듯 웃으며 지현을 보았다. 지현은 무안해서 하키 스틱을 옆구리에 끼고 자기 방으로 들어가며 손목을 만지작거렸다.

"지현아, 오빠한테 사과하라고."

백호는 그런 어머니를 달래며 괜찮다고 했다. 어머니도 백호가 아픈 표정도 없고, 더구나 백호의 허벅지를 만졌을 때 마치 딱딱한 절구 공이를 만지는 느낌을 받았다.

'등허리도 그렇고 다리도 그렇고. 도대체 백호가 군대에서 어떤 훈련을 받았기에 온 몸이 다듬잇돌처럼 딱딱하지?'하며 백호를 다시 보았다. 백호는 어머니를 보며 맑게 웃었다.

"사과는 무슨. 얼른 저녁이나 해. 배고파."하며 아버지는 삽을 창고에 넣고 있었다.

방으로 들어 온 지현은 양 손목이 아파서 마사지하고 있었다. 분명 아주 강하게 하키 스틱을 휘둘렀는데, 아픈 표정도 없으면서 지현에 모든 동작을 보는 것 같았다. 맞을 때 다리에 힘을 주기 위해 얼굴을 살짝 찡그리는 것을 보면서 어딘지 매서운 눈빛을 본 것 같기도 했다.

"쟤가 군대에 가서 무슨 훈련을 받았기에 저렇게까지 변했나?"

혼잣말하며 아픈 손목에 서랍에서 찾은 파스를 붙였다.

백호는 어머니와 같이 부엌에서 저녁을 준비하고 있었다. 언제나 그런 것처럼 백호는 어머니 옆에서 반찬을 상에 차렸다. 어머니는 백호를 보며 '딸로 태어났으면 이런 구박도 받지 않고, 여동생한테도 얻어맞으며 살지를 않을 텐데.'생각하며 밥을 펐다.

저녁 식사가 끝나고 백호는 어머니와 같이 설거지를 하고 온양시내에서 친구를 만나러 갔다고 말했다. 어머니가 백호에게 돈 몇 만원을 주려고 하는데 지현이가 백호에게 손을 내밀었다.

"지현아! 이 돈은 오빠가 친구들 만나기로 해서 엄마가 용돈 주는 거야."

"쟤가 무슨 친구가 있어. 야! 그 돈 나나 줘."

백호는 웃으며 돈을 지현에게 주었다. 백호는 어머니에게 자기는 돈이 필요 없다고 말하며 현관을 나왔다. 그런 어머니가 백호를 따라 나와서 대문에서 백호가 걸어가는 것을 보았다. 백호는 뒤를 보고 어머니가 보이지 않는 곳에 이르자 달리기 시작했다. 100미터를 달리는 선수처럼 온양시내로 달렸다. 학창시절에 합기도를 배울 때에는 30분이나 걸린 거리를 지금은 10분 만에 뛰어서 온양역에 도착했다. 백호는 역에서 제일호텔 쪽으로 천천히 걸어갔다. 조흥은행과 신청탕을 지나 온양관광호텔에 도착하니 도로 양옆으로 이동식 포장마차가 즐비하게 있었다. 백호는 도로 중앙 포장마차 사이로 걸어서 가는데 아산저축은행 앞 포장마차에서 손님들이 싸우는 것이 보였다.

"야, 이 새끼야. 나이도 어린놈이 아버지뻘한테 덤벼. 이런 싸가지 없는 놈을 보았나?"

"나이를 쳐 먹었으면 어른답게 행동해, 새끼야."하며 나이 어린 청년이 소주병을 깨서 찌르려고 했다. 포장마차 주인아주머니가 나와서 "아이고, 저 사람들 좀 말려유."하며 소리를 질렀다. 그런데 아주머니는 자기 발 앞에 그 청년이 왜 개 거품을 물고 쓰러졌는지 몰랐다. 포장마차에서 술 마시던 사람들도 그 청년이 왜 쓰러졌는지도 몰랐고, 같이 싸우던 나이 많은 사람도 얘가 왜 갑자기 쓰러졌지, 하며 청년에게 다가갔다. 그때 한 사람이 말했다.

"주인아주머니에 목소리 내공으로 쓰러졌네. 아주머니가 소리를 워낙 크게 질렀어야지."

백호는 사람들을 보고 웃으며 걸어서 신정관 온천탕을 지나 가구점 골목에 들어섰다. 주위를 둘러보며 가만히 있었다. 625때 깡통골목이라고 했던 장미마을 안으로 천천히 걸어갔다. 포주인 아주머니가 다가와서 백호를 보고 싸게 해 준다며 백호를 잡았다.

백호는 아주머니를 보고 말했다.

"아주머니, 아가씨를 찾을 수 있습니까?"

아주머니는 백호를 보며 잡았던 팔을 놓고 재수 없다며 가게 안으로 들어가 바가지를 들고 나와 소금을 백호에게 뿌렸다.

"야, 이놈아. 장사도 안 되어서 죽겠는데, 네 애인을 왜 나한테 찾아. 다시는 여기에 오지 마."하며 소금 더 뿌렸다. 백호는 아주머니가 뿌린 소금을 피해 앞으로 걸어가면서 가게 앞에 나와 있는 여자들을 보았다. 여자들은 백호를 보고 가만히 앉아만 있었다. 첫 번째 가게에서 일어나 소동을 보아서 백호가 누구를 찾는다는 것을 알고 지켜보기만 했다. 백호는 한 숨을 쉬고, 밤하늘 별들을 보며 혼잣말했다.

"은주야! 어디에 있니? 제발 살아만 있어다오."

백호는 장미마을을 뒤로 하고, 시장길을 걸으며 온양경찰서 쪽으로 걸어갔다. 상설시장을 지나가는데 동생 청룡이 상록독서실에서 나오는 것이 보였다. 그때 사내 세 명이 청룡을 데리고 상설시장 먹자 골목길 막다른 곳으로 데리고 갔다. 청룡은 겁을 먹어서 아무 말도 못하고 그들이 데리고 가는 것을 백호가 보고 뒤를 따라갔다. 막다른 골목에서 사내들이 청룡의 머리를 쓰다듬며 돈을 달라고 했다.

"고등학생인 것 같은데 돈 좀 있니? 이 형들이 술 한 잔하고 싶어서 그래."

청룡은 호주머니에서 만 원을 꺼내 주었다.

"야, 이 새끼 봐라. 너 호주머니 뒤져서 돈 더 나오면 그때는 우리한테 뒈진다."

백호가 그 말을 듣고 말했다.

"청룡아, 괜찮아?"

청룡은 백호를 보고, 얼굴을 찡그렸다. 청룡이 다시 호주머니에서 천 원을 꺼내 그들에게 주었다.

"이게 전부에요. 진짜 더 없어요."

한 사내가 청룡에게 말했다.

"야, 인마! 저 애는 누구야?"

"백호에요."

"친구니?"

"아니, 그게……."

백호가 웃으며 말했다.

"내 동생이다. 그러니 오늘 이 정도로 끝내고 동생을 보내줘라."

사내들이 골목이 떠나가라 웃기 시작했다.

한 사내가 말했다.

"하하하. 동생이라는 새끼가 형이라고 부르지도 않고. 무슨 홍길동전에서 호부호형하는 집구석이야."

한 사내가 청룡의 머리를 주먹으로 때렸다. 백호는 그 모습을 보며 앞으로 걸어갔다. 청룡이 "야, 새끼야! 너 때문에 나 맞았잖아." 하며 가방을 백호에게 던졌다. 청룡에 가방은 한 사내의 어깨를 맞고 땅바닥에 떨어졌다. 그 사내는 청룡을 보고 화가 나서 발로 차려고 했다. 그 순간에 청룡은 보았다.

백호가 뛰어오면서 그 사내의 어깨를 잡고 엎어치기를 하고, 왼손으로는 다른 사내를 손날로 목을 치며, 앞차기로 또 다른 사내의 복부를 차는 것을 슬로우 비디오를 보는 것 같이 똑똑히 보았다. 사내들은 이삼 초 만에 길바닥에 죽은 듯 누워있었다. 백호는 청룡의 가방을 집어 들었다. 가방 이곳저곳을 살피고 툭툭 먼지를 털고 청룡에게 주었다. 청룡은 눈 깜짝 할 사이에 건장한 사내들, 아니 깡패 세 명을 때려 눕혀 기절을 시킨 사람이 백호인지 아니면 진짜 홍길동인지 궁금했다.

"저…… 배…… 백호, 아니 우…… 리 혀…… 형이 맞지?"

백호는 웃으며 청룡에게 주려던 가방을 자기 어깨에 메고 기절한 사내 호주머니에서 만천 원을 꺼내 청룡 손에 쥐어 주었다. 청룡은 자기 손목을 잡은 백호의 손바닥 감촉에 놀랐다.

'이건 사람의 손이 아니야. 마치 거친 시멘트벽에 닿은 느낌이다.'

백호는 청룡의 어깨를 잡고 골목을 나와서 온양소방서로 걸어갔다. 횡단보도에서 백호가 청룡을 보며 말했다.

"청룡아, 오늘 있었던 일을 잊어라. 그냥 예전처럼 백호야, 하고 불러도 나는 괜찮아."하며 백호는 웃으며 횡단보도를 건너 온양소방서 앞에서 택시를 기다렸다.

　청룡은 백호를 보며 생각했다.

　'백호, 아니 형은 예전에 내가 알던 그 사람이 아니다. 싸움의 고수이자 무서운 군인으로 변했다. 싸울 때 형의 눈빛은 마치 내가 살기 위해서는 상대를 반드시 죽여야 하는 날카로운 눈빛이었다. 그 눈은 며칠을 굶은 무서운 맹수의 눈빛이었어.'

　백호와 청룡은 택시를 타고 집에 도착해서 잠을 잤다. 백호는 예전에 10대 시절처럼 거실에서 잠을 잤다.

　다음날 아침에 청룡이 일어나 방에서 나오니 백호는 어머니와 같이 부엌에서 아침을 준비하고 있었다. 부엌에 있는 백호를 보며 어젯밤 몰래 백호를 보았던 것이 생각났다.

　청룡은 작은 창을 통해 샤워하는 백호의 몸을 몰래 훔쳐보았다. 청룡은 너무 놀라서 입을 막았다. 백호에 몸은 상처투성이였고, 근육으로 똘똘 뭉쳐 있어서 록키4 영화에서 보았던 실베스타 스텔론과 돌프 룬드그렌 외국 배우 두 명보다 더 강해 보였다.

　"도대체 형은 군대에서 어떤 훈련을 받고 있기에 저 많은 상처가……."

　청룡은 백호의 몸을 보며 더 이상 생각나는 말이 없었다. 백호는 청룡이 자기를 훔쳐보는 것을 알고 수건으로 가렸다.

　청룡이가 백호를 보고 있으니, 부엌에서 식사를 준비하던 백호가 청룡을 보고 웃으며 검지손가락을 입에 대었다. 청룡은 자기도 모르게 "알았어, 형."이라고 말했다. 지현이가 방에서 나오며 그런 청룡을 빤히 쳐다보았고, 아버지도 청룡과 백호를 쳐다보았다. 청룡은 무안해서 아버지가 나온 화장실로 들어갔다. 지현이가 청룡이 들어간 화장실을 보고 말했다.

"오빠, 빨리 나와. 그런데 왜 백호한테 형이라고 불렀어?"

화장실 안에서는 대답 없이 물소리만 들렸다. 지현은 화장실 문을 보다가 부엌에서 어머니를 도와주는 백호를 보고 주먹을 쥐어 보여주며 청룡이 나오기를 기다렸다. 아버지도 고개를 꺄웃하며 안방으로 들어갔다.

아침을 먹는데 아버지가 말했다.

"야, 인마! 넌 제대하면 무엇을 해쳐 먹고 살 거냐?"

백호 어머니가 한마디 하려고 할 때 청룡이 말했다.

"아버지, 너무 형한테 그러지 마세요. 그리고 너 지현이도 다음부터 백호라고 부르지 마. 큰오빠라고 불러라. 우리 집에 기둥은 백호 형님이다."

지현이가 말하려고 할 때 청룡이 다시 말했다.

"머리가 좋다고 인간성도 좋은 것도 아니에요. 지현이 너도 큰오빠한테 잘 해. 밥 잘 먹었습니다. 백호 형! 저는 다음 주부터 학력고사 때문에 학교 기숙사에서 공동생활을 할 거예요. 거실에서 자지 말고 제 방에서 자요. 휴가도 잘 보내고요."하며 청룡은 가방을 메고 밖으로 나갔다. 아버지, 어머니, 동생 지현은 청룡이 나간 현관문을 보고만 있었다.

어안이 벙벙한 아버지가 말했다.

"너, 인마. 어제 청룡한테 뭐라고 했어?"

다시 현관문이 열리며 청룡이 말했다.

"아버지, 형한테 욕하지 마세요. 지현이 너도 그만 먹고 빨리 나와. 학교 가는 버스가 금방 온다."

청룡은 현관문을 잡고, 지현을 기다렸다. 지현은 청룡을 보고 가방을 메고 나갔다. 아버지는 지금 상황이 어떻게 돌아가는지 갈피를 잡을 수가 없었다. 어머니도 청룡이가 하루 사이에 백호를 챙겨 주는 이유를 몰랐다.

어머니가 말했다.

"백호야, 청룡이 왜 저러니? 혹시, 쟤가 어디 아픈 것이 아닐까?"

"청룡도 조금 있으면 군대에 가니 부담이 되어서 그런 것이 아닐까요?"

아버지는 군대가 아니라 학교 성적 때문에 그렇다고 생각했다. 백호를 보고 말하려고 하다가 백호가 밥을 다 먹어서 밖으로 나와 담배를 피우며 혼잣말했다.

"청룡이가 대입학력고사 때문에 많이 힘들구나. 애비가 되어 가지고 그런 것도 모르고 있었다니. 미안하다. 내 장한 아들, 청룡아."

백호는 어머니와 같이 설거지를 하고 이빨을 닦고 나서 부모님에게 말했다.

"저 오늘 부대로 복귀하려고요. 집 안 일을 더 많이 도와 드려야 하는데 죄송해요."

"아니, 어제 휴가 나와서 벌써 들어간다고."

"네."

대답하면 백호는 전투복 주머니에서 봉투를 꺼내 아버지에게 드렸다. 아버지가 봉투를 열어보니 안에 돈이 들어 있었다.

"이게 무슨 돈이야? 너, 인마. 어젯밤에 시내에 있는 국민은행을 털었어?"

백호는 웃음을 참으며 말했다.

"군대에서 받은 월급이에요. 저는 담배도 술도 마시지 않으니 쓸 곳이 없더라고요."

아버지는 백호를 찬찬히 쳐다보았다.

"군인 월급이 몇 천원 밖에 안 하는데?"

어머니가 봉투에서 돈을 꺼내 세었다. 어머니는 입을 다물지 못했다.

"백호야, 이렇게 큰돈을. 너 도대체 군대에서 무엇을 하니?"

"배, 백호! 너, 너 타, 탄약고 지킨다고 하면서 타, 탄약을 미, 밀반출해 파, 팔고 있니?"

아버지는 백호가 군대에서 범죄를 저지른 것 같아 너무 떨려서 말이 나오지 않았다. 만약에 탄약을 밀반출해서 번 돈이라면 이것은 멸문지화는 물론이고, 청룡과 지현의 앞날에도 큰일이었다.

"아니에요. 제가 탄약고에서 근무하면서 카메라로 감시하는 기술을 개발해서 받은 돈이에요. 나쁘게 번 돈이 아니고 군대에 특허를 내서 번 돈이니 너무 걱정 마세요."

아버지는 다시 한 번 더 물었다.

"지, 진짜 네가 특허를 내서 번 돈이지? 저, 정당하게."

백호는 아버지를 보면서 생각했다.

'아버지도 그동안 많이 늙으셨구나.'

"네. 맞아요."

"어쩐지. 그래서 어제 너하고 같이 청룡이가 들어 온 뒤부터 청룡이가 형이라고 부른 것이었구나. 그래, 고맙다. 이 돈으로 청룡이 대학교 보내고 할 테니, 그렇게 알아."

"그래서 속담에 형만 한 아우가 없다는 말이 있잖아요. 엄마는 우리 백호가 무엇이든지 크게 될 줄 알았어. 암, 내 속으로 낳은 내 아들인데."하며 어머니가 울었다. 백호는 인사하고, 가방에 사제 옷들을 챙겨 온양역에서 기차를 타고 구로로 갔다.

청룡은 학교가 끝나자마자 집으로 왔다. 집에 도착하니 지현도 와 있었다. 아침에 버스 안에서 청룡이 지현에게 오늘 저녁에 가족회의가 있으니 일찍 들어오라고 해서 지현도 집에 일찍 온 것이다. 백호는 보이지 않았다.

"엄마, 형은 어디 갔어?"

"형은 오늘 부대로 복귀한다고 해서 갔는데. 왜?"

청룡은 거실에 모두 모이게 하고 어제 있었던 일을 말했다. 백호가 샤워할 때 보았던 몸에 상처도 말했다. 지현은 청룡이 공부를 너무 많이 해서 머리가 이상해졌다고 생각했다.

'청룡 오빠가 많이 힘들구나. 병신 같은 백호가 무슨 깡패를 패고 몸에 상처가…….'라고 생각하며 파스가 붙은 손목을 보았다. 그리고 어제 일을 다시 생각했다.

'진짜다. 백호가, 아니 백호 오빠는 무엇인가 굉장히 달라졌어? 오빠의 눈빛이 하늘에서 먹이를 노리는 독수리 눈빛 같았어. 그 눈빛을 보는 순간 오한이 들 정도로 내가 떨었잖아. 그리고 근육은 콘크리트보다 더 강한 쇳덩어리에 때리는 것 같았잖아. 도대체 군대에서 어떤 훈련을 받기에 백호가, 아니 큰오빠가 저렇게 변했을까?'

어머니는 서랍에서 봉투를 꺼냈다. 그 봉투를 보며 어머니는 한없이 울었다.

"엄마! 이게 무슨 돈이에요."

아버지가 말했다.

"백호, 아니 네…… 네 형이 주고 간 돈이다. 모두 이백만 원이다."

청룡도, 지현이도 놀라서 가만히 있었다.

청룡이 말했다.

"아버지! 형이 근무한다는 부대 주소를 알아요?"

"어? 그게. 그러고 보니 탄약고를 지킨다고 말만 했지. 어디라고 말한 적도 없고, 지금까지 면회를 오라고 한 적이 한 번도 없잖아. 그리고 남들은 6주 신병교육이 끝나면 부모들이 면회를 가는데."

"진짜, 그러네요. 더구나 지금까지 편지 한 통을 보낸 적이 없어요. 백호의 친구들은 휴가도 잘만 나오는데, 백호는 입대한지 삼년 만에 처음이고."하며 어머니는 눈물을 흘렸다.

아버지도, 청룡도, 지현도 가만히 돈 봉투만을 보았다.

"도대체, 우리 집에 대들보가……."

 가족 모두가 어머니의 말을 들었으나 말없이 백호가 사라진 현관문을 보았다. 백호가 어느 부대, 어느 곳에서 군 생활을 하는지 전혀 모른다는 것이 이상했다. 가족들은 백호가 가방을 들고나간 현관문을 말없이 가만히 쳐다보기만 했다.

 백호는 구로역에 도착해서 민들레식당으로 들어갔다. 식당 문이 열리는 것을 보며 은주 어머니가 "어서오세요."하고 인사했다. 식당 안으로 들어서는 군복을 입은 백호를 은주 어머니는 빤히 쳐다보았고, 은주 아버지는 주방에서 국자를 들고 나와 백호인 것을 알고 말했다.

 "이 새끼가 왜 또 왔어. 은주가 없으니 이 식당이 이제는 네 것으로 보이니?"하며 국자로 백호를 때리려고 했다. 은주 어머니가 막아서며 은주 아버지의 팔을 잡았다.

 "당신은 가만히 계세요. 어서 와."

 백호는 또다시 무릎을 꿇고 울며 말했다.

 "죄송합니다. 정말 죄송합니다. 아버님! 어머님! 제가 반드시 은주를 찾겠습니다."

 은주 아버지는 그런 백호를 가만히 쳐다보았고, 은주 어머니는 백호를 일으켜 의자에 앉게 했다.

 "경찰도 못 찾는 은주를 어떻게 찾겠다고."하고 한 숨을 쉬었다.

 은주 아버지는 백호를 보고 말했다.

 "이젠 여기에 찾아오지 마. 우리 이 가게 내 놓았어. 가게 팔리면 그때부터 은주를 찾으러 다닐 테니, 다시는 여기에 오지 마."하고 주방으로 들어갔다. 백호는 놀라서 은주 어머니를 쳐다보았다.

 "은주 아빠가 아는 사람이 전단지를 만들어서 신문사에 보내자고 했어. 그렇게 하면 찾을 수 있다고 하니 그렇게라도 해야지. 안 그래."

"네. 저도 그렇게 하는……."

"은주는 누구보다 야무지고 제 할 일은 똑 부러지게 하는 믿음직하고 기특한 딸이었어. 그렇다고 우리가 공부를 강요한 적은 한 번도 없었고. 그런데……."

고개를 들지도 못하고 백호가 말했다.

"죄송합니다. 진짜 죄송합니다. 어머님."하며 전투복 주머니에서 봉투를 꺼내 은주 어머니에게 주었다. 은주 어머니가 봉투를 받고 안을 살펴보니 돈이었다.

"아니, 이렇게나 많은 돈을."

"제가 탄약고 경계근무를 서는데 카메라로 사람을 감시하는 기술을 개발했어요. 포상금이니 너무 걱정 마시고, 전단지를 만들 때 보……."

"이 새끼가 병 주고 약 주고 지랄하네."하며 은주 아버지가 주방에서 뛰어나왔다. 은주 어머니가 일어나 주방에서 나오는 은주 아버지를 막아섰다.

"한 번 더 백호를 때리면 그때는 나도 없어질 거야. 알아서 해."

은주 아버지는 멈칫하더니 다시 주방으로 들어갔다. 은주 어머니는 의자에 앉으며 돈 봉투를 백호에게 주며 말했다.

"우리도 돈 있어. 이것은 백호, 네가 번 돈이잖아. 고맙지만 마음으로만 받을게."

"아니에요. 저는 군인이라 돈이 필요가 없어요."하며 은주 어머니를 쳐다보았다. 은주 어머니 눈가에 눈물이 고이는 것을 백호는 말없이 쳐다보며 말했다.

"저도 제가 알아서 은주를 찾을 거예요. 그리고 어머님. 저, 절대 은주를 잊을 수가 없어요. 반드시 찾아서 데리고 올 게요. 그곳이 지옥이라고 해도 반드시 데리고 올 거예요."

백호는 울면서 식당을 뛰어나갔다. 뒤에서 은주 어머니가 "백호야!"하는 소리가 들렸지만, 백호는 눈물을 닦으며 뛰어서 도로를 건너 구로역으로 갔다.

백호는 혼잣말하며 전철을 탔다.

"모든 게 나 때문에 일어난 거야. 맞는 것을 무서워하는 나 때문에 은주가……. 그러나 이제는 아니야. 절대 아니다."

다음날.

백호는 대구역으로 내려가는 기차에 탔다. 백호는 옆 좌석에 사람이 없어서 혼잣말로 중얼거렸다.

"정의란 무엇인가?"

백호는 가만히 그 물음을 생각했다.

"나에게 정의는 은주를 찾는 것이다. 그래서 함께 행복하게 사는 거다. 그 나머지는 아무래도 좋다."

백호는 스스로 답하며 기차 안을 살펴보았다. 연인으로 보이는 사람들이 반대편에 앉아 있었다. 그들은 사이좋게 과자를 먹고 있었는데, 여자가 남자 입에 과자를 주려고 하자 남자가 입을 '아'하고 크게 벌렸는데 넣어주지는 않고 넣을까 말까하면서 남자에게 약을 올렸다. 남자가 여자에 손을 잡으며 과자를 자기 입에 넣고 오물오물 씹으며 말했다.

"자기가 약을 올려서 그런지 더 맛있네."하며 함박웃음을 지었다. 여자는 웃으며 자기가 마시던 캔 사이다를 남자에게 주니, 남자는 박력 있게 캔을 높이 쳐들며 마셨다. 여자는 그 모습에 손뼉을 쳐가며 웃었다.

백호는 그 모습을 바라보며 저것이 진정한 행복이구나, 를 느끼며 중얼거렸다.

"자기 애인도 지키지 못하는 내가 나라를 지킨다는 게 말이 되는가?"

백호는 또다시 중얼거렸다.

"진짜 정의로운 사람은 제가 할 일을 하는 사람이다."

백호는 주먹을 꽉 쥐며 다짐했다.

"은주야! 나를 믿고 기다려줘."

대구에서 군대 동기인 윤병구를 만나기로 했다. 병구의 고향이 대구다. 백호는 병구와 같이 대구 자갈마당에 가기로 한 것이었다. 병구에게 백호는 자기를 살려 낸 은인이 아니라 다시 살려 준 원수 중에 철천지원수였다.

303부대에는 하나의 전설이 내려오고 있었다.

몇 년 전에 부대로 면회를 온 여자가 한 훈련병을 만나고 싶어 했다. 위병소에서 평일에는 훈련병들은 만날 수 없다고 몇 번을 말해도 여자는 막무가내였다. 교관이 나와서 상황을 설명하고 평일이 아니 이번 주 토요일에 다시 오라고 했다. 여자는 울면서 부대 비탈길을 내려갔다.

다음날 아침에 기상나팔에 일어나 훈련병들이 연병장에서 구보를 하는데 서서히 여명이 밝아오면서 연병장에 긴 그림자가 생겼다. 구보를 하던 훈련병과 조교들도 길게 생긴 그림자를 따라 산을 보았다. 경계근무 서는 기간병과 연병장에서 구보하던 훈련병과 조교들은 놀라서 가만히 고지를 쳐다만 보았다. 동쪽 290고지 정상 큰 소나무에 부대를 보고 나무에 사람이 매달려 있었다. 교관과 조교들이 뛰어서 290고지로 뛰어 올라갔다. 위병소에서는 기간병들이 훈련병들을 통제하고 있었다. 교관하고 조교가 290고지 정상에 도착해서 보니 어제 면회를 온 여자가 목을 매어 자살을 한 것이었다. 교관은 조교에게 현장 수습 지시를 하고 부대로 내려와 그 훈련병을 불렀다. 훈련병도 그녀가 왜 자살을 했는지 이유를 몰랐다. 헌병대에서 나와서 상황을 정리하고 나서 그녀의 호주머니에서 나온 종이를 보고 교관은 알았다.

"자기야! 나 임신해서 집에서 쫓겨났어. 우리 아빠가 학교 교장 선생님이라서 이 상황을 이해 못하셔. 나 이제 어떻게 해야 할지 정말 모르겠어. 미안해."

교관도 어떻게 할 방법을 몰라서 그 훈련병에게 그녀가 임신했다는 사실을 말했다. 그 훈련병은 울면서 내무반으로 갔고, 다음날 연병장에 또다시 길게 드리워진 그림자를 모두가 보았다. 303부대에서는 그때부터 그 소나무를 '죽음의 연리지'라고 불렀다.

윤병구에게도 똑같은 일이 일어났다. 단지, 다른 것이라면 병구가 그녀를 성폭행해서 책임을 지라고 찾아 온 것이었다. 교관은 그녀와 면담하고 병구를 헌병대로 보낸다고 설명했다. 면회실에서 병구는 그녀에게 무릎을 꿇고 빌었다. 다음날 아침에 여느 때와 마찬가지로 구보하고 있는데 연병장에 길게 그림자 드리워졌다. 그것을 보고 교관은 즉시 병구를 지키게 하고 시신을 수습을 했다. 자살한 그녀의 가방에 짧은 편지가 있었다.

'나 때문에 당신이 헌병대에 끌려가서 감옥 생활을 한다고 하니 마음이 아파요. 당신이 나에게 한 성폭행은 진짜 잘못된 것이에요. 나 당신을 미워하지만, 나 하나 때문에 당신의 인생이 잘못되면 저는 못 살 것 같아요. 다시는 그런 짓 하지 마세요. 그리고 교관님! 제가 대신 죽으니 이 분을 헌병대에 넘기지 마세요. 저 그렇게까지 좋은 사람이 아니었어요. 어제 제 앞에서 무릎을 꿇고 우는 윤병구 씨를 보면서 진심으로 죄를 뉘우치는구나, 하고 느꼈어요. 그를 용서해 주시고, 저는 가족이 없으니, 화장해서 이곳에 뿌려주세요.'

화장하여 재를 뿌린 그날 밤에 병구는 부대를 빠져 나와 290고지 '죽음의 연리지' 소나무에 목을 매었다. 병구의 행동을 살피던 백호에게 걸려서 목숨을 구했다. 교관도 조교도 놀라서 한밤중에 부대에 비상을 걸고 병구를 달래기 시작했다. 병구는 고개를 숙이고 아무 말 없이 일어나 침상 중간에 앉아 있는 백호에게 걸어갔다.
　병구는 뒤돌아서서 교관에게 말했다.
　"저 그녀를 위해서 자살하지 않겠습니다. 열심히 살겠습니다."하
며 백호를 보았다. 백호는 웃으며 일어나 악수를 하려고 했다. 병
구는 일어나는 백호의 어깨를 잡고 무릎으로 백호의 명치를 가격
했다. 백호는 '헉'하며 쓰러졌다. 아련하게 병구 말이 들려왔다.
　"앞으로 내 목숨은 네 것이다. 이 개새끼야!"
　며칠이 지난 어느 날, 병구가 백호를 외곽참호로 불러내서 소주와
생더덕을 안주로 놓고 마시며 말했다.
　"백호야, 내가 괴로울 때 나를 도와주는 존재. 그가 진정한 친구
다. 그리고 인연도 한 번 맺어지면 쉽게 끊을 수 없는 것이야."
　"무슨 말인지 알겠다."
　이날 처음이자 마지막으로 백호는 소주 한 잔을 마셨다.

　백호는 병구를 대구역에서 만나 택시를 타고 자갈마당으로 갔다.
그런 둘을 택시기사는 룸미러로 빤히 쳐다보았다. 병구가 웃으며
택시기사에게 말했다.
　"우리 그곳에 성매매하려고 가는 것이 아닙니다. 어떤 놈을 찾으
러 가는 길이에요."
　"아, 예? 누구를 찾는데요?"
　"대못이요."
　택시기사는 룸미러로 백호와 병구를 보았다.
　"대못은 거기를 떴다고 하던데. 하긴 그 놈이 갈 곳이나 있겠어."
　"대못을 아세요."
　"잘은 모르지만, 그 놈이 아가씨들이 번 돈으로 무슨 성인오락게
임 사업을 한다는 소문이 대구시장 바닥에 자자해서."
　택시는 자갈마당 골목에 세우고 백호와 병구를 내려주고 떠났다.
그들은 지하다방으로 들어가 날이 어두워지기를 기다렸다. 다방 레

지가 와서 병구가 커피를 주문했다.

"군인 오빠들, 우리는 다섯 장에 둘도 나갈 수 있는데. 서비스도 칼 같고. 어때?"

백호와 병구는 다방 레지가 무슨 말을 해도 신경을 쓰지 않고 둘은 수화를 했다. 레지는 그런 그들을 보며 이상하다고 생각했다.

'조금 전에 말로 커피를 주문했잖아?'

다방 레지가 고개를 좌우로 흔들며 일어나서 가자 백호가 말했다.

"병구야! 한 번 더 생각해 봐. 위험하니 너 여기서 빠져라. 너한테 원망 같은 건 하지 않는다."

"야, 내가 말했잖아. 내 목숨은 네 것이라고."

"……?"

"여기는 내 아지트야. 대못도 내가 찾은 것이고."

"그래도 나…….."

"넌 은주 씨만을 생각해."

백호는 병구를 가만히 보았다.

"병구야, 고맙다."

병구는 웃으며 나가자고 하면서 커피 값을 계산했다. 그들은 지하 다방을 나와 자갈마당 거리를 거닐었다.

병구가 말했다.

"백호야, 너는 부러질지언정 휘어지지 않는 단직한 그 성격은 군인으로써는 괜찮고 좋지만, 제대하면 유연한 성격으로 고쳐라."

"……?"

그때 여자들이 백호와 병구를 잡고 가지 못하게 했지만, 병구가 단골 술집이 있다고 하면서 '에덴 카페'라고 쓴 술집으로 들어갔다. 웨이터가 와서 룸으로 안내하고 맥주를 가지고 왔다. 병구는 웨이터에게 귓속말을 했다. 웨이터는 고개를 끄덕이며 엄지와 검지를 만지작거렸다. 백호는 호주머니에서 만 원을 꺼내 주었다. 그런 백호를 보며 병구가 말했다.

"이런 곳에 많이 왔나 보네."

"야, 보면 모르냐. 똥파리 같은 저 손동작을."

룸 문을 열리고 섹시한 분위기가 풍기는 여자 한 명이 들어오더니 백호 옆에 앉으며 병구에게 말했다.

"웬일이래. 네가 나를 다 부르고. 나 요즘 비싸. 한창 물올랐거든."

병구는 그녀의 손을 잡고 귓속말을 했다. 그녀는 귓속말을 들으며 옆에 앉은 백호를 쳐다보았다.

"야, 망치와 대못은 친구야. 망치는 여기를 대못에게 관리하라고 준 것이고."

백호는 망치라는 말을 듣고 가슴이 뛰기 시작했다. 그런 백호를 보며 병구가 손가락으로 'V'를 보여주었다. 백호는 '정신 차리라'는 병구의 수신호를 보고 마음을 진정시켰다.

"그래. 지금 대못은 어디에 있는데?"

"여기는 없어. 그 대신 대못의 행동대장인 사시미라는 애가 있는데, 지금 저쪽 토마토 룸에 있어."

백호와 병구는 서로 고개를 끄덕이고, 병구가 그녀에게 말했다.

"안에 몇 명이 있는데?"

"남자애들 다섯 명, 여자애들은 셋."

"알았어."하며 병구가 그녀에게 봉투를 주었다. 그녀는 봉투 안을 보고 말했다.

"조금만 부셔라. 그리고 조심해. 특히, 사시미라 놈이 있는데 칼을 잘 다룬다."

그녀는 그 말을 하고 일어나 밖으로 나갔다. 백호와 병구는 룸에서 나와 주위를 둘러보았다. 싸움이 날 것을 아는지 웨이터들도 보이지 않았다. 그들은 천천히 걸어서 '토마토'라고 쓴 문 앞에 섰다.

병구가 노크를 했다.

"똑 똑 똑."

"누구야?"

"형님, 과일 서비스입니다."

"그래. 들어와."

백호가 문을 열고 안으로 들어갔다. 병구는 문 옆 벽에 숨었다. 안에 있던 남자와 여자들이 백호를 보았다. 그들은 '지금 상황은 전쟁이다.'라는 것을 직감으로 알았다. 백호 앞에 있던 여자가 밖으로 뛰어나가자 한 사내가 맥주병을 백호에게 던졌다. 백호는 마치 그렇게 나올 것을 아는 것처럼 옆으로 피하며 두 번째로 뛰어나가는 여자를 잡고 앞 돌려차기로 맥주병을 던진 사내의 허리를 찼다. 그리고 그녀를 문 밖으로 밀어냈다. 가운데 앉은 사내가 뒤에서 무엇인가를 꺼내 던졌다. 백호는 그 놈이 사시미라고 보고 허리를 쑥이고 날아온 칼을 피했다. 그리고 세 번째 여자가 나가는 것을 한 사내가 보고, 그녀의 머리를 잡고, 방패를 삼으려는 것을 알고, 백호는 숙였던 몸을 펴고 그녀의 겨드랑사이로 오른손 엄지와 검지, 중지 손가락으로 사내의 숨통을 잡고 당겨서 끊어 놓았다. 그 순간 여자가 뒤로 넘어지는 것을 그녀의 손을 잡아 당겨 밖으로 내보냈다. 병구는 여자들 세 명이 다 나오는 것을 보고 안으로 들어갔다. 병구는 백호 옆에 서 있는 사내의 어깨를 잡고 끌어당기면서 이마로 그 사내의 콧등을 박았다. 가운데 있던 사내가 테이블 위로 올라서고 옆에 있던 사내가 테이블에 있던 유리컵과 안주와 맥주병을 마구 집어 던졌다. 백호는 접시를 집는 그 사내를 보고 주먹을 인중에 날렸다. 테이블에 위에 있던 사내가 병구를 향해 뛰어 내리더니 뒤에 칼을 꺼냈다. 그 모습을 보고 백호가 소리쳤다.

"그 놈이 사시미다."

병구는 자기 앞으로 다가오는 칼을 피해 주먹을 날렸다. 사시미는 주먹이 날아올 것을 아는 것처럼 피하더니 칼을 밑에서 위로 쳐올렸다. 백호에게 첫 번째로 맞아서 쓰러졌던 사내가 일어나 병구에게 다가가는 것을 백호가 앞차기로 사내의 턱을 아래에서 위로 차올렸다. '컥' 소리와 함께 사내가 '쿵' 소리가 나면 병구하고 같이 뒹굴었다. 백호는 룸 밖으로 뛰어가는 사시미를 잡기 위해 몸을 돌렸다. 그 순간에 사시미는 칼을 뒤로 던졌다. 백호는 날아오는 칼 끝을 보며 몸을 옆으로 돌렸다. 칼은 백호 옆을 스쳐 벽에 박혔다. 백호가 홀에 나오니 사시미는 벌써 문밖으로 뛰어가고 있었다. 백호가 뛰어서 가게 밖으로 나오니, 사시미는 보이지 않았다.

백호가 다시 에덴으로 들어와서 토마토 룸 안으로 들어갔다. 안에 상황을 보니 넷 놈은 죽은 듯 움직임이 없었고, 병구는 소파에 앉아 어깨를 만지고 있었다.

"병구야, 괜찮아?"

병구는 손바닥을 보여주며 말했다.

"사시미한테 당한 것이 아니라 저 새끼도 칼을 가지고 있었어. 다행히 스쳤지만."

"그 칼은 사시미가 나한테 던진 칼이었어."

카운터에 숨어 있던 여자가 룸으로 들어오며 말했다.

"얼마 부서진 것도 없네. 사시미가 자기 칼까지 버리고 도망을 갔으면 부산으로 도망갔다는 것인데?"

백호와 병구는 그녀를 보았다.

"내가 말했잖아. 대못이 부산 완월동에 있다고."

백호는 그녀를 보며 말했다.

"대못이라는 놈에 대해 아십니까? 아니면 망치?"

"망치는 한 번도 본 적이 없어요. 그 대신 대못은 많이 보았어요."

"백호야, 내가 대못을 안다. 진희야! 가게에 빨간약이냐?"

"너 다쳤니?"하며 병구에게 다가갔다. 그녀는 병구의 머리를 '팍' 하고 때렸다.

"야, 이 새끼야! 난 크게 다친 줄 알았잖아."하며 병구의 상처를 살폈다. 밖으로 나가더니 구급함을 들고 왔다. 구급함을 열고 병구의 어깨에 알코올 솜으로 닦아 주었다.

"아얏."

"지랄하네. 가만히 있어."하면 빨간약을 발라주고 붕대로 감아 주었다. 그 모습을 보며 백호는 웃었다.

"그런데 아저씨는 왜 망치를 찾는데요?"

백호가 말하려고 하니, 병구가 말했다. 병구의 이야기를 들은 진희는 한숨을 크게 쉬며 말했다.

"찾기가 힘들 텐데. 하지만 아직 희망은 있어요. 아직 25살이 안 되었으니, 망치 근처에 있을 수도 있고요."

백호와 병구는 에덴을 나와 대구역으로 갔다.

병구가 말했다.

"저 놈들이 정비를 하기 전에 부산에 먼저 가야 해. 내가 볼 때 사시미, 이 놈은 틀림없이 택시타고 부산으로 갔을 거야. 우리도 기차가 아니 택시로 가야 해."

"병구야, 넌 여기서 빠져라. 그 다친 몸으로 어떻게……."

"지랄하네. 조금 전에 진희가 내 머리 때리는 것 못 봤어. 걔도 별거 아니라고 하잖아."

병구는 저 멀리서 오는 택시를 보며 손을 들었다.

병구하고 진희는 고등학교 동창이다.

둘은 고등학교 3학년 때 같은 반이었다. 병구는 태권도 2단이라 반에서 시비를 거는 친구들이 없었지만, 진희는 반에서 날라리라는 소문으로 유명했다. 학교가 끝나면 진희는 식당에서 알바를 했는데, 학교 친구들은 진희가 술집에 나간다고 헛소문이 나 있었다.

하루는 진희와 다른 반 남학생과 화장실 뒤에서 싸웠다.

"네가 나 술집에서 봤다고 애들한테 이야기를 했다며?"

"그래, 내가 소문냈다. 그래서 왜? 뭐가 문제인데."

"나는 식당에서 곱창구운 철판를 닦는 일을 한다고."

"웃기네. 내가 너 물안개 카페에서 나온 것을 봤는데?"

진희는 자기는 물안개 카페에 간 적이 없다고 하면 남학생에게 사과하라고 했다. 남학생은 웃기네 하며 진희를 밀치고 교실로 걸어갔다. 진희는 화가 나서 옆에 있는 벽돌을 집어 남학생에게 던졌는데 빗맞았다. 남학생은 화가 나서 진희에게 다가가서 주먹으로 복부를 가격했다. 진희는 '억' 소리를 내며 허리를 죽이자 남학생은 팔꿈치로 진희의 등허리를 찍었다. 진희는 앞으로 넘어졌고, 남학생이 다시 발로 진희의 복부를 차며 말했다.

"내가 봤다고 하면 본거야, 개년아!"

진희는 아무 말도 할 수가 없었다. 남학생이 다시 발로 차도 꿈쩍을 못했다. 진희가 깨어났을 때 그곳은 양호실이었다. 진희는 아픈 몸으로 더 이상 오후 수업을 들을 수가 없어서 집으로 갔다. 집에서는 아버지가 술에 취해 자고 있다가 진희가 들어오는 것을 보고 술을 사오라며 소리를 질렀다.

"진희, 이년아. 술 사 와."

진희는 몸도 아프고 해서 대답 없이 자기 방으로 들어갔다. 진희 아버지는 딸이 자기 말을 무시했다고 생각하고 휘청거리며 진희 방으로 들어가서 진희를 때리기 시작했다. 진희는 술 취한 아버지한테 맞는 것이 무서워 도망쳐 나왔다. 집에서 나와도 갈 곳이 없었다. 진희는 온몸이 쑤셔서 더 이상 걷지를 못하고 놀이터에 앉아 있었다. 아이들이 노는 것을 보며 정신을 잃었다.

진희가 눈을 떴을 때 병원 응급실이었다. 진희가 몸을 일으키려하자 남학생이 말했다.

"그냥 누워있어. 갈비뼈가 부러졌데. 어떻게 그런 몸으로 놀이터까지 갔냐?"

진희는 남학생을 쳐다보며 기억하려고 했지만, 다시 정신을 잃었다. 병구는 정신을 잃은 진희를 쳐다보다가 일어나 병원을 나왔다.

진희를 때린 박기원에게로 갔다. 기원은 오락실에서 친구들과 젤라그 게임을 하고 있었다. 병구는 뒤에서 가만히 게임이 끝나기를 기다리고 있었다. 마지막 남은 전투기가 거미줄을 친 적에게 생포가 되면서 게임이 끝났다.

"기원아, 할 이야기가 있는데 잠깐 밖으로 나가자."

기원은 병구를 보며 알았다고 하면서 가방을 들고 병구를 따라 밖으로 나왔다. 기원의 친구들은 게임에 열중하느라 기원이가 나간 것을 보지 못했다. 병구는 기원을 데리고 병원으로 걸어갔다.

"병구야, 너 어디 가는데?"

병구는 기원을 보며 말했다.

"진희가 기절해서 병원에 누워있어. 네가 가서 미안하다고 말이라도 해야 하지 않겠어."

기원은 병구의 말이 끝나기 무섭게 웃기 시작했다.

"하하하. 병구, 너 진희 년 좋아하냐? 하하하."

병구는 기원이 눈을 보며 말했다.

"좋아하는 것이 아니라 네가 학교에서 진희를 때려서 진희 갈비뼈가 부러졌어."

기원은 병구의 어깨에 손을 얹으며 말했다.

"알았어. 둘이 사귄다는 소문은 안 낼게. 나는 간다."하며 기원이가 돌아섰다. 병구는 돌아서는 기원을 잡고 손날로 목치기를 했다. 기원은 '커억'하며 쓰러졌다. 병구는 쓰러진 기원이 귀에 대고 말했다.

"기원아, 진희에게 사과해야지. 안 그래. 우린 친구잖아."하며 병구는 기원을 일으켜 세우며 주먹으로 복부를 가격했다. 기원이가 다시 '헉'하며 쓰러지려는 것을 잡고 사이좋게 어깨동무한 것처럼 해서 기원을 부축하고 병원으로 데리고 갔다. 기원은 병구의 옆얼굴을 보았을 때 처음으로 병구에게 두려움을 느꼈다. 병원에 도착해서 응급실로 들어갔다. 진희는 누워서 병구하고 기원이가 오는 것을 보고 있었다. 병구가 기원에게서 어깨를 풀어주며 말했다.

"진희야, 기원이가 사과한다고 왔어. 그렇지, 기원아!"

기원은 저도 모르게 고개를 끄덕였다. 병구가 기원을 노려보자 무서워서 고개를 다시 끄덕이며 말했다.

"진희야, 미안하다. 내가 너 술집에 나간다고 말한 것도 미안하고 때린 것도 미안하다."

병구는 오른손으로 기원에 뒷목을 잡고 힘을 주며 말했다.

"진희가 많이 아파. 병원비도 많이 나올 것 같고. 그리고 여자 친구에게 주먹질하면 안 되지. 안 그래, 기원아!"

기원은 목을 움직일 수가 없었다. 병구가 너무 세게 목을 조여서 뒷목이 너무 아팠다. 병구는 기원의 목을 놓아주며 웃었다.

"어. 내가 잘못했어. 엄마한테 말해서 병원비는 내가 낼 거야. 그리고 정말 미안하다. 진희야."

진희는 병구와 기원을 보았다. 병구는 웃고 있었지만, 기원은 뒷목을 만지고 있었다. 그것도 얼굴을 뻘게겨서 찡그리며 아파하는 것 같았다. 진희가 말하려고 하니, 병구가 말했다.

"진희야, 우리 갈 테니 병원에서 몸조리 잘 해. 선생님한테는 교통사고 났다고 말할게."

병구는 진희에게 손을 흔들며 나오고 기원은 병구의 뒤를 졸개처럼 졸졸 따라 나왔다. 응급실을 나와서 병구가 기원에게 말했다.

"한 번만 더 진희를 건들면 네 목뼈는 내가 접수한다. 그리고 확실하게 병원비를 계산해라."

기원은 병구가 두렵고 무서워 말도 제대로 못하고 고개를 끄덕거리며 대답했다.

"엉? 어. 알았어."

병구는 기원에게 빨리 집에 가라고 하며 진희네로 갔다. 진희네 집 담장을 넘어 들어가서 주먹으로 진희 아버지를 기절시키고, 왼팔을 분지르고 대문을 열고 밖으로 나왔다. 이 일은 아무도 몰랐다. 진희 아버지도 자기가 왜 왼팔이 부러졌고, 얼굴 광대뼈에 왜 금이 간지 몰랐다. 그는 술에 취해서 넘어져서 그런 것으로 지금까지 알고 있었다.

 부산으로 가는 택시 안에서 병구가 백호에게 말했다.
"그 이후로 진희하고 친하게 지냈어. 그런데 고등학교 졸업하고 취직했다는 곳이 호프집이었는데, 사장하고 눈이 맞아서 결혼인가 하더니 이제는 저렇게 가게를 차려서 진희가 직접 술장사를 하는 거야."
"고등학교를 졸업하자마자 결혼했어?"
"결혼은 무슨. 그냥 같이 산 것이지. 진희가 사장을 꼬셔서 이혼하게 만들고, 가게도 뺐고 해서……."
 택시기사가 룸미러로 백호와 병구를 보고 있어서 더 이상 자세한 말은 하지 않았다.
 택시는 부산 톨게이트를 지날 때 병구가 말했다.
"백호야, 내가 너를 믿어서 이 말을 하는데 오해는 하지마라."
"?"
"술과 놀음은 한국 남자들의 뿌리 깊은 병폐로 쉽게 고쳐지지 않아서 차라리 멀리하는 것이 좋아. 아니, 아예 하지마라."
"난 세 끝을 멀리 하기로 했어. 혀와 손 그리고 아랫도리. 거기는 오직 내 사랑 은주를 위해서……."
"소변도 은주 씨에게 허락받고 누겠다고. 하하하"
"그것은 아니지만……."
"아냐. 나 네 마음을 이해해. 너희들은 잘 살 거야."
"그런데 그 말을 하는 이유가 뭔데?"
"그냥."
 병구는 백호에게 자신이 왜 이 말을 꼭 하고 싶어 하는지 조금 께름칙했다. 어느새 택시가 완월동에 도착하니 밤 10시였다. 택시비를 주고 백호와 병구는 완월동 거리를 걸었다. 밖으로 나온 여자들이 백호와 병구를 잡고 가지 못하게 했다.

"오빠들, 딱 보니 휴가 나온 군인이네. 오늘 여기서 놀다가. 내가 특별히 군인 오빠들을 위해서 마른안주는 서비스로 OK."

병구는 그 여자에게 귓속말을 하니 여자가 한 건물을 가르쳐 주었다. 백호와 병구는 여자가 가르쳐 준 건물 가게로 걸어갔다.

"아가씨에게 무슨 말을 했기에……."

"어? 응. 대못하고 친구라고 했지."

백호와 병구가 걸어가는데 가게에서 사내들이 나오고 있었다. 그 사내들 중에 사시미도 있었다. 백호와 병구가 다가오기를 그들이 기다리고 있으니, 여자들이 가게 안으로 들어갔다. 여자들이 사라지니 길거리를 걷던 남자들도 패싸움이 날 것을 알고 모두 피했다.

"어느 파에서 내려 온 새끼들인지 모르지만 우릴 잘못 건드렸어."

백호와 대못과의 거리는 3미터였다.

병구가 대못을 보고 말했다.

"너희한테는 관심은 없고, 망치가 어디에 있는지 그것만 알려줘."

가게 문을 잡고 있던 사내가 앞으로 나오며 말했다.

"저런 애송이 새끼들한테 당했다고. 참나, 사시미도 너도 끝났군. 이 새끼들아. 망치 형님이 너희들 친구로 보이냐?"하며 백호에게로 다가왔다. 백호는 그 모습을 가만히 쳐다보고 있는데 병구가 말했다.

"뒤에도 세 명이다. 대못까지 해서 모두 열 명."

백호는 앞에서 다가오는 사내가 아닌 뒤에서 각목을 휘두르며 다가오는 놈을 돌려차기로 쓰러트렸다. 그 옆에 있는 사내를 주먹으로 눈썹과 눈썹 사이인 인당을 가격했다. 달려오는 사내를 발뒤꿈치로 사내의 정강이를 밖으로 까차기를 하자 사내가 아픈지 허리를 숙이는 순간 무릎으로 얼굴을 차올려 기절을 시켰다.

병구는 문 옆에서 다가오는 사내를 발로 명치끝을 찍으니 '헉' 소리를 내며 사내가 뒤로 쿵 소리가 나며 넘어졌고, 대못 옆에서 뛰어오는 놈을 향해 뛰어오르며 앞차기로 턱을 차올려 기절을 시켰다.

대못을 향해 가는데 사시미가 막아섰다. 병구는 사시미로 보며 웃고 있는데 옆에서 대못이 무엇인가를 던졌다. 병구는 피하기 위해 옆으로 몸을 돌리려고 하는 순간에 사시미가 칼로 병구의 배를 찔렀다. 병구는 "허허헉"하는 김빠지는 소리를 내며 쓰러지는 것을 백호가 보고 뛰어왔다. 사시미는 백호를 보고 칼을 휘둘렀지만, 백호는 알고 있었다는 듯이 손날로 사시미의 쇄골을 쳤다. 사시미는 쇄골을 맞고도 넘어지지 않고 뒤로 물러났다. 사시미는 백호의 솜씨에 긴장하고 있었다.

'이 자식 몸에서는 살인 냉기가 흐르고 있다.'

백호가 병구에게 다가가니 병구는 배를 잡고 웃었다.

"백호야, 미안하다. 네 관물대에 있는 은주 씨 사진에 내가 몰래 키스했다."

백호가 말했다.

"병구야, 그만 말해."

"백호야! 사람이 사랑도 잃고 친구도 잃게 되면 기댈 곳은 출세와 권력뿐이야. 권력의 개가 되어서 출세를 보장할 튼튼한 동아줄을 잡는 거지. 백호야, 너는 절대 은주 씨를 잃지 않겠지만, 내…… 내가 여기까지 밖에 도…… 도와주지 못해서 정…… 말 미…… 안하다. 배…… 백호야, 그…… 동안 고…… 마웠다."

병구는 이 말을 하고 목을 옆으로 꺾었다. 백호는 길바닥에 떨어진 못들을 보았다. 백호는 병구를 바닥에 누워놓고 일어났다. 그 모습을 본 사시미는 아픈 척하며 뒤로 피했다. 사시미는 지금 이 순간 백호의 눈에서 진정한 죽음을 아는 프로페셔널이라는 것을 느꼈다.

대못이 백호를 보며 '씨익'하고 웃었다. 대못이 호주머니에 손을 넣는 것을 백호가 보고, 오른손을 옆으로 휙 하며 무엇인가를 던지고, 대못 옆에 서있는 사내를 주먹으로 인중을 쳤다. 다른 손으로 대못의 목을 치고, 뒤돌려차기로 옆에서 다가오는 사내의 머리를 때려 눕혔다. 백호는 쓰러진 대못에게 갔다. 대못은 어깨에 막힌 못과 목이 아파서 숨을 제대로 쉴 수가 없었다. 백호는 허리를 숙이고 대못의 머리카락을 잡고 물었다.

"망치는 어디에 있지?"

대못은 '씨익' 하고 웃었다. 백호는 웃는 대못의 어깨에 박힌 못에 힘주어 눌렀다. 대못은 비병을 지르며 말했다.

"아악, 아프다고. 서…… 서울에 있어. 망치는 서…… 서울역에서만 활동을 한다고. 아악."

백호는 대못의 머리를 잡고 옆으로 비틀었다. 대못 목에서 '우두둑둑' 소리가 나며 대못은 눈을 감았다. 백호는 병구에게 다가가서 병구를 양 손으로 들어 올리고 골목길로 걸어갔다.

그때 한 남자가 큰소리로 외쳤다.

"일본 야쿠자가 나타났다. 야쿠자가 완월동을 접수하려고 한다."

그 남자는 이 말을 하고 다른 골목으로 뛰어갔다. 사람들과 여자들이 모여들면서 일본 야쿠자가 대못을 죽였다며 서로가 서로에게 말했다. 상점과 술집주인들은 경찰서에 전화하며 일본 야쿠자가 나타나서 사람을 죽였다며 신고했다.

백호는 골목을 나와 대로에서 택시를 기다렸다. 티코 승용차가 백호 앞에 서더니 운전석 문이 열리며 운전수가 말했다.

"서백호 중사, 빨리 이 차에 타." 하며 티코 뒷문을 열어 주었다. 백호는 자기를 '중사'라 부르는 사람을 보며 차에 타며 말했다.

"저를 어떻게 아십니까?"

티코 차주는 차를 운전하며 사이드 미러로 경찰차가 오는 보고 룸미러로 백호를 보았다.

"빨리 여기를 떠나야 해."

그는 차를 운전하며 완월동을 완전히 벗어나서 말했다.

"나 303부대 기간병으로 근무하다가 두 달 전에 제대한 황세종이다."

"예?"

백호는 룸미러로 세종을 보았다. 세종도 룸미러로 백호를 보며 말했다.

"네가 안전하다고 생각하는 곳이 있으면 말해. 일단, 지금은 윤병구 중사부터 안전한 곳으로 옮기자. 지금 저곳에는 야쿠자들이 했다고 소문이 나서 괜찮을 거야."

백호는 경상도에 아는 곳이 없었다. 눈을 감은 병구를 보니, 진희가 생각나서 말했다.

"황세……."

"그냥 세종이라고 불러. 나도 너희하고 동갑이야."

"그래, 세종아. 대구 자갈마당으로 가자."

세종은 룸미러로 백호를 보고 차의 액셀을 깊게 밟았다. 차는 부산을 벗어나 대구에 도착할 때까지 그 누구도 말을 하지 않았다. 백호는 자갈마당에 도착해서 '에덴'으로 가자고 했다. 차는 사람들과 여자들을 피하며 에덴 카페 앞에 멈추었다. 백호는 세종을 보며 눈짓으로 병구를 부탁했다. 세종은 고개를 끄덕이며 다가오는 여자들에게 말했다.

"우리 여기 에덴에 약속을 잡았어."

백호는 에덴 안으로 들어가고 5분정도 있다가 진희와 같이 나왔다. 진희는 조수석 뒷문을 열고 병구를 보았다. 진희가 백호에게 말했다.

"일단으로 안으로 옮겨요."하며 운전수를 보았다. 백호는 세종에게 도와달라고 했다. 세종은 차문을 열고 나와 병구를 에덴 안으로 옮겼다. 병구를 토마토 룸 소파에 뉘었다. 세종은 백호를 보고나서 진희에게 말했다.

"아무래도 이곳도 야쿠자가 다녀갔다고 소문을 내야 할 것 같은데."

진희가 말했다.

"나도 애들 전부 퇴근시키고 고민 중이었어요. 그런데 병구가 왜……."

"미안합니다. 사시미의 칼을 피하지 못하고……."

진희는 벽에 박혀 있는 칼을 보며 말했다.

"저 벽에 박혀 있는 것이 사시미의 칼이니 지문이 있을 거예요."

세종은 진희에게 경찰에 신고하라고 말하고 백호를 보았다. 진희도 백호를 보고 있다가 말했다.

"병구의 친구 분은 부대로 가세요. 그게 더 안전할 수 있어요."

세종도 고개를 끄덕이며 말했다.

"여기는 사장님에게 맡기고 우리는 밖으로 나가자."

백호는 소파에 누워있는 병구의 손을 잡고 미안하다고 말하고 밖으로 나왔다. 백호와 세종은 차를 타고 에덴을 떠났다. 세종은 대구역으로 가며 말했다.

"너는 대전역에서 내려 부대로 복귀해. 나는 부산으로 내려가서 상황을 지켜보고 부대로 연락을 줄게. 백호야! 통신 보안 때문에 우리 서로 암호를 정하자."

백호는 세종을 가만히 보았다.

"왜 우리를 도와……."

"부대에서 너에 관해서 모르는 기간병은 하나도 없어. 전부 다 알고 있다고. 네가 애인을 찾으려고 전국을 헤매고 돌아다닌다는 것을 다 알아."

"어?"

"다들 네가 미쳤다고 하지만 나도 군에 있을 때 가시네가 고무신 거꾸로 신으니깐. 네 마음을 이해가 가더라. 사랑? 솔직히 난 잘 모르겠다."

티코 승용차는 대구역에 도착했다. 세종은 백호를 보며 말했다.

"내가 부대로 전화할 게. 휴가를 나오면 부산으로 내려와 하면 안전한 것이고, 내가 부대로 면회를 갈 게, 하면 그것은 상황이 좋지 않는 것이다. 알았지?"

"전화?"

"응."

백호는 세종과 악수하고 대구역 안으로 들어갔다. 세종은 역 안으로 사라진 백호를 보고 부산으로 출발했다. 백호는 대전역으로 가는 새벽 5시40분 기차표를 끊었다. 시계를 보니 새벽 5시 34분이었다. 어제 하루 동안 일어난 일을 생각하니 꿈속에 있는 것 같았다. 부대로 복귀해서 병구에 대해 어떻게 말을 해야 할지 고민으로 거칠게 두 손으로 얼굴을 더 거칠게 닦았다. 그리고 몇 차례 깡패들과 싸우다보니 백호 몸에도 여기저기에 크고 작은 찰과상을 입었다.

"병구야! 무소의 뿔처럼 혼자서 가지 않게 날 좀 도와줘."

백호는 혼잣말로 중얼거리며 주위를 둘러보았다. 대합실 의자에 앉아 졸고 있는 사람들 모두가 평화롭게 보여서 마치 딴 세상에서 온 기분이었다. 백호는 "나도 저들처럼 평화롭게 살고 싶은데, 그런 날을 만들기 위해 조금만 더……."라고 혼잣말할 때 기차가 도착한다는 안내방송을 듣고 백호는 개표구로 갔다.

백호는 오전 11시에 부대에 도착해서 본부중대로 갔다. 본부중대에 도착해서 상황을 설명하려고 하니, 교관과 주임상사가 다가와 백호를 데리고 밖으로 나왔다. 본부중대 막사 옆 의자에 백호를 앉게 하고 교관과 주임상사가 서로에 얼굴을 보고 있었다. 백호가 교관과 주임상사에게 병구에 대해서 말하려고 하니, 주임상사가 먼저 말했다.

"백호야!"

"악."

주임상사가 인상을 찡그리며 말했다.

"대답은 하지 말고 듣기만 해."

백호가 다시 대답을 하려고 하니 교관이 검지를 입에 대었다. 백호는 '허헙'하며 입을 다물었다.

주임상사가 말했다.

"어제 저녁에 대구에서 일본 야쿠자들이 깡패들하고 패싸움이 났다고 한다. 그 가게 여사장이 윤병구와 친구라며 야쿠자들이 깡패들을 죽이고 나갔는데 깡패 한 명이 홀에 숨어 있다가 윤병구를 야쿠자로 알고 칼로 찔러서 현장에서 즉사했다고 연락이 왔다. 그러니 너무 상심하지 말고 일단, 내부반에 가 있어라. 너도 그 소식을 듣고 조기 복귀한 것으로 안다. 우리도 상황을 더 파악해야 하니, 며칠간 훈련은 없다."

주임상사 말이 끝나자 교관이 백호를 데리고 내부반 쪽으로 데리고 갔다.

"백호야, 너무 상심하지 마. 나도 네 마음 다 이해한다. 너희 둘이 친한 것도 알고 있으니 일단 밖에 상황을 지켜보기로 하자."

교관은 백호를 내무반으로 들어가라며 어깨를 쓰다듬어 주었다. 백호는 거수경례하고 내무반으로 갔다. 내무반에 들어가니 동기들이 백호를 잡고 다독거렸다. 강훈기가 다가와 백호를 보며 말했다.

"지금 뉴스 속보로 부산하고 대구가 난리가 났다. 일본 야쿠자 놈들이 아주 두 곳을 싹쓸이 했다고 한다."

훈기는 내무반 동기들이 들을 수 있도록 크게 말했다. 훈기는 백호가 침상에 앉는 것을 가만히 보고 있다가 밖으로 나가서 담배를 피우자고 말했다. 내무반을 나와 위병소 옆에 있는 격투기장으로 훈기가 먼저 걸어갔다. 훈기가 호주머니에서 담배를 꺼내 백호에 주었지만, 백호는 받지 않았다. "참, 너는 담배를 안 피우지?"하며 훈기는 격투기장 의자에 앉았다. 백호 보고 자기 옆에 앉으라고 하면서 의자를 두드렸다. 백호는 말없이 훈기를 내려다보기만 했다. 훈기는 다시 손바닥으로 의자를 '탁탁' 치며 앉으라고 했다. 백호는 말없이 훈기 옆에 앉았다. 훈기는 담배를 깊게 빨고 나서 연기로 도넛을 만들어 바람 따라 흩어지며 사라지는 연기를 바라보았다.

훈기가 백호를 보며 말했다.

"백호야! 병구가 휴가가기 전에 나한테 말했어. 너하고 대구에 간다고."

백호는 놀라서 훈기를 쳐다보았다. 훈기는 다시 연기로 도넛을 만들고 나서 말했다.

"병구가 말하더라. 이번에 휴가를 나가면 못 돌아올 것 같다고. 꿈에 '죽음의 연리지'에서 그녀가 병구를 잡고 놓아 주지 않았다고 말했어."

"병구가 언제 그런 말을 했는데?"

"일주일 전부터. 그리고 나에게 부탁 하나를 하더라. 백호, 너를 지켜주라고."

"나를?"

"그래, 너를. 관물대에 있는 은주 씨 사진 속 눈빛이 병구 자신을 너무 슬프게 한다고. 그래서 나에게 약속을 받고 휴가를 간 거야. 의리 대 의리로. 이 이야기는 우리 세 명만 알고 있는 것이다."

백호는 훈기 옆모습을 가만히 보았다. 훈기는 담배를 다 피웠는지 검지로 담뱃불 끝을 멀리 날렸다. 담뱃불은 삼 미터를 날아가 떨어지더니 바람 따라 이리저리 움직였다.

"백호야, 내무반에 들어가자."

백호는 일어나는 훈기를 잡았다.

"굳이 그 이야기를 나한테 하는 이유가 뭐냐?"

"말했잖아. 의리 대 의리로 병구와 약속했다고."

훈기는 말하고 내무반 쪽으로 걸어갔다. 훈기는 뒤돌아 백호를 보는데 백호는 고개를 숙이고 땅바닥을 보며 두 손으로 얼굴을 닦는 것을 보니 쓸쓸함인지 동경인지 알 수가 없는 감정이 마음속 깊은 곳에서 용솟음치고 있었다. 백호는 멀어지는 훈기의 뒷모습을 보며 눈에서 눈물이 볼을 타고 흘러내렸다.

5)사랑하기에 견디는 마음.

　은주는 영등포역에서 엽서를 하나 사가지고 장항선 기차 좌석에
앉아 엽서에 글을 쓰기 시작했다. KBS 제2라디오 '최수종, 하희라
의 밤을 잊은 그대에게'로 사연을 보내기 위해서다. 어젯밤 10시에
하히라가 다음 주 주제는 '남자 친구.'라는 사연을 받고 그와 관련
된 신청곡을 받는다고 해서 곰곰이 생각하며 썼다. 은주가 온양역
개표구에서 나오는데, 백호가 보고선 손을 흔들어 같이 역을 나오
면서 빨간 우체통에 엽서를 넣었다.

　은주는 봉고차에서 성폭행을 당하고, 주차장 아스팔트에 쓰러진
백호를 보았다. 미지근한 체액이 허벅지를 타고 주르륵 흘러내리는
순간, 은주는 창피해서 백호를 쳐다볼 수도 없었다. 눈에서 눈물이

흘러내려서 백호를 더 이상 볼 수가 없었다. 남자들에게 잡혀서 움직일 수 없었고, 윗옷은 찢어져서 백호와 남자들에게 창피했으며, 두려움 때문에 바들바들 떨려서 보내달라는 말도 할 수가 없었다.

은주를 겁탈한 남자가 말했다.

"아가야, 내 말 듣지 않고 네가 울며 저 새끼는 오늘 죽는다."

그는 말하며 은주의 머리카락 향기를 맡았다. 차는 어디로 가는지 모르겠지만, 은주는 무섭기도 하고 겁이 나서 울지도 못했다. 은주는 옆에 앉은 남자를 보았다. 그 남자는 은주를 보며 웃었다. 은주는 그제야 그 남자가 자기의 가슴을 보고 있다는 것을 알고 옷으로 가렸다. 그리고 이 남자가 백호를 때렸다는 것도 생각이 났다.

은주는 차 안에 있는 남자들에게 말했다.

"살려주세요. 저 아직 고등학생이에요. 경찰에 신고도 하지 않을 게요."

은주를 겁탈한 남자가 말했다.

"경찰?"하며 크게 웃으며 말했다.

"이제부터 네 목숨은 내 것이야. 물론 네 몸도. 그리고 병신 같은 저 새끼도."

은주는 무릎을 꿇고 손을 빌며 말했다.

"저 그냥 여기 아무 곳에나 내려주세요."하며 울기 시작했다.

"진짜 시끄럽네."하며 은주의 목을 누군가 만졌다.

은주가 눈을 뜨니 처음 보는 장소였다. 은주는 누워서 꿈속에서 일어난 일들을 생각했다. 진짜로 끔찍하고 창피한 일이라고 느꼈다. 어떻게 처음 보는 남자한테 겁탈당하고 끌려가고. 은주는 꿈속에서 온양으로 내려가지 말라고 하는 것 같았다.

"내가 내려가지 않으면 백호 오빠가 내려 올 때까지 기다릴 텐데. 어쩌지? 그런데 여기는 어디야?"

은주는 일어나 주위를 둘러보았다. 앞을 보고 옆을 보고 통창으로 난 밖을 보아도 알 수가 없는 장소였다. 통창 밖으로는 푸른 논과

산이 보여서 꽤 높은 층이라는 것을 알았다.

"내가 아직도 꿈속에서 헤매고 있나?"

은주가 일어나려고 하니 침대였다. 속옷도 입지 않은 잠옷 차림이었다. 은주는 창피해서 손으로 아래를 가리고 침대에서 내려왔다. 속옷을 찾기 위해 주위를 둘러보니 탁자에 은주의 옷과 남자의 옷이 있었다. 은주는 지금 상황이 어떻게 된 것인지 기억이 나지 않았다. 그때 화장실 문이 열리며 사람이 나왔다. 은주는 그 사람을 보는 순간 몸이 굳어서 움직일 수가 없었다. 그 사람은 꿈속에서 은주를 겁탈한 남자였다. 더구나 그 남자는 속옷도 입지 않은 나체였다.

"일어났어? 그렇게 내가 차안에서는 시끄럽게 하지 말랬잖아."

남자는 냉장고에서 병맥주를 꺼내 입으로 따서 마시고 나서 은주에게 병째 주었다. 은주는 앞을 볼 수가 없어서 고개를 좌우로 흔들며 잠에서 빨리 깨어나기를 빌었다. 남자는 병맥주를 다 마셨는지 은주에게 다가와 잠옷을 벗기며 말했다.

"네가 알고 싶어 하는 것 같아서 말하는데, 여기는 온양 도고글로리콘도야."

다음날 은주는 자가용을 타고 서울로 올라왔다. 차가 서울 시내로 들어서더니 누가 은주에게 검은 헝겊을 씌웠다. 은주는 겁이 나서 말을 할 수가 없었다. 차가 멈추고 남자들이 은주를 양쪽에서 잡고 계단을 올라가더니 문을 여는 소리가 들렸다. 남자가 은주를 방으로 밀어 넣으며 검은 헝겊을 벗겼다. 은주는 그 방에서 몇 시간동안 혼자 있다가 처음 보는 남자가 준 음식을 먹었다. 은주는 음식을 먹으며 서서히 잠이 들었다.

망치는 소학재 변호사에게 그동안 수익금을 보고 받고나서 일어나 은주에게 가려고 했다. 그때 망치의 집사인 소학재가 말했다.

"사장님, 천안에서 사람이 올라왔습니다."

"뭐? 큰형님께서 사람을 보냈다고."

망치는 은주와 오붓한 시간을 보내려고 했는데, 아쉬움이 가득한 얼굴로 말했다.

"저쪽 집에 있는 얘는 어떻게 하지?"

"제가 조치를 했……."

망치가 말을 가로막으며 말했다.

"좋아, 일단 만나보자."

망치와 소학재 변호사는 하얏트호텔로 출발했다. 그들은 객실에 도착하여 초인종을 눌렀다.

"띵동. 띵동. 띵동."

객실 안에서 말소리가 크게 들려왔다.

"문이 열려 있으니 들어와."

그들이 객실에 들어가니, 천안에 2인자인 함병칠이 혼자 앉아 있었다. 그들은 함병칠에게 90도로 인사를 하고, 무릎을 꿇고 앉았다. 함병칠은 망치에게 서류를 던져주며 말했다.

"천안 큰형님께서 특별히 관심을 가지고 추진하는 사업이다. 6대 4로 정했으니, 그리 알고 추진해."

함병칠은 그 말만 하고 일어나 객실을 나갔다. 소학재는 서류를 꼼꼼히 살피고 나서 말했다.

"사장님, 이 사업은 위험성이 매우 적습니다. 제가 87년도에 일본에 갔을 때 이 노래전자기계를 보고 크게 놀랐습니다."

"노래전자기계?"

소학재는 서류를 일일이 넘겨 가면 설명했다. 일본에서는 밴드를 불러서 노래를 하는 것이 아니라 노래전자기계에 돈을 넣고, 자기가 좋아하는 노래를 찾아 반주에 맞추어 가며 부른다고 설명했다. 망치는 고개를 좌우로 꺄웃하며 들었다. 소학재는 그 모습을 보며 더 자세하게 설명을 했다. 노래 가사를 몰라도 TV화면에서 나오기 때문에 남녀노소 누구나 쉽게 따라 부를 수 있다고 설명했다. 그리고 일본에서는 술집마다 노래전자기계를 설치해서 술도 팔고, 룸에 여자도 들여보내서 돈을 갈퀴로 긁다시피 해서 돈방석에 앉는다고 말했다.

"아니, 도대체 그게 어떻게 생긴 기계인데?"

"어……. 그게, 그러니까? 아, 오락실 게임기를 생각하시면 됩니다. 모양은 똑같지만, 이 기계는 화면에 게임이 아닌 노래 가사가 나온다고 보면 됩니다."

"그게 돈이 되겠어?"

"사장님! 생각해보세요. 손님이 밴드를 부르면 비싸잖아요. 그러나 이 노래전자기계를 술집과 가라오케 룸마다 하나씩 설치한다고 생각해보세요. 만 개? 십만 개? 백만 개도 팔수도 있습니다. 기계 당 40%, 아니 20%만 잡아도 전 상상이 안 됩니다."

"그렇지. 전국에 가라오케가 몇 개야. 아니지. 전국에 룸이 몇 개야. 야, 이거 황금 알이다. 아니지. 황금 닭장이네. 하하하."

"사장님, 그런데 큰일입니다."

"또 뭐가?"

"부산 오대양파에서 이 사업을 하기 위해 일본 야쿠자들과 손을 잡으려고 한다고 천안 회장님께서 서류에 적어 놓았습니다."

"뭐, 서류 이리 줘봐. 이런 젠장. 다음 주에 부산으로 애들 집합시켜. 이건 전쟁이 아니라 이 땅에 진정한 호랑이가 누군지 보여주라는 거야. 소 변호사! 이번 사업만 잘되면 여의도에 들어가게 해줄게."

"사장님, 진심으로 충성하고 감사를 드립니다."

"감사는 됐고, 앞으로 충성만 잘하면 지역구 하나는 우리가 힘 한번 써보지."

"알겠습니다."

소학재는 망치의 손을 꼭 잡으며 눈물이 글썽였다.

"사장님, 사업이 안정되려면 최소한 이삼 년이 걸립니다. 강원도에서 제주까지, 백령도에서 독도까지 널려 있는 룸들을 장악해야 합니다."

"으음, 알았다. 너는 천안 큰형님과 배분률을 다시 확인해. 함병칠, 이 새끼는 못 믿겠어. 되도록 우리 애들 목숨 값도 계산해야 한다고 해서 4대 6으로 얘기해. 안 되면 5대 5. 이것이 마지노선이야."

소학재 변호사는 크게 놀라며 대답했다.

"네에? 네, 알겠습니다."

은주가 깨어나니 방이 아닌 창고였다. 창고에는 은주보다 나이가 많은 여자들 열댓 명과 같이 창고에 갇혀 있었다. 여자들은 살려달라고 울고불고했다. 은주도 그 남자들이 무섭고 두려웠지만, 여자들과 같이 울며 살려달라고 문을 두드렸다. 그때 뒤에서 여자의 목소리가 들렸다.

"소용없어. 그냥 가만히 있으면 알아서 문 열어주고 화장실도 보내주고 한다고."

"……?"

은주는 그녀를 보았다. 그녀는 삼십대 초반으로 보였다. 그녀는 벽에 기대여 무릎을 모으고 앉아서 손가락으로 바닥에 무엇인가를 쓰고 있었다. 은주는 그녀의 손가락이 움직이는 것을 보고 알았다.

- 황철기. 내 아들 -

누군가 그녀에게 말했다.

"언니, 여기가 어디에요. 우리가 밖으로 나가서 집으로 갈 수는 있어요."

그녀는 쓰던 글씨를 멈추고 고개를 들고, 고개를 천천히 돌려가며 앞에 앉아 있는 여자들을 보았다. 그녀는 대답 없이 다시 바닥에 글씨를 쓰기 시작했다.

"언니!"

"못 나가. 도망 갈 수도 없어. 밖에 있는 새끼들이 인신매매단이야."

그 소리를 듣고 여기저기서 여자들이 울기 시작했다. 은주의 두 눈에서도 눈물이 흘러 내렸다. 그녀는 말없이 바닥에 글씨만 쓰고 있었다. 은주는 지금이 몇 시인지를 알 수 없었다. 낮인지 아니면 밤인지도 알 수가 없었다. 조금 전 먹은 음식에 수면제가 섞여있었다는 것을 알았다. 때마침 창고 문이 열리며 남자가 들어왔다. 남자는 여자들을 둘러보며 말했다.

"여기 얘하고 쟤. 그리고 저기 끝에 쟤들을 데리고 나와."

남자들이 들어와서 여자 다섯 명을 데리고 나갔다. 한 여자가 나가지 않으려고 발버둥을 치니 다른 남자가 여자의 얼굴을 때렸다.

"야, 이 새끼야! 얘 얼굴을 때리면 어떻게 해. 상품가치가 떨어지잖아."

그 말을 한 남자는 문 앞에 앉은 여자의 뒷목을 잡고 팔을 뒤로 꺾어서 끌고 나갔다. 다른 남자들도 그 남자와 같은 방법으로 여자들을 끌고 나갔다. 여자들은 아프다고 말했지만, 남자들은 신경을 쓰지도 않았다. 은주는 너무 떨려서 말을 할 수가 없었다. 그 여자들이 나가고 몇 분이 지났을 때 삼십대 그 여자가 일어나 문을 두드렸다.

"또, 뭐야?"

문 밖에서 남자의 목소리가 들렸다.

"화장실?"

그 여자의 말에 문이 열리며 남자가 안으로 들어왔다. 그 남자는 여자들을 내려다보며 말했다.

"화장실 가고 싶은 사람은 지금 가."

여자들은 움직임이 없었다. 은주도 가만히 앉아 있었다. 삼십 대 그 여자가 말했다.

"지금 가야 해. 저녁에는 밥 주고 나면 화장실에 보내 주지도 않아."

그 말에 은주와 앉아 있던 여자들이 일어나 남자를 따라갔다. 복도를 지나 계단을 내려가더니 남자가 문을 열어 주었다. 그리고 여자들을 안으로 들어가라고 했다. 은주도 안으로 들어가서 보니 그냥 창고였다. 남자가 스위치를 올려주고 문을 닫았다. 형광등이 깜박깜박하더니 전등에 불이 들어왔다. 은주는 앞에 있는 통을 보았다. 삼십대 그 여자가 치마를 올리고 소변을 보았다. 다른 여자들도 통을 찾아 소변을 보았다. 은주도 소변을 보기 위해 그 통에 앉아서 밑을 보니 벽 밖으로 구멍을 뻥 뚫어서 만든 것이었다. 은주는 청바지를 다시 입고 그 통 속을 자세히 보았다. 삼십대 그 여자가 말했다.

"아무리 봐도 밖에 뭐가 있는지 알 수가 없어. 그냥, 칠 층짜리 폐건물이야."

다른 구석에서는 다른 여자가 대변을 보고 있었다. 여자들은 말없이 문이 열리기를 기다렸다. 삼십대 그 여자가 주위를 둘러보고 확인하고 나서 문을 두드렸다. 문이 열리고 삼십대 그 여자가 밖으로 나가자 모두가 따라서 나갔다. 다시 그 창고로 들어와서 모두가 자기 자리가 있는 것처럼 각자의 자리에 앉았다. 아무도 말없이 다시 문이 열리기를 기다리기만 했다. 청치마를 입은 여자가 말했다.

"언제까지 여기에 있어야 해요. 그리고 남자들이 우리를 어디로 데리고 가는 거예요."

그녀는 그 말을 하고 삼십대 그 여자를 쳐다보았다. 그녀도 알수가 없는지 대답을 하지 않았다. 그렇게 몇 분이 지나고 삼십대 그 여자가 말했다.

"나도 모르겠다. 나도 여기에 잡혀 온 지 며칠이 지났는지 모르겠어. 밥을 주면 밥을 먹고 화장실 가고 싶으며 문을 두드리기만 했

을 뿐이야. 아니, 먼저 끌려 온 여자들이 한 것을 보고 따라 한 것
뿐이야."

그녀는 긴 한 숨을 쉬며 공사장 바닥을 긁는 소리가 들리며 작은
쇠막대기로 바닥 먼지에 다시 글을 쓰고 있었다. 은주가 그녀의 손
동작을 보았다.

- 보고 싶다. 내 아들 황철기. 사랑하는 당신도 보고 싶어. 나,
어떻게 해야 해. -

다시 문이 열리고 남자들이 들어와서 은주와 삼십대 여자만을 남
기고 모두 데리고 나갔다. 은주는 두려워서 그녀에게 다가가서 앉
았다. 그녀는 은주를 쳐다보았다.

"몇 살?"

"고등학교 이학년이고, 열여덟 살이에요."

그녀는 은주를 쳐다보더니 욕을 했다.

"진짜 개새끼들이네."

한 숨을 쉬며 다시 말했다.

"나는 서른 살. 집에서 시장에 가려고 나왔다가 차에 태워져서 이
곳으로 끌려왔어. 우리 아들은 두 살인데……."하며 울기 시작했다.
은주도 그녀를 따라서 울었다. 한참을 울고 있으니 문이 다시 열리
고 남자가 들어왔다. 은주는 그 남자를 보고 몸이 떨려서 그녀의
팔을 꽉 잡았다. 그 남자는 다가와서 은주의 턱을 잡고 웃으며 말
했다.

"아무리 봐도 이쁘단 말이야. 재도 데리고 나가자."

그 남자가 말하니 뒤에 있던 남자들이 은주와 그녀를 데리고 밖
으로 나왔다. 은주는 밖으로 나와서 주위를 둘러보았다. 그녀도 주
위를 둘러보았다. 남자들은 그녀들을 신경을 쓰지도 않고 차 안으
로 밀어 넣었다. 은주를 겁탈한 남자가 그녀들 사이에 앉으며 말했

다. "여기가 어디일까요? 서울, 대전, 대구, 부산 아니면 하와이?" 하며 웃기 시작했다. 그녀들은 아무 말도 하지 않았다. 그 남자도 멋쩍은지 앞에 앉은 남자에게 눈짓을 했다. 남자가 검은 헝겊으로 된 봉투를 들고 그녀들 머리에 씌웠다.

그 남자가 말했다.

"여기는 서울 신촌이야. 놀랬지?"하며 다시 웃기 시작했다.

차는 그녀들이 생각할 수도 없게 이리저리 가다가 신호등 때문에 멈추었는지 아니면 다른 일 때문에 멈추었는지 알 수 없었다. 차는 앞으로만 계속해서 달렸다. 그리고 우회전을 하더니 경적을 울리며 멈추었다. 그 경적 소리에 그녀들은 놀라서 그 남자에게 기대였다. 그 남자는 은주에 머리를 잡더니 봉고차 문을 열고 밖으로 나왔다. 남자들이 그녀들의 팔을 잡고 앞으로 걸어갔다. 은주는 머리에 씌운 것을 벗으려고 손을 들었다. 은주를 끌고 가던 남자가 은주의 팔을 꺾었다.

"아얏. 팔이 아파요."

옆에서 삼십대 그 여자도 팔이 아프다는 소리가 들렸다. 그녀도 은주처럼 벗으려고 했다는 것을 알았다. 남자가 말했다.

"발 조심하고. 그렇지." 말하고 머리에 씌운 헝겊을 벗겼다. 그녀들이 앞을 보니 방과 마루가 있는 여인숙 같았다. 은주는 이런 곳도 있구나, 하며 주위를 둘러보았다. 은주는 태어나서 처음으로 보는 낯선 장소였다. 그 남자가 그녀들을 보며 말했다.

"쟤들 방으로 보내고. 포주 불러와."

그 말을 듣고 다른 남자가 밖으로 나갔다. 은주에게 한 남자가 다가와 방 안으로 밀어 넣더니 문을 닫았다. 은주가 방 안을 살펴보는데 처음 본 여자가 거울을 보며 화장하고 있었다. 그녀는 은주를 보더니 관심이 없는 듯 다시 화장했다. 은주가 그녀를 가만히 보고 있으니 그녀가 말했다.

"그렇게 서 있지 말고 앉아. 집이 이래도 무너지지 않는다."

"여기가 어디에요?"

"여기? 서울 청량리역."

"네에?"

"왜 그렇게 놀래. 청량리역을 알고 있나 보네. 맞아, 여기가 그 유명한 588 집장촌이야."

은주는 다리에 힘이 풀려서 서 있을 수가 없었다. 그때 밖에서 크게 떠드는 소리가 들렸다.

"이 년이 죽으려고 환장했나?"하며 사람을 때리는 소리가 들렸다. 밖에서 여자는 울며 집에 보내달라고 했다. 집에 남편과 아들이 기다린다며 애절하게 말했다.

화장하던 여자가 말했다.

"너는 그냥 가만히 여기에 있어. 아무 말도 하지 마. 저 새끼들은 인간이 아니야. 특히, 망치라는 저 새끼는 개새끼야. 잘못하며 개 죽음을 당할 수 있어. 그냥 가만히 내 침대에 앉아 있어."

밖에서는 계속해서 여자를 때리는 소리가 들리더니 조용해졌다. 은주는 조용한 것이 더 무서웠다. 여자는 밖에서 전쟁이 나도 화장만 하겠다는 듯이 화장에만 열중을 하고 있었다. 여자가 은주에게 말했다.

"몇 살?"

"열여덟 살이에요."

"엉? 나보다 두 살 어리네."하며 돌아앉았다. 그녀가 은주를 보며 말했다.

"집은 어디야? 아니지. 네 발로 왔어? 아니면 잡혀서 왔어?"

은주는 그녀의 눈만 보고 있었다. 그녀는 알겠다는 듯 고개를 끄덕이더니 말했다.

"서울역에서 잡혀 왔구나. 나는 학교가 싫어서 여기로 스스로 왔는데?"

그녀는 그 말을 하고 다시 거울을 보기 위해 돌아앉았다. 은주는 그녀의 허리를 가만히 쳐다보았다. 그녀는 긴 나팔바지와 가슴만 살짝 가린 차림으로 화장을 계속해서 하고 있었다. 밖에서 쇠를 긋는 여자의 목소리가 들렸다.

"망치 오빠가 다 왔네. 오늘 물건 좋은 것으로 보냈지? 저번처럼 미친년을 보내서 송장만 치르게 하지 말고."

화장하던 그녀가 작게 말했다.

" 송장은 이년아, 네 년이 송장이다. 폐병으로 내일모레 죽을 년이."

방문이 열리며 쇠를 긋는 목소리의 여자가 은주와 화장하는 여자를 쳐다보았다.

"야, 이년아. 화장품 장사가 네 애비냐? 도대체 얼굴에……."

화장하던 여자는 일어나서 그녀의 말을 가로채며 말했다.

"어머? 언니 왔네. 오늘은 조금 한 거야. 어머? 망치 오빠도 와 있었네."

은주는 문을 통해 여자와 남자를 보았다. 여자는 빼빼 말라서 몸무게가 40kg도 나가지 않을 것 같았고, 나이는 알 수가 없었다.

오십 대 아니면 육십 대.

은주는 밖에 서 있는 남자를 보고 숨이 막혀왔다. 은주를 겁탈한 남자가 망치였던 것이다. 여자가 은주를 보며 말했다.

"고년 인물은 쓸 만하네. 오늘부터 영업해도 되겠어."

망치가 말했다.

"오늘부터는 안 되고 내가 며칠 동안 데리고 있어야겠어."

그 여자는 문을 닫으며 말했다.

"오빠 뭐야? 벌써 저년한테 마음을 뺏긴 거야?"

"도망……."

밖에서 망치가 뭐라고 하는데 소리가 들리지 않았다. 화장하던 여자가 드라이기로 머리를 손질하고 있었기 때문이었다. 여자는 밖에서 떠드는 소리가 듣기 싫은지 드라이기를 더 세게 틀었다. 머리를 다 말렸는지 그녀는 드라이기를 화장대에 놓고 은주를 보며 말했다.

"너 망치한테 당했지?"

"……?"

"맞네. 너 망치한테 잘 해. 그러면 한 밑천 잡고 여기를 뜰 수도 있어."

"전 그냥 여기를 도망치고 싶은데……."

"미친년. 여기는 이년아, 죽기 전에 나갈 수 없는 곳이라고. 아니지. 병에 걸리면 나갈 수 있다. 그 뭐더라? TV에서 한참 뭐라고 하던데."

"에, 에이즈요?"

"그래. 에이즈! 아이고 이제 다 살았네, 하는 그 AIDS."

은주는 그 말을 듣는 순간 눈에서 눈물이 흘러 내렸다. 은주가 우는 모습을 보더니 여자는 가만히 머리에 빗질을 했다. 거울로 은주를 보며 말했다.

"울고 싶을 때는 울어. 그냥 막 울어. 어떤 새끼가 뭐라고 하더라도 울어. 막 울라고."

그녀도 볼에 눈물이 흘러내리고 있었다. 그리고 휴지 한 장을 뽑아 은주에게 주었다. 그녀도 휴지로 조심조심하며 눈물을 닦았다. 은주는 그제야 주위를 둘러보았다. 침대, 화장대, 그리고 거울뿐인 방이었다. 옷장이 아닌 비키니 같은 옷장만 있었다.

"뭘 그렇게 둘러봐. 여기에 있는 것 하나하나가 다 빚이야. 난 여기서 빨리 돈 벌어서 고향에 내려가서 미장원을 차릴 거야. 보란 듯이 아주, 아주 크게. 그런데 네 이름은 뭐니?"

"양은주에요."

"그래, 난 명자. 성은 알 필요가 없고. 앞으로 명자 언니라고 불러라."

"네. 명자 언니."

"너 여기서는 이것 하나만 명심해. 돈은 생명이다. 돈은 사람을 행복하게 해 주는 힘이 있어. 그래서 나는 돈만 준다면 뭐든지 할 거야."

"……?"

"이 세상에는 요행은 없어. 그냥 하루하루를 살아 갈뿐이야."

"하루라?"

그때 방문이 열리며 망치가 손짓으로 은주를 불렀다. 은주는 어떻게 해야 하는지 몰라서 가만히 침대에 앉아 있었다. 명자가 일어나서 망치에게로 갔다.

"망치 오빠, 왜?"

"오늘 너하고 쟤하고 같이 밖으로 나가자."

명자는 망치에게 손을 내밀었다. 망치는 명자의 손을 보고 손을 들어 때리려고 하다가 뒤에 있는 남자에게 돈을 달라고 했다. 남자가 지갑을 통째로 주었다. 망치는 지갑에서 돈을 세지 않고 집어 꺼내서 명자에게 주었다. 명자는 돈을 받고 세기 시작했다.

"구만 원. 콜."

명자는 은주를 보더니 나가자고 했다. 은주는 가만히 앉아서 명자만을 보았다. 명자는 은주를 보며 말했다.

"너 여기서 처음 보는 남자 손님 받을래. 나 따라 나올래."

은주는 명자를 보고 일어나 방밖으로 나왔다. 걸어서 나오니 밖에는 벌써 어두워져 있었다. 다시 문을 나오니 앞에는 통유리로 되어 있었고, 섹시하게 입은 여자들이 작은 의자에 앉아있었다. 그녀들은 망치를 보더니 얼굴은 웃고 있었지만, 입술 움직임은 빨랐다. 은주는 그녀들이 욕을 한다는 것을 알았다. 유리문을 나와 조금 걸어가니 차가 있었다. 은주는 주위를 둘러보고 도망가려고 했다. 명자가 은주 곁으로 다가와 팔을 잡고 작게 말했다.

"여기서는 도망 못 가. 너 여기서 나가는 길이나 알아. 그리고 저 앞에서 담배 피는 저 놈들이 다 망치 똘마니들이야. 도망가다 걸리면 마약으로 페인을 만들어.”

은주는 명자의 말을 듣고 모든 것을 체념하고 자가용에 탔다. 차는 청량리역을 벗어나 알 수 없는 곳으로 달리고 있었다. 은주와 명자는 뒷좌석에 앉아 있었고, 앞에는 남자가 칼로 대쉬보드를 치고 있었다. 운전수가 말했다.

“짱돌! 칼 치워라.”

“예. 형님.”

짱돌이라는 남자가 칼을 글로브박스에 넣었다. 그는 뒤를 돌아보며 말했다.

“온양에서 여기까지…….”

운전하던 남자가 짱돌의 머리를 때렸다.

“조용히 해, 새끼야. 너 그러니까 맨 날 재떨이한테 업어치기나 당하는 거야.”

짱돌은 운전수를 보지 않고 앞을 보며 혼잣말로 욕을 했다.

“재떨이? 그 새끼 언제 나한테 죽을 날을 손꼽아 기다리고 있다고요.”

차는 앞에 차를 따라가더니 어느 고급 집 앞에 멈추었다. 차고 문이 자동으로 열리더니 차 두 대가 안으로 들어갔다. 은주는 명자를 보았지만, 그녀는 아무런 생각이 없는 것 같았다. 남자들이 차 문을 열어주어 그녀들이 내리니 망치가 손짓으로 그녀들을 불렀다. 그녀들이 앞으로 걸어가니 망치가 은주만을 데리고 가며 말했다.

“국대는 명자, 쟤를 책임지고. 나머지 너희들은 가라.”

다음날 은주는 침대에 앉아 울기만 했다. 통창 밖으로 보이는 산이 인왕산이라는 것을 알았다. 방밖으로 나갈 수도 없고, 전화기도 없어서 그냥 울기만 했다. 밖에서 노크 소리가 나더니 명자가 들어왔다. 명자가 은주를 보며 말했다.

“그만 울어. 일어나서 씻고 밑으로 내려가서 밥 먹자.”하며 밖으로 나갔다. 은주는 명자가 나가는 것을 보고, 한참 있다가 일어나서 방과 붙어 있는 화장실에 들어가서 씻고 탁자에 있는 옷을 입었다. 탁자에 있는 옷은 어제 은주가 입었던 옷이 아니라 누가 은주를 위해 사다 놓은 것 같았다. 옷도 은주가 입기에는 너무 야했다. 은주가 방문을 열고나오니 복도에서 남자가 은주를 보더니 손가락으로 오른쪽을 가리켰다. 은주는 그 남자가 가르쳐 준 방향으로 걸어서 가니 밑으로 내려가는 계단이 보였다. 계단을 내려가니 거실에는 망치와 국대, 명자가 소파에 앉아 있었다. 망치가 은주를 보며 말했다.

"야, 저 옷 진짜 잘 어울린다. 명자, 너 사람을 보는 눈은 있어."

"오빠, 이 생활만 일 년이야. 쟤를 딱 보면 알지."

명자는 말하고, 은주를 식탁으로 데리고 갔다. 주방에는 오십대로 보이는 아주머니가 있었는데 명자하고 은주가 오는 것을 보더니 식탁에 반찬과 밥을 차려주며 말했다.

"다음부터는 일찍, 일찍 일어나서 밥 먹어. 아침에만 밥을 세 번이나 차려야하는데, 너희 때문에 한 번 더 하잖아. 조금 있으면 점심이고."

은주는 그 말에 거실에 있는 괘종시계를 보니 오후 1시였다.

그런 은주를 보더니 아주머니가 말했다.

"그 놈은 태엽을 감지 않아서 맛이 갔다. 지금 11시다."

그 말을 듣고 국대가 일어나서 시계 문을 열고 잼마이라는 시계 태엽을 감는 손잡이 잡고 구멍에 끼워 시계의 태엽을 오른쪽과 왼쪽을 두 곳을 감고 있었다. 은주는 그 모습을 보며 밥과 반찬을 먹는데 입에 딱 맞았다. 아주머니를 다시 보니 아주머니는 개수대에서 그릇을 닦고 있었다. 명자는 그런 은주를 보며 작게 말했다.

"588 앞에서 아가씨들 상대로 밥집을 하던 아줌마야. 망치가 데리고 왔어. 지 입맛에 맞는다고."

"다 들린다. 더 작게 말해라."

아주머니가 뒤돌아서서 말했다. 은주는 처음으로 웃으며 밥을 먹었다.

오늘은 화요일이다. 백호하고 온양에서 토요일에 만났으니 사흘이 지난 것이다. 명자는 밥을 다 먹었는지 일어나 거실로 갔다. 거실에서는 망치하고 국대가 이야기를 나누고 있었다. 명자가 다가오는 것을 보고 망치가 말했다.

"오늘부터 네가 쟤를 데리고 있어라. 절대 밖으로 나가거나 전화기를 사용하게 하면 그땐 너는 죽는다."

"전화기가 있기나 있어. 그리고 밖으로 나가고 싶어도 나갈 수나 있냐고. 떡대들이 저렇게 떡하니 지키고 있는데."

국대가 명자를 보았다.

"형님한테 반말 하지마라."

"웃기고 있네. 너한테는 형님이겠지만, 나한테는 그냥 망치 오빠일 뿐이야."

국대는 일어나 명자의 뺨을 때렸다. 명자는 맞자마자 옆으로 픽하고 쓰러졌다. 명자는 볼을 만지며 천천히 일어나 국대를 노려보았다. 명자는 국대 앞으로 가더니 국대의 손을 물려고 했다. 국대는 명자의 머리카락을 잡고 때리려고 할 때 망치가 말했다.

"그만! 국대! 네가 사과해라."

국대는 망치를 보다가 다시 명자의 머리카락을 잡고 목을 꺾었다.

"그래, 새끼야! 죽여. 죽여보라고. 어제 그렇게 새벽까지 가지고 놀더니 이제 싫증났니?"

망치가 일어나 국대의 손을 잡고 명자를 소파로 밀었다. 명자는 소파로 쓰러졌다가 일어나 앉아서 국대를 노려보았다.

"국대, 네가 저년을 몰라서 그렇구나. 저년은 독종이야. 네가 때리면 때릴수록 더 커지는 독종 중에 최악에 독종 같은 년이라고."

"나를 이렇게 만든 게 누군데."

망치는 '크음'하며 손으로 은주를 불렀다. 은주는 식탁에 앉아 있다가 망치 앞으로 갔다. 망치는 은주를 명자 옆에 앉으라고 했다.

"너 여기서 도망가려고 하지마라. 그럼, 너하고 명자, 저 년하고 저 연못에 있는 물고기 밥이 될 것이다."

망치는 통창을 통해 밖에 있는 연못을 보고 있었다.

"저 연못에 고기들이 사람을 무척 좋아해. 특히 믹서기로 갈은 사람 고기를."

그 말을 하고 망치는 일어나서 국대를 데리고 나가려고 했다.

"돈은 주고 가야지. 이 애를 돌보는 돈까지."

국대는 명자를 보았다. 명자도 국대를 빤히 쳐다보았다. 망치가 다가오더니 안주머니에서 지갑을 꺼내 돈을 세지 않고 탁자로 던져버렸다. 명자는 가만히 돈이 날려서 떨어지는 것을 황홀한 표정으로 바라보고 있었다. 망치하고 국대는 밖으로 나갔다. 주방 쪽에서 아주머니 말소리가 들렸다.

"너는 년아, 돈에 환장한 년이여."

명자는 거실바닥과 탁자에 떨어진 돈을 주우면 말했다.

"돈 없으면 다 죽어. 병원도 못가고, 약도 사 먹을 수 없다고."

명자는 돈을 다 줍더니 세기 시작했다.

"그래도 이년아, 돈 밝히다가 그냥 갈 수 있어. 돈 옆에는 항상 기생오라비가 있는 거여."

"흥, 난 남자 놈들은 절대 믿지 않는다고. 이십만 원이네. 망치가 너를 진짜 좋아하기는 하나 보네. 너, 망치 놈도 남자다. 믿지 마."

말하고 웃으며, 명자는 돈으로 부채를 만들어 시원하게 부채질을 하고 있었다.

"언니, 저는 고작 열여덟 살 나이에 아직 하고 싶은 것도, 해야 할 일도 많다 말이에요. 이런 생활로 생을 끝나는 것이 무서워요. 여기서 나가……."

"어떤 수단과 방법으로 해서든 돈만 많이 벌어서 힘을 키우면 돼."

은주는 명자를 보며 속으로 한숨을 쉬었다. 명자에게는 그 어떤 말과 논리로 설명을 하더라도 돈으로 모든 것을 관철하기에 답답해서 이층으로 올라갔다.

은주와 명자는 토요일 점심까지 같이 지냈다. 밥은 아주머니가 해주어서 먹었지만, 문밖으로는 나갈 수는 없었다. 현관 앞과 집 주변에는 남자들이 지키고 있었다. 은주와 명자는 거실에 앉아서 서로간의 살아온 인생 이야기와 학생 때 추억을 이야기하며 지냈다. 그녀들은 전혀 몰랐다. 집에는 첩자가 있고, 그 첩자가 그녀들의 말을 듣고 노트에 적고 있다는 사실을.

토요일 오후에 망치하고 국대가 집 안으로 들어왔다. 그들은 남자 두 명을 더 데리고 들어왔다. 명자는 그들을 보고 은주에게 작게 말했다.

"또 어디서 싸우고 왔나 보네. 조용히 하고 이층으로 올라가자."

은주와 명자가 이층으로 올라가니 아주머니가 부엌에서 노트를 들고 와서 국대에게 건네주었다. 국대는 읽고 나서 망치에게 말하려고 했다. 망치가 손을 들어 말을 막고 손을 내밀었다. 국대는 노트를 망치에게 공손하게 건넸다. 망치는 천천히 페이지를 넘겨가며 읽고 있었다.

"쟤 이름이 양은주이고, 연기학원에 다녔다고. 그리고 구로에서 식당을 한다?"

망치는 생각에 잠겨 있었다. 망치가 앞에 앉아 있는 남자에게 말하며 노트를 던져 주었다.

"소나기, 네가 가서 한 번 뒷조사를 해 봐라."

"네, 알겠습니다. 형님!"하며 소나기는 노트를 받았다.

그때 이층에서 악을 쓰는 소리가 들리더니 명자가 뛰어 내려왔다. 명자는 주방에 있는 아주머니를 향해 뛰어갔다.

"야, 이 개 같은 년아! 우리 이야기를 다 적어서 망치에게 줘. 네 년이 그러고도 인간이야. 이제 쟤 인생은 어떻게 하라고. 여기서 영원히 벗어날 수 없는 성노예가 되었잖아."

주방 싱크대 위에 있는 부엌칼을 들고 아주머니에게 다가갔다. 아주머니는 뒤로 도망가려고 했지만 냉장고가 그녀를 막았다.

"나쁜 년! 딸 같은 우리한테 이럴 수는 없잖아?"하며 칼을 높이 쳐들었다. 그러나 명자는 싱크대에 머리를 쳐 박고 쓰러졌다. 소나기가 일어나서 명자의 머리를 돌려차기로 차버린 것이다. 은주는 계단 중간에 서서 그 모든 모습을 지켜보았다. 은주는 계단 바닥에 토하기 시작했다. 소나기가 가려고 하니 망치가 아주머니에게 눈짓을 했다. 아주머니가 계단을 올라가 은주에게 다가가려고 하니, 은주는 이층으로 뛰어 올라갔다. 방으로 들어가서 문을 잠그고 서럽게 울기 시작했다. 문 밖에서 아주머니의 목소리가 들렸다.

"나도 어쩔 수가 없었어. 남편은 아프지. 아들은 대학생이지."하며 문을 두드렸지만, 은주는 문을 열어주지 않았다. 침대로 가서 울며 주먹으로 베개를 때리며 혼잣말했다.

"저 아주머니는 돈을 위해서라면 무엇이든 할 무서운 사람이었구나. 그리고 저 사람이란 본디 믿을 수 없는 존재였구나."

은주는 이 악의 구렁텅이에서 도저히 빠져 나갈 수 없다는 것을 서서히 느끼고 있었다. 몇 시간이 있으니 밖에서 노크 소리가 나더니 열쇠로 문을 여는 소리가 들렸다. 덩치가 좋은 남자가 들어왔다. 은주는 그 남자를 보고 겁을 먹었다. 남자는 웃으며 말했다.

"밖으로 나가자. 자리를 옮겨야겠다."

그는 은주의 겨드랑이에 잡더니 깃털을 잡은 듯이 은주를 어깨에 메고 계단을 내려왔다. 거실에는 명자도 다른 남자들도 보이지 않았다. 은주가 괘종시계를 보니 저녁 9시 30분이 조금 넘은 시간이었다. 은주는 그 남자에게 말했다.

"내려주세요. 저 걸어 갈 수 있어요."

남자는 멈추더니 은주를 내려주었다. 은주는 주방 싱크대에 기대어 명하니 서있는 아주머니를 보며 말했다.

"아주머니, 명자 언니는 벌써 나갔어요?"

아주머니는 아무 말 없이 고개만 끄덕였다. 은주는 아주머니에게 인사하며 주방 식탁에 있는 돈 뭉치를 보았다.

'저 돈이 나와 명자 언니를 팔은 돈이구나. 진짜 나쁜 사람이네.'

은주는 혼잣말하며 현관을 나와 대문 앞에 주차한 차에 탔다. 차 안에는 국대가 있었고, 조수석에는 명자를 때린 남자가 앉아 있었다. 차가 어느 방향으로 움직이는지 은주는 알 수 없다가 교통 표지판을 보고 알았다. 차는 인천으로 가고 있었다. 차가 신호등에 걸려서 앞에 앉은 남자가 조수석 문을 조금 열었다.

횡단보도 전파사의 라디오에서는 음악이 흘러나오고 있었다.

"~은하수 물결 울고 간 자리에는 별빛만 떨어지는데,
   텅 빈 거리에 나 홀로 서니 외로운 마음뿐이네.
   바람아 불어라 작은 나의 두 뺨에 쓸쓸한 웃음 지우~"

신호등이 바뀌었는지 차가 출발했다. 은주는 음악을 들으며 아무런 감정도 없었다. 명자를 걱정하고 앞으로 자기는 어떻게 살 것인가를 생각할 뿐이었다. 앞에 앉은 남자가 말했다.

"형님, 인천에 도착하며 어떻게 할 생각입니까?"

"인천이 아니야. 인천으로 가는 척 하면서 수원에 들렀다가 갈 거야."

"네? 아니 왜?"

"저년을 수원에 맡겨야겠어. 너 도망가면 구로 민들레식당에서 일하는 네 부모는 그날로 제삿날이다."

은주는 너무 놀라서 말을 할 수가 없었다. 더 놀라운 사실을 앞에 앉은 남자가 말했다.

"양세천, 원나희의 외동딸이라. 학교는 영등포여자고등학교 2학년. 대진빌라 C동 302호. 참, 조금 전 그년은 내가 잘 묻었다. 식탁에 있는 돈이 그년에 돈이고. 무슨 나이도 어린년이 돈을 그렇게 많이 가지고 다녀. 야! 그년 가방에 든 돈이 육백만 원이 넘더라."

은주는 소리죽여 가며 울기 시작했다. 명자가 죽었다는 것이 슬픈 것이 아니라 부모님의 이름과 학교, 집 주소까지 이 남자들이 알고 있다면 부모님이 위험하다는 증거였다. 은주는 차창에 비친 자신의 얼굴을 보며 하염없이 울기만 했다.

차는 수원역에 도착하더니 골목으로 들어갔다. 빨간 불빛만 보이는 집들 사이로 가더니 중간에 멈추었다. 여자들이 다가와서 차창을 두드렸다. 조수석에서 남자가 문을 열고 나가니 여자가 다가와 팔짱을 끼며 말했다.

"오빠, 오늘 내가 끝내주게 서비스 해 줄게."

남자는 그녀를 옆으로 확 밀더니 차의 뒷문을 열었다. 국대가 내리고 은주가 내리니 여자들은 알겠다는 듯 자리를 피했다. 국대가 은주를 데리고 한 집으로 들어갔다.

이곳에서 은주는 빠져 나올 수 없는 깊은 수렁과 미래를 알 수 없는 깊고 깊은 어둠속에서 질긴 삶을 살아갔다. 질긴 삶이 아니라 은주가 도망을 치면 부모님이 위험하다는 것을 알아서 모든 것을 포기하고 파리 목숨과 같은 삶으로 하루하루를 연명하며 살아갔다.

은주는 아침에 일찍 일어나서 김밥 삼 인분을 싸서 반합에 넣고 나서, 아이를 깨워서 씻기고, 백호에게는 아침을 차려 주었다. 백호와 아이는 맛있게 아침을 먹고, 화장실에 들어가서 함께 이빨을 닦았다. 은주는 콧노래를 불으며 설거지하고, 안방으로 들어가서 옷장에서 나들이옷을 찾아 입었다. 백호가 들어와서 은주를 등 뒤에서 껴안으며 목에 키스를 했다. 은주는 백호의 손을 풀고, 백호 엉덩이를 살짝 치고, 밖으로 나와 아이에게 예쁜 옷을 찾아 입혔다. 백호가 반합을 챙겨서 가족 모두가 현관을 나왔다. 집 앞에 주차한 차를 백호가 운전하여 은행나무길을 지날 때 백호가 은주의 손을 잡으니 아이도 같이 손을 잡아주어서 뭐라 말할 수 없이 아늑한 느낌이 들며 이것이 따뜻하고 행복한 가족이구나, 라고 은주는 느꼈다. 현충사에 도착해서 은주가 잔디밭에 돗자리를 펴는 동안 백호와 아이가 차에서 반합을 들고 행복하게 웃으며 걸어오는 것을 은주는 흐뭇하게 보고 있었다.

백호와 아이는 잔디밭에서 공을 차며 뛰어노는 모습을 은주는 박수를 쳐가며 웃었다. 아이가 백호에게서 공을 빼앗겼을 때 은주는 아이를 응원까지 했다. 백호가 아이에 공을 다시 뺏으려고 하기에 은주가 일어나 아이에게 가서 아이 편이 되어서 백호가 공을 뺏을 수 없게 방해를 했다. 백호와 은주와 아이의 즐거운 웃음소리가 현충사 잔디밭에 울려 퍼졌다.

백호와 아이가 돗자리로 와서 은주는 백호에게 캔 음료수를 주고, 아이에게는 컵에 물을 따라 먹여주었다. 그리고 반합에서 아침부터 정성껏 준비한 김밥을 열고 행복하게 웃으며 맛있게 먹는…….

방문이 열리며 여자가 크게 소리를 질렀다.

"일어나, 이년아! 뭐가 좋다고 실실대. 손님이나 받아."

일을 치르고 나온 은주는 모든 돈을 그 여자에게 주었다. 그러나 그 여자는 은주의 호주머니와 브래지어 심지어, 속옷까지 뒤지고 나서 돈이 없다는 것을 알고 한마디 했다.

"너도 이년아. 돈 챙겨서 여기 빨리 떠나."

"?"

은주는 안마당에서 새벽하늘에 떠있는 샛별을 보며 눈물을 흘렸다. 이곳에서 가장 낯선 존재는 바로 은주 자신인 것 같았다. 이젠 육체가 자기 영혼을 아프게 하는 것도 싫어졌다. 차라리 영혼이 육체에서 빠져나가 영혼만이라도 부모님께서 살고 계신 집에 가고 싶었다. 은주는 벽을 보며 중얼거렸다.

"납작하게 엎드려서 조용히 있어야 해. 그렇게 해야 만이 부모님께서 사실 수가 있어."

그리고 은주는 생각하고 또 생각했다.

'비극적인 결말이란? 그 행복한 순간이 더 소중하며 아름답고 애절하게 느끼는 것이 아닐까? 그럼 나는. 나 은주는?'

은주는 자신에게서 행복했던 기억이 서서히 사라져 가는 것이 무섭고 괴로웠다.

'부지런히 노력하고 열심히 공부하며 모든 일에 최선을 다 하며 살아왔는데. 내가 왜? 잠시 잠깐 온양에 놀러 간 것뿐인데.'

은주는 모든 것을 다 놔 버리고 싶었다. 그러나 그럴만한 용기가 가슴에 남아있지 않았다. 은주는 오늘도 소리 없이 끝없는 뫼비우스 띠 기계 벨트 위를 걷는 기분이었는데, 어제 초저녁에 망치가 은주를 농락하고 짓궂게 웃으며 말한 것이 생각났다.

"네가 여기서 도망가면 구로 식당은 불바다로 만들고 네 부모는 그날로 끝이다. 그러니 여기서 착실하게 잘 지내."

"착실하게라?"

은주는 잠시 밖으로 나와서 지하 노래방으로 가서 기계에 500원 동전을 넣고 '오늘은 말할 거야'를 울어가면서 몇 번을 불렀다. 은주는 노래방을 나오면서 혼잣말했다.

"그래, 이젠 독하게 잊으며 사는 거야. 내가 과연 백호 오빠를 영원히 잊을 수 있을까?"

그때 골목에서 은주를 지켜보는 한 남자를 노려보며 중얼거렸다.

"나, 양은주는 너, 망치를 반드시 죽일 것이다."

그런 은주의 눈빛을 보는 사람마저 가슴이 먹먹하다 못해 텅 비게 했다.

은주는 방에 있는 남자를 보았다. 일을 끝낸 남자는 영혼을 잃은 유령 같은 은주의 모습을 보며 돈 만 원을 더 주었다. 은주는 돈을 보고 가만히 있으니, 남자는 방을 나가며 말했다.

"저 년은 석녀야? 아니면 영혼 없는 유령이야? 에잇, 재수 없어."

여자가 방에 들어와 방바닥에서 돈을 가지고 나가며 은주를 발로 찼다.

"잘해, 이년아. 일본으로 확 팔아넘기기 전에."

은주는 나가는 여자를 보며 자신의 상처를 건드릴까 조심 또 조심하면서 그 누구에게나 아무렇지 않게 지냈다. 은주는 이내 서서히 아무려면 어때하며 자포자기 상태가 되어갔다. 이렇게 하니 지금은 오히려 마음이 편했다. 모두가 내 인생 따위는 까맣게 잊어버릴 테니까 말이다, 하며 자조 섞인 웃음을 지었다. 은주는 평생을 이렇게 스스로 자신을 잃어버린 채 살아가야 하는지 의문이 들었다. 이제는 매번, 매순간 순간마다 백호가 생각났다. 아버지와 어머니를 생각하면 폭발하거나 증발하고 싶었다.

"만약에 내가 자살하면, 망치가 우리 부모님을 말대로 그렇게 할까? 그는 하겠지."

세상에는 수많은 불행이 존재하고 움직이며 누구든지 은주 자기를 밟으라고 하고 있는 것 같았다. 마치 그 순간을 기다려 왔다는 듯 불행은 박수를 치며 현재를 예측할 수 없게 만들고 있는 것 같다고 은주는 생각했다. 은주는 몇 년 전에 어머니에게 화를 내고 말없이 집을 뛰쳐나와 여의도로 간 것도 후회가 되었다.

"엄마, 미안해. 그리고 보고 싶고 사랑해요."

은주의 우는 소리를 듣고 옆방에서 경희가 찾아왔다. 그녀는 은주가 서럽게 우는 것을 보며 등허리를 쓰다듬어주었다.

"언니, 신이 정말 있다면, 나에게 이런 고통과 시련을 왜 주실까? 과연 신은 모든 사람을 사랑하고 있을까?"

"우리 같은 사람에게 돈이 바로 신이야. 돈만이 진정한 신이라고. 사람과 사랑에 전부를 걸으면 우리는 결국 끝없이……."

"돈?"

"그래, 돈! 돈이라는 것이 얼마나 무한 능력을 가진 해결사인지 죽은 부모님은 못 살려도, 아픈 형제는 대학병원 특실에 입원하게 하는 신통력을 발휘하더라고. 그 돈의 힘이 무한하다는 것을 나는 직접 경험했어."

"나한테는 돈도 요물이고, 사람은 더욱 더 요물이에요."

"사람은 요물이지만, 우리 인생에서 돈은 살아 있는 신이라고 할 수 밖에 없어."

"나에게는 돈과 신 같은 건 없어요. 신이 사랑하지 않는 사람들이 바로 우리 같이 버려진……."

"신은 있겠지? 술 취한 남자들에게 돈을 받고 다리만 벌리는 밤에 피는 야화. 그 야화가 바로 우리야. 그리고 술 취한 놈들이 주는 그 돈이 바로 신이고."

경희는 은주를 보며 무슨 말인가를 더하려고 하다가 방을 나갔다.

은주는 백호를 생각했다. 서운하게도 그날이 잘 떠오르지 않았고, 백호가 무슨 옷을 입었는지, 무슨 말을 했는지 전혀 기억이 나지가 않았다. 사랑을 하고 있는 사람은 그 사랑을 잃고 나서 사랑을 알게 된다고. 그러나 이제는 사랑을 하고 있는 사람이 옆에 있어야만 그 사랑의 정을 느끼고 줄 수가 있다, 는 것을 은주는 모르고 있었다.

'크리스마스는 가족과 함께.'라는 현수막을 보는 순간 은주 눈에서 눈물이 흘러내렸다. 길거리에서 가방을 메고 하교하는 여학생들에 웃는 소리와 "오늘부터 방학이다."라고 크게 떠드는 남학생들 목소리에 세월의 무상함을 느끼며 한해가 저물어가는 것을 알았다.

어느 날 한 남자가 두 손으로 얼굴을 쓸어내리며 말했다.

"너, 이곳을 벗어나고 싶으면 나하고 결혼하자."

방문이 열리며 망치가 들어와 그 남자를 데리고 나갔다. 조금 후에 그 남자의 비명소리가 들렸다. 그 남자는 맞으면서도 "썩은 과일이 더 맛있고 더 향긋해. 그런데 저 방에 있는 년은 목석같잖아. 쫀득쫀득한 맛도 없는 계집……."이라고 말하는 순간, 망치의 발이 그 남자의 명치끝에 박혔다.

망치는 방으로 들어와 "넌 여기서 절대 못 나가."하며 자기 옷을 벗었다.

은주는 이제 없어도 그만 있어도 그만인 쓰레기 같은 잡동사니 인생을 마감하려고 했다. 그러나 아직 하고 싶은 사랑과 하고 싶은 일도 많이 남아 있는 이십대의 은주에게 죽기는 너무 억울하고 분하여 휘청하며 쓰러졌다. 지금 이것은 꿈이고, 지금 이곳도 꿈이고, 지금 문밖에서 지키고 있는 사람들도 꿈일 것이라며 악몽에서 깨어나기 위해 일어나는 순간에 하혈을 하며 진짜 현실이라는 것을 알았다.

은주는 병원에서 퇴원하는데 걸어가면서 친구들과 수다를 떨며 가는 여학생들을 보며 저런 게 바로 행복이구나, 라고 생각했다.

무심코 들은 한마디와 길거리 풍경이나 사람들이 어느 날 유독 다르게 보여서 자기 가슴에 구멍이 생긴듯한 기분으로 잠 못 이루고 뒤척이게 만드는 오늘이 은주에게 무슨 일이 생길 것 같은 예감이 들었다.

오후에 국대가 와서 은주를 찾았다.

"스잔은 어디에 있어?"

"스잔은 왜?"

"이젠 형님이 안정적으로 사업을 할 수가 있어."

포주가 은주의 방에 문을 열며 말했다.

"야, 망치가 너를 찾는다. 망치한테 잘해서 신세나 펴."

국대는 은주를 보며 말했다.

"너, 오늘부터 형님과 함께 지낸다. 그러니 얼른 가방에 짐 챙겨."

은주는 일어나 방을 나오며 국대에게 말했다.

"난 가지고 있는 것이 이 몸 밖에 없어요."

"……?"

국대는 은주의 얼굴을 한 번 빤히 쳐다보고 같이 차를 타고 서울로 향했다. 차 안에서 은주는 '백호와 같이 죽을 때까지 살고 싶은데.'라고 생각하며 혼잣말했다.

'백호 오빠와 죽을 때까지라? 그런 날이 과연 나에게 올까?'

그 꿈이라는 것이 가끔은 가혹할 수도 있다고 은주는 생각했다.

절망에 허덕이는 와중에도 일상을 버티며 살아가고 있는 것은 구원할 수 있다는 작은 희망의 믿음이 있기 때문이라는 것을 은주는 잊고 있었다.

6)사랑이란 이름으로.

　백호는 근심 걱정으로 잠을 이룰 수가 없었다. 군 생활을 더 연기할 것인지, 아니면 제대를 할 것인지를 결정해서 보고해야 했다. 그 모습을 보던 훈기가 말했다.
　"백호야, 제대해서 은주 씨를 찾아라. 병구 놈 같았으면 너하고 함께 제대하자고 했을 것이다. 그러나 나는 이 군대가 좋다. 밖에 세상이 싫어졌어. 이대로 군대에서 생각 없이 훈련 받는 것이 난 너무 좋다."
　백호는 훈기를 보다가 하늘에 떠 있는 구름을 보았다. 구름이 병구인 듯 웃으며 말하는 것 같았다.
　"백호야, 우리 제대해서 같이 은주 씨를 찾으러 가자. 어때 좋지?"

백호는 병구의 구름을 보고 웃으며 결심했다.

'그래. 나 제대한다, 아니 여기를 떠나서 은주를 찾을 거야. 내 손으로 은주 너를 찾기 전까지는 죽지도 않을 것이다.'

백호는 일어나면서 "나 서백호는 제대한다."라고 크게 외쳤다.

훈기도 일어나서 백호를 껴안으며 말했다

"그래, 생각 잘했다. 전역휴가 때 우리 집에 가자. 그리고 은주 씨를 찾으러 같이 가자."

"아니야, 나 혼자……."

"백호야, 너 때문에 같이 가자고 한 것이 아니야. 병구 놈 때문에 가자고 한 것이야. 병구 놈은 아직도 내 이 가슴에 살아있다고. 알아."하며 훈기는 자기 가슴을 탁탁하고 쳤다. 백호는 훈기를 보고 웃었다. 백호 가슴속에도 병구가 있다는 것을 자신도 느끼고 있기 때문이었다. 백호는 훈기가 내무반으로 들어가는 것을 보고 행정실로 갔다. 백호는 인사계에게 제대를 한다고 말했다. 옆에서 행정을 보던 교관이 백호를 쳐다보며 말했다.

"이젠 양은주라는 여인의 존재를 네 가슴 속 흔적에서 지워라."

그러나 그것은 백호의 힘으로도 안 되는 일이라는 것을 교관도 백호 마음을 알고 있었다. 백호는 교관이 오히려 고마웠다. 교관은 다시 고개를 쑥이고 무엇인가를 쓰기 시작했다. 인사계는 행정병을 부르더니 그에게 지시를 하고 백호에게 따라가라고 했다. 백호는 행정병이 주는 서류에 인적 사항 등을 적고, 마지막으로 서명에서 멈칫했다. 이 종이에 서명하면 이제는 군인이 아닌 민간인 신분이었고, 휴가를 갔다가 오면 이제는 군복을 입고도 이 부대로 다시 들어올 수가 없었다.

예비군?

이제는 예비군의 신분만으로 다른 군부대에 들어가야 한다는 것에 서운해지면서 눈에 눈물이 고였다.

4년 6개월.

인생에서 가장 아름답고 좋았던 청춘의 시기.

인생에서 가장 화려했던 젊음이 꽃피던 시절을 보낸 303부대.

백호는 볼펜을 잡고 서명을 하려고 하니, 행정병이 말했다.

"지장(指章)을 찍어야 합니다."하며 인주에 뚜껑을 열었다. 행정병은 백호의 엄지손가락을 잡더니 인주를 묻히고 지장을 찍었다. 백호가 말릴 새도 없이 찍더니 말했다.

"다 끝났습니다. 이제 내무반으로 가셔도 됩니다."

"어?"하며 백호는 그 행정병을 보았다.

행정병은 혼잣말로 중얼거리며 행정반 중문을 열었다.

"무슨 지장을 찍는데 그렇게 망설이나. 군대가 그렇게 좋아. 나 같으면 그냥……."하며 그 행정병은 뒤를 돌아보았다. 자기가 조금 큰소리로 중얼거렸다는 것을 아는 듯 했다. 백호는 행정병을 지나치며 웃고, 행정실을 나와 내무반으로 갔다. 내무반에 도착하니, 벌써 동기들이 알고 축하한다며 악수를 청했다.

"백호야, 난 강원도로 간다. 훈기는?"

"나는 경기도 최전방이라고."

"그러게 누가 말뚝을 박으라고 했냐고? 다 지들이 좋아서 하고. 나도 강원도 화천이다."

"야, 사 개월 뒤에는 우리 후임 훈련병들이 들어온다고 하더라."

"그 놈들도 고생깨나 하겠군."

모두들 한마디씩하며 백호의 어깨를 두드려주었다. 백호를 포함해서 동기 세 명이 제대를 신청했다. 사망자는 병구 한 명이고, 아버지 병환 때문에 의가사 제대 한 명과 훈련 중 사고로 의병 제대도 한 명, 나머지 동기 열 명은 장기복무를 신청했다.

백호와 동기들은 마지막 휴가를 나와서 대전역에서 헤어졌다. 백호와 훈기는 훈기네 집인 논산으로 갔다. 훈기 집에 도착하니 훈기의 부모님은 좋아하면서도 당장 딸기 농사일을 도와달라고 했다.

백호와 훈기는 훈기의 부모님이 하는 딸기 농사를 도와주었다. 백호는 딸기 농사가 이렇게 힘든 줄은 몰랐다. 허리를 펼 시간도 없이 딸기 모종을 하고 나면 등허리에 축축하다 못해 땀으로 범벅이 되었다. 하우스 안 열기도 열기지만, 딸기 농사에 문외한이어서 더 힘들었다. 하우스 안에는 벌들이 날아다녀서 이상했는데 벌들이 딸기 가루받이 한다는 것을 알고 벌들이 예뻐 보였다. 그리고 벌들이 꿀도 생산한다고 훈기가 알려주었다. 훈기의 부모님은 백호가 처음으로 딸기 농사일을 한다는 것을 알았는지 세세하고 꼼꼼하게 알려 주었다. 백호는 훈기의 부모님한테 딸기 농사에 대한 것을 삼주 동안 자세하게 듣고, 모종하는 모든 일이 끝나자 백호에게 일당을 주었다. 백호는 받을 수 없다고 했지만 훈기의 부모님은 백호에게 억지로 돈을 주었다. 훈기도 어른이 주는 것을 너무 거부하며 그것도 실례라며 받으라고 했다.

백호와 훈기는 하룻밤을 더 훈기네 집에서 보내고, 다음날 오전에 논산터미널에서 유성터미널까지 고속버스로 이동했다. 유성터미널에 도착해서 택시 승강장에서 택시를 타고 대전현충원으로 갔다. 대전현충원 충의길을 백호와 훈기는 아무 말 없이 걸으며 군 생활 추억에 잠겼다. 의사상사묘역에서 병구의 묘에 국화꽃을 헌화하고, 그들은 거수경례를 했다.

병구의 묘비를 보며 백호는 중얼거렸다.

"병구야! 오늘따라 너에 궁시렁거리는 소리가 몹시 그립다. 병구야, 나 다음 달에 제대한다. 군대가 싫어서가 아니란 것을 잘 알겠지. 나 네 말대로 타협 없이 순수하게 마음이 이끄는 대로 행동하고 은주와 손잡고 다시 꼭 올게. 아니, 매년 은주와 찾아올게. 그곳에서 우리를 지켜봐주고 도와줘."

훈기도 묵념하고 나서 속으로 말했다.

'병구야! 내가 네 원한을 꼭 풀어줄 테니, 백호가 은주 씨를 찾을 수 있도록 도와줘. 그리고 야, 새끼야! 너하고 한 약속을 지키는

게 겁나게 힘들어. 너 백호, 저 새끼 성질 알고 일부러 약속한 거지. 야, 그러니 너 나 만나려면 칠십 년은 넘게 참고 기다려라. 알았어. 너, 그녀와 같이 튼튼하게 예쁘게 내 집 관리를 잘해 놓고 기다려. 칠십 년이 걸리더라도 지겨워하지 말고, 느긋하게 주지육림은 꼭 해 놓아라.'

백호는 훈기와 현충원 호국길을 내려오며, 병구가 누워있는 묘를 다시 보았다. 병구가 백호에게 손을 흔들며 말하는 것이 귓가에 들리는 듯 했다.

"백호야! 의지와 판단을 잃으면 몸과 마음은 모든 것에 완전하게 굴복해. 그러니 힘내라. 그리고 은주 씨하고 행복하게 살다가 천천히 아주 천천히 와. 그동안 내가 여기 우리 아지트로 만들어 놓을게."

백호와 훈기가 택시를 타는데 뒤에서 병구하고 그녀가 손을 흔들며 행복한 웃음꽃이 현충원에 살포시 내려앉았다.

백호와 병구는 대전역에서 서울역으로 올라가는 기차를 탔다. 훈기는 달리는 기차 밖에 전깃줄을 보며 말했다.

"연애 한 번도 못하고 말뚝을 박는구나."

백호가 딱 잘라 말했다.

"곧 나타나겠지. 이 세상에 절반이 여자야."

"그녀를 보자마자 따봉하면 좋겠다."

백호는 훈기가 '따봉'이라고 하는 말에 처음 은주를 보았을 때를 생각했다. 연기학원에서 서로가 그냥 데면데면하며 지내다가 어느 날부터인가 백호 자기 가슴 한복판에 속삭이듯 자리 잡은 첫사랑 은주. 어디가 좋아서 사랑하는지 딱히 꼬집어 말할 순 없어도 밉다거나 싫은 곳이 전혀 없는 첫사랑 은주. 백호 자신에게 너무나 소중한 첫사랑 은주. 그런 은주를 지키지 못했다는 자책감으로 창밖을 보며 소리 없이 눈물이 흘러 내렸다. 눈물을 닦으며 훈기를 보니, 훈기는 기차바퀴 소리 리듬에 맞추어 잠을 자고 있었다.

백호는 창밖을 보며 은주가 건강하기만을 빌며 중얼거렸다.

"은주야, 너와 함께 살아 갈 수만 있다면 내 인생이 아름답고 행복할 텐데."

그들은 서울역에 도착해서 망치를 찾기 시작했다. 망치는 땅으로 꺼졌는지 아니면 해외로 도망을 갔는지 찾을 수가 없었다. 삼일 째 되는 날에 훈기가 충무로에 가서 술을 마시자고 했다. 백호도 훈기를 너무 힘들어 하는 것 같아서 충무로 거리를 걷고 있는데 삐끼가 다가와서 물 좋은 곳이 있다고 하며 그들을 데리고 지하 가라오케로 갔다. 가라오케에 도착해서 한 룸에 들어가서 앉아 있는데 야한 눈웃음을 치며 마담이 들어왔다. 마담은 백호와 훈기 중간에 앉더니 말했다.

"처음인 것 같은데. 2차까지? 아니면 술만."

백호는 그녀를 찬찬히 쳐다보았다. 그녀의 목소리 들으며 어디서 많이 들었던 목소리, 라며 생각에 잠겨 있었다.

훈기가 말했다.

"일단, 목부터 축이고 이야기 합시다."

'섹시한 분위기와 매력적이면서도 지적 미인인 마담이네.'라고 훈기는 생각했다. 마담이 훈기에게 맥주를 따라 주는 순간에 백호는 큰소리로 말했다.

"나주애 누나! 맞지? 현대예술연기학원 다녔던, 그 주애 누나?"

마담은 깜짝 놀라면서 맥주를 쏟았다. 그것도 훈기 바지에 전부를 쏟고 있었다.

"나, 백호라고. 은주하고……."

"어? 백호. 그래, 맞네. 진짜 오랜만이다. 이게 몇 년 만이니?"

"한 육년."

주애는 백호의 손을 잡고 웃으며 말했다.

"진짜 그때는 코 흘리게 애였는데. 지금은 청년이 다 되었네."

그 모습을 보며 훈기가 말했다.

"청년은 무슨. 지금 은주인가를 찾으러 다니는 멍청한…….."

"은주? 양은주를 왜?"

백호가 주애를 보고 있어서 훈기가 말했다. 훈기가 틀리게 말을 해도 백호는 가만히 맥주병만 보고 있었다. 그렇다고 훈기가 말한 것이 크게 틀린 것도 없었다. 주애는 훈기의 이야기를 들으며 가만히 백호를 보았다. 주애는 이야기를 다 듣고, 자기가 살아온 인생 이야기를 했다.

주애는 현대예술연기학원이 문을 닫은 날부터 식음을 전폐하고 집에만 있었다. 한소명 원장을 원망했지만, 그들만의 잘못도 아니고, 자기가 바보고, 자기가 선택한 일이라고 자책하며 지냈다. 몇 달이 지나고 학원 친구인 희경으로부터 전화가 걸려왔다. 주애에게 일방적으로 밖으로 나오라고 해서 영등포역 지하다방에서 만났다. 주애는 희경을 보고 너무 놀라서 말을 할 수가 없었다. 희경은 그 옛날 순수함은 없어졌고, 세련되고 화려해져 있었다. 놀란 주애를 보고, 희경이 말했다.

"나 명동 사보이 가라오케에서 일 해. 지금은 일본 사람하고 같이 살고 있어."

주애는 말로만 들었던 일본인이 한국에 첩을 두고 산다는 것을 알았지만, 희경이가 이렇게까지 변할 줄은 몰랐다. 희경은 주애를 보며 웃기만 했다. 주애도 할 말이 없어서 커피만 마셨다.

희경이 말했다.

"너도 하고 싶으면 지금 나를 따라 나와. 대신에 지금 따라 나오면 소개비는 받지 않지만, 나중에는 네가 한다고 하면 그때는 소개비를 따블로 받을 거야."

주애는 희경 앞은 자세로부터 해서 구두, 치마, 옷, 가방 그리고 금목걸이에 반지, 귀걸이, 머리 스타일까지 살폈다. 희경이 한 화장품과 향수까지 맡으며 생각에 잠겼다.

'나보다 예쁘지도 않은 희경이가 이렇게 성공했다. 그럼, 내가 조금만 더 노력하면 희경이보다 더 잘 나가고 더 좋은 꽃가마를 탈 수 있지 않을까? 하늘이 준 기회인가? 아니면, 악에 동굴로 내 발로 걸어 들어가 영원한 길거리 여자로 사는 것이 아닐까?'

주애가 희경을 보고 있으니 희경은 일어나서 커피 값을 계산하고 밖으로 나왔다. 주애는 희경을 따라서 밖으로 나오니 희경이 골목에 주차한 그랜저 차로 가더니 키로 차문을 열고 운전석에 앉았다. 주애는 차 앞에서 차안에 있는 희경을 보았다. 희경은 주애를 보며 선글라스 쓰고 차의 시동을 켰다. 차는 부르릉 하며 엔진에 힘을 주더니 힘차게 엔진소리를 내었다. 주애가 차창을 열며 말했다.

"옆에 타."

주애는 조수석으로 가서 차문을 열고 앉았다.

"나 운전면허를 딴 지 한 달이 조금 넘었어. 택시처럼 운전을 잘 한다는 생각은 하지 마. 그리고 이 차도 그 일본인 남편이 현찰주고 사 준 거야."

차는 골목을 나와 여의도를 지나 마포대교를 건너 효창공원과 서울역을 조금 지나 골목으로 가더니 젊은 여자 한 명을 더 태우고 명동으로 갔다. 작은 3급 호텔 주차장에 차를 주차해서 보니 사보이호텔이었다. 그 호텔 후문으로 들어가더니 지하로 내려갔다. 주애와 또 다른 여자는 말없이 희경을 따라 지하로 내려가니 사보이가라오케라고 쓴 간판이 보였다. 희경은 익숙한 듯이 문을 열고, 홀 뒤로 가더니 작은 문을 열었다. 방안에서는 여자들이 화장하고 있었다. 한 여자가 희경을 보며 말했다.

"마담 언니는 아직 오지 않았는데요."

"그래."하며 희경은 주애만을 데리고 홀로 나갔다. 청소하는 웨이터에게 음료수를 가지고 오라고 말했다. 웨이터는 쟁반에 음료수와 유리컵 두 개를 탁자에 놓고 다시 청소하기 시작했다. 희경은 웨이터가 탁자에 놓은 음료수를 오프너로 따서 유리컵 두 개에 따르고 컵 하나를 밀어서 주애에게 주었다. 희경은 음료수를 마시고 나서 말했다.

"여기는 내가 얼마 전까지 일했던 곳이야. 마담 언니 소개로 일본인 만나서 현지처로 지내고 있지만, 내 주변 사람들은 내가 대기업에서 비서로 일하는 줄 알고 있어. 하긴 그 일본인이 일본에서 큰 사업을 하고 있으니 비서는 맞네."

"너 언제부터 여기서 일했어?"

"너와 헤어지고 막막하더라. 배운 것은 없지. 그렇다고 연기를 제대로 한 것도 아니고. 더군다나 내가 방송국이나 영화계에 기웃할 정도 실력도 아니고……."

희경은 말하며 주애를 보았다.

"…… 그런데 우연히 전단지를 보게 되었어. 그 전단지를 들고 찾아 온 곳이 여기고. 나, 대학교는 휴학했어. 너도 휴학했다면서?"

주애는 말없이 희경을 보았다. 주애는 홀과 룸을 보며 결심한 듯 혼잣말했다.

"이곳에서 성공해서 반듯한 내 가게를 차리겠다."

주애는 백호를 보며 말했다.

"이 가게가 내 것이야. 서울 시내에서 이 흑장미를 모르며 그 놈은 진정한 건달이 아니라고."

훈기는 자기도 모르게 눈물이 흘러내려서 주애의 오른손을 두 손으로 잡고 있었다. 백호는 주애가 말하기 시작할 때부터 훈기가 손을 잡고 있다는 것을 알았다. 주애와 훈기는 백호를 전혀 신경을 쓰지 않고 있었다. 주애가 손을 들고 말하려고 하다가 훈기가 잡고 있었다는 것을 그제야 알았다. 주애는 훈기의 손을 보며 생각했다.

'무슨 남자의 손이 거칠면서도 이렇게 따뜻해. 마치 엄마의 젖무덤에 손을 넣고 있는 것 같이 편하네.'

훈기는 주애를 보고 손등을 쓰다듬어주며 말했다.

"앞으로 제가 누님을 지켜 드리겠습니다. 그러니 아무 걱정 마시고 장사하세요."

백호는 웃어야 하는지 아니면 일어나 훈기의 머리를 때리며 '정신 차려. 인마.'라고 말을 해야 하는지 생각하고 있었다. 백호가 훈기의 눈빛을 보니 훈기는 진짜로 주애를 좋아하는 것 같았다.

'설마, 지금이 훈기가 말한 그 따봉?'

주애도 훈기를 좋아한다는 것을 느낄 수가 있었다.

백호는 생각했다.

'이것이 말로만 듣던 로미오와 줄리엣의 불타는 사랑의 분위기인가?'

주애가 훈기의 손을 잡으며 말했다.

"동생이 여기 걱정은 안 해도 돼. 망치 새끼가 크라운파한테 패해서 도망갔어. 그러니 걱정을……."

백호와 훈기는 망치라는 소리를 듣자마자 놀라서 입을 다물지 못했다. 백호는 떨리는 목소리로 말했다.

"주…… 주애 누……누나, 마……."

그 모습을 보고 훈기가 말했다.

"누님! 지금 망치라고 했습니까?"

"엉? 그래. 망치! 너희가 망치를 어떻게 알아."

백호는 훈기가 이야기하면서 빠트린 부분을 말했다. 백호의 이야기를 들은 주애는 멍하니 천장에 매달린 샹드레 불빛만 보고 있었다.

주애는 맥주를 따라서 한 잔을 마시며 말했다.

"지난달에 서울역 근처에서 크라운파한테 기습을 당해서 망치파 애들이 작살났어. 그날따라 망치가 국대와 소나기 애들을 데리고 가지 않고, 스잔이라는 여자애만을 데리고 명동 로얄호텔에 갔나 봐. 그 길목을 지키던 크라운파 애들한테 기습을 당한 것이지."

백호는 스잔이라는 예명을 듣고, 그녀가 은주라고 직감을 했다. 스잔은 김승진이 부른 노래이고, 김승진이 부른 또 다른 노래가 오늘은 말할 거야였기 때문이었다.

"그럼, 누나. 망치하고 스잔은?"

"망치는 패하고 온양으로 도망갔다고 해. 그런데 스잔은 왜?"

백호는 느낌으로 스잔이 은주라고 말했다. 그 말을 들은 주애는 옆에 앉은 백호를 보았다.

"너, 은주를 포기하면 안 되니. 이 세상에 여자가 은주만 있는 것이 아니잖아. 더 예쁘고 착실하면서 현모양처 같은 여자도 많아. 그 애는 지금……."

"누나, 나에게 은주는 아픔이고, 희망이며, 지금 나라는 존재를 있게 한 힘이야."

"저 놈은 절대 포기 안합니다."

그 말을 하며 훈기는 일어나 윗옷을 벗었다. 주애는 훈기의 몸을 보고 놀라서 말을 할 수가 없었다. 몸 여기저기에 상처투성이였고, 몸도 헬스한 사람보다 근육이 더 강해 보였다.

"너희들도 전국을 누비는 깡패니? 머리는 군인 스타일인데?"

백호가 말하려고 하니, 훈기가 말했다.

"우린 군인입니다. 그것도 목숨이 세 개, 네 개인 대한민국을 위해서만 사는 특수임무 군인입니다."

"무슨 군인이 이렇게 상처투성이에, 칼로 찔린 곳도 있고. 더구나 근육이……."

"주애 누나, 우린 군인이야. 대한민국을 지키는 군인. 군인마다 임무가 다 달라서 그래. 그리고 나는 은주를 포기 못해. 조금 전에 내가 말했잖아. 은주를 찾기 위해서 내가 사는 것이라고."

"……?"

"누나. 내가 살아가는 유일한 이유는 바로 내 사랑 은주 때문이야."

주애는 백호를 보며 가만히 있었다. 주애는 조금 전에 훈기를 보면서 갑자기 이 남자와 같이 평생을 함께하고 싶고, 이 남자를 닮은 애를 낳고 싶다는 생각을 했던 것이다.

고개를 끄덕이며 주애가 말했다.

"나도 지금 망치가 어떤지를 잘 모르지만 반드시 서울로 올라오기 위해 준비를 하고 있을 거야. 아직도 서울역 주변에 망치파 행동대들이 돌아다니고 있으니까."

"스잔, 아니 은주는?"

"백호야! 은주 씨가 스잔인지, 아니지는 모르잖아? 누나는 스잔을 보았어요?"

주애는 훈기를 보며 귀여워서 죽겠다고 생각하며 말했다.

"나도 스잔을 한 번도 본 적이 없어. 그리고 그녀가 몇 살인지도 몰라. 베일에 싸인 망치의 애인이라는 것만 알 뿐이야."

백호는 주애의 말을 듣고 상심에 빠져있었다. 그런 백호를 보며 주애가 백호의 어깨를 감싸 안으며 말했다.

"내가 한 번 스잔을 알아볼게. 나 이래도 흑장미파의 큰언니야."

훈기는 주애가 백호를 감싸 안을 것을 보고 질투심이 생겼다. 만난 지 한 시간도 안 되었는데 벌써 그녀에게 사랑을 느끼고 질투심까지 생겼다는 것에 훈기 자신도 놀라고 있었다.

"오늘은 여기에 있지 말고 모레까지 근처 어디에 있어. 우리 집에는 가게 아가씨들 하고 같이 살고 있거든."

주애는 백호의 손을 잡고 다시 당부의 말을 했다.

"네가 은주를 찾고 싶은 마음을 나 이제는 이해 할 수가 있어. 그러니 너무 서두르다가 다 된 밥에 코……."

"누나, 알겠어. 이틀만 훈기하고 서울역 근처에 있을 게."

"주애 씨! 우리가 이틀 후에 여기로 다시 올게요."

"아니, 여기 말고 남산에 가면 우리와 거래하는 타워호텔이 있어. 거기에 묵고 거기에 있어. 그럼, 내가 찾아 갈게."

백호는 알았다고 하며 일어나서 나오고 훈기도 나오다가 다시 룸으로 들어가서 몇 분 있다가 나왔다. 백호는 훈기의 입술 주변에 빨간 립스틱이 묻은 것을 보며 웃었다. 훈기도 웃으며 택시를 타고 남산 타워호텔로 갔다.

　낮에 백호와 훈기는 서울역 주변에서 망치의 행동대를 찾으러 다녔다. 그들은 겨울철 모기나 파리가 숨어버린 듯 그 어디에서도 흔적을 찾을 수가 없었다.

　다음날에도 그들은 망치파의 흔적을 찾기 위해 돌아다녔지만 헛고생만 했다. 백호와 훈기는 택시를 잡기위해 서울역 앞 택시 승강장에 있었다. 젊은 한 남자가 백호에게 다가오더니 망치를 찾느냐고 물었다. 백호와 훈기는 그 남자의 인상을 보고 망치파라는 것을 알았다. 백호와 훈기는 고개를 끄덕이니, 그는 자기를 따라오라며, 대우빌딩 뒤편 골목으로 데리고 들어갔다. 얼마쯤 골목 안으로 들어가자 그는 뒤돌아서며 욕을 했다.

　"너희는 뭐하는 새끼들인데 우리 형님을 찾아?"하며 옆을 보고 눈짓을 했다. 백호가 보니 앞뒤로 십여 명이 있었다. 훈기가 웃으며 말했다.

　"우리? 망치를 데려 가려고 온 저승사자님이시다."

　"뭐야? 이 새끼가 미쳤나?"

　뒤에서 욕을 하며 한 남자가 앞으로 나왔다. 훈기가 뒤를 돌아서며 백호와 등을 맞대었다.

　"왜 욕하고 그래. 저승사자님이시라고 하잖아. 우리가 이 애들 제삿밥을 제대로 먹여주어야 할 것 같은데."하고 웃으며 한 남자가 서 있었다.

　백호는 그 목소리를 듣고 고등학교 때 친구 김성기가 생각났다. 백호는 소리가 나는 곳을 보았다. 찬찬히 얼굴을 살펴보니 김성기였다. 성기는 백호를 알아보지 못했다.

　때린 놈은 기억을 못해도 맞은 놈은 기억한다는 속담이 있듯 성기는 백호를 빤히 쳐다만 볼 뿐이었다.

백호가 말했다.

"훈기야! 나 쟤한테 빚 받을 것이 있다."

"엉? 누구?"

성기는 자기에게 빚 받을 것이 있다는 말에 백호를 쳐다보았다.

"이 새끼가 미쳤나? 감히 우린 태풍 형님한테."

한 남자가 말하며 주먹을 휘둘렀다. 백호는 살짝 피하며 그를 어깨로 살짝 밀었다. 그는 뒤로 넘어지면서 일어나 다시 덤비려고 했다. 성기가 손을 들어 제지하며 말했다.

"됐어. 그런데 네가 나를 알아?"

"김성기! 나 백호야. 아산고등학교 다닐 때 너한테 얻어맞고 다닌 호구 서백호라고."

그 말에 훈기는 놀라서 백호를 쳐다보았고, 성기는 크게 웃기 시작했다.

"세상에. 어떻게 이런 개 같은 일이 다 있나. 여기서 고등학교 동창인 너 같은 호구 새끼를. 하하하."

성기는 말하며 더 크게 웃기 시작했다.

"백호가 호구?"

"그 옛날 찐다새끼가 왜 망치 형님을 찾아? 너 형님한테도 얻어맞고 다녔냐?"

백호는 앞으로 걸어가서 악수를 청했다. 성기도 손을 내밀고 악수를 했다. 성기가 손아귀에 힘을 주며 백호의 손을 잡았다. 백호는 얼굴을 살짝 찡그리며 말했다.

"성기가 많이 약해졌네. 성기야, 내가 힘을 줘도 괜찮겠어."

백호가 살짝 미소를 띠며 손아귀에 힘을 주었다. 그 순간 성기는 "으으으악" 비명을 지르며 무릎을 꿇었다. 백호는 손을 놓으며 말했다.

"이런 성기야, 미안하다. 내 팔이 육백만불의 사나이 같이 로봇팔로 수술한 것을 까먹었네."

훈기는 배를 잡고 웃기 시작했다.

"육백만불의 사나이? 크크크. 그럼 난 소머즈할래요, 백호 오빠아. 하하하."

성기는 오른손을 잡고 아파서 죽으려고 했다. 성기는 손을 탈탈 털고 일어나면서 백호를 보고 말했다.

"이 새끼가 말도 없이 손아귀에 힘을 줘."

"어? 저 분이 말했습니다. 태풍 형님!"

성기는 그 남자를 보며 손바닥으로 머리를 때렸다.

"뭘 보고 있어, 이 새끼들아! 죽여."

망치파들은 백호와 훈기에게 덤볐다. 채 1분도 되기도 전에 망치파는 전부 바닥을 베개 삼아 자고 있었다. 백호가 성기 앞으로 다가오자 성기는 스산한 냉기를 느꼈다. 성기는 백호의 눈을 보는 순간 저승사자를 현실로 본 듯했다. 백호가 성기의 어깨를 누르자마자 다리에서 힘이 풀리며 주저앉았다.

"성기야, 하나만 물어보자."

성기는 백호가 서서히 무섭고 두려워지기 시작했다. 성기는 자신 모르게 너무 두려워서 바지에 오줌을 쌌다. 그 모습을 보며 백호가 말했다.

"망치에게 스잔이라는 여자가 있는데 알고 있니?"

성기는 고개를 끄덕이기만 했다.

"이름, 아니 그 여자에 대해 알고 있는 것만 말해다오."

"이, 이름은 모르고 집이 서울이고, 나보다 한 살 적다는 것. 그, 그리고 나도 한 번도 본 적이 없어서 잘 몰라."

"그래. 그럼, 지금 망치는 온양 어디에 있는데?"

"백호야, 질문이 두 개다."라고 훈기가 웃으며 말했다.

"장미마을에. 그런데 거기는 모레 온양시에서 강제로 철거한다고 했어."

"철거?"

"응. 내일 우리들 모두 온양으로 내려오라고 망치 형님이 말했어."

"너희들 전부를."

백호가 큰소리로 말하니 성기는 놀라서 몸이 얼어 움직일 수가 없었다.

'이 새끼가 언제 이렇게까지 무술을 연마했나? 아니지. 이 새끼가 진짜로 로봇팔로 수술했구나. 미국에서 했겠지? 나도 받아야겠는데.'

백호는 성기를 지나쳐 가며 괴력을 발휘하여 강하게 오른 주먹과 왼 주먹을 연달아 날렸다. 훈기는 그 모습을 보며 혀를 찼다.

"야, 그렇다고 고등학교 친구를 병신을 만들어? 고등학생 때 백호가 호구였다니. 진짜냐? 하하하."

훈기는 크게 웃으며 골목을 나왔다. 백호는 엎어진 채 축 늘어진 성기를 보았다. 성기는 기절을 했는지 아니면 제풀에 놀라서 기절을 했는지 움직임이 없었다. 앞으로 성기는 양손으로 모든 물건을 들 수가 없다. 백호가 엄청난 괴력인 주먹으로 성기의 양쪽 쇄골뼈를 가격했기 때문이었다.

백호는 택시를 타고 온양으로 가려고 했지만, 훈기가 말려서 타워호텔로 갔다. 타워호텔 객실에 들어가니 주애가 와 있었다. 주애는 훈기를 보며 뛰어와 몸 상태를 살폈다.

"어디서 싸우고 온 것은 아니지? 망치파 애들이 남자 두 명을 찾는다고 했거든. 그게 혹시 너희들이 아닌가 해서 얼마나 걱정을 했다고."

"우리가 무슨 어린애인가? 싸움이나 하고 다니게."

백호가 말하면 침대 앉았다. 훈기와 주애는 의자에 앉아서 서로 얼굴을 보고 있었다. 백호가 그들을 보며 말했다.

"누나, 망치에 대해 알아 낸 것이 있어?"

주애는 훈기에게 웃어 보이며 말했다.

망치는 스잔하고 명동 로얄호텔로 가려고 하는데 습격을 당했지
만 다친 곳이 없다고 했다. 크라운파가 그날 바로 망치파의 아지트
와 나이트클럽, 게임장 등을 모두 접수하고 망치의 중간 보스들을
전부 병신을 만들었다고 했다. 망치는 겨우 온양으로 도망가서 국
대와 전국 중간 보스를 모두 모으고 있는데, 노태우 대통령이 90
년 10월에 범죄와의 전쟁을 발표한 10·13 특별선언을 노태우 대
통령 임기가 끝나기 전에 온양시장과 온양경찰서장이 모레 장미마
을을 강제 철거를 한다고 발표했다.

망치가 여자들을 방패로 삼기로 했다고도 알려 주었다.
"자세한 것은 우리도 모르겠어. 그리고 백호야. 스잔이 바로 은,
은주야."
백호는 그 소리를 듣는 순간 침대에서 일어나 나가려고 했다. 그
런 백호를 훈기가 말리고 주애가 백호의 손을 잡았다.
"백호야, 계획을 세우고 움직이자. 수색 침투 1조. 적이 어떻게
대항할지 알아야 하고, 적이 가지고 있는 화력이 어느 정도며 후방
에서 지원할 수 있는 상황을 파악하라. 알겠지?"
"무슨 말인지는 모르겠지만, 성급하게 행동해서 잘못하면 은주가
위험해질 수도 있어."
백호는 다시 침대로 가서 앉았다. 주애는 훈기와 백호를 보며 말
했다.
"나, 어제 가게를 팔기로 했어. 그리고 집도 팔고. 나 이제……."
백호는 침대에서 일어나 문 앞에 서서 말했다.
"훈기야, 주애 누나를 잘 부탁한다. 진짜 좋은 누나다."
"저기 백호야."
주애가 백호를 불렀다.

"너는 여기서 자. 나하고 훈기는 다른 방에서 잘 게. 그리고 나도 가게 정리하는 대로 온양으로 내려 갈 거야. 그곳에 천주교에서 운영하는 여성을 위한 쉼터가 있어."

백호는 뒤돌아 훈기와 주애를 보았다. 그들의 모습은 새벽이슬을 맞고 떠오르는 햇빛을 받으며 막 꽃 봉우리를 터트리고 위해 준비하는 장미꽃 같았다. 주애와 훈기는 방을 나갔고, 백호는 옷을 벗고 샤워를 했다. 백호는 거울에 비친 남자를 보며 말했다.

"은주야, 조금만 기다려. 반드시 너를 지켜주고 영원히 사랑할 거야. 나 백호는 이제 그 옛날의 나약하고 겁쟁이가 아닌 우리나라 대한민국 군대가 만든 최정예 군인이다. 그리고 은주야. 사랑하는 사람이 행복해진다면 모든 것을 다 주고 싶어 해. 왜? 내가 널 진심으로 사랑하니까."

사람이 사는 세상을 되돌릴 수 있다면 그 당시로 돌아가서 신정호가 아닌 현충사로 은주를 데려가고 싶었다. 백호 자신이 세상 누구보다 은주를 잘 안다고 믿었는데 어쩌면 아무것도 모르고 아무것도 이해하지 않으면서 가장 힘들게 하지 않을까, 하는 염려로 잠을 이룰 수가 없었다.

은주와 함께 할 행복한 시간.

은주의 부모님에 남은 여생을 은주와 같이 즐겁게 지낼 시간.

대체 그런 날이 과연 언제 올까?

문득 영원히 오지 않을 수도 있다는 생각이 들었다.

백호는 꿈속에서 은주를 만났다. 힘껏 껴안아도 보고, 얼굴과 손도 만져보고, 앵두 같은 입술에 키스도 했다. 백호는 은주에게 네가 나를 사랑이라고 부르지 않는다고 해도 너를 사랑할 수 있어, 라고 말했다.

백호는 다시 은주의 손을 잡으며 말했다.

"맛있는 국은 말이다. 이것저것 넣고 끓이고 해서 맛난 거야. 세상이라는 큰 그릇에 기쁘기도 하고, 슬프기도 하고, 좋고, 나쁘기도 한 그 모든 것이 어우러져 삶이라는 새로운 길을 걷는 거야. 은주야, 너는 나에게 한계가 없는 아름다운 사람이고, 영원한 내 사랑이야."

백호는 꿈이라는 것을 알고 눈이 떠지지 않게 하기 위해 힘껏 눈에 힘을 주니, 오히려 눈물이 흘러 내려서 눈을 뜨니, 은주의 흔적을 찾을 수가 없었다.

백호는 타워호텔을 나와 서울역에서 아침식사를 했다. 식사를 끝내고 주애는 직접 온양행 기차표를 사 주었다. 주애가 말했다.

"백호야, 조심해야 해. 망치파는 무서운 애들이야. 언제든지 정치인들이 필요하며 그에게 손을 내밀 수가 있어. 지금은 대통령이 강하게 범죄와의 전쟁을 선포했기 때문에 저렇지만, 그들은 국민보다 자기들의 정치권력에 눈이 멀어서……."

"누나, 걱정을 해 주어서 고마워. 그러나 나……."

"주애 씨는 백호 걱정만 해. 나는 어쩌라고."

백호는 훈기를 보았다.

훈기는 백호를 보며 "뭐?"라고 말했다.

주애는 웃으며 훈기에게 다가가 손을 잡으며 말했다.

"자기는 걱정할 것이 없어. 어제 그 힘이면 충분해."

"그 힘?"

"누나는 백호 앞에서 창피하게 그런 말을……."하며 훈기는 얼굴이 뻘게졌다.

주애는 훈기에 손을 잡고 구석진 곳으로 갔다. 주애와 훈기는 서로에 곁을 영원히 떠나지 않고, 세상 끝까지 함께 하겠다는 굳은 결심으로 서로 입맞춤 도장을 찍었다.

백호와 훈기는 장항선 기차를 타고 온양으로 내려가고, 주애는 가게와 집을 정리한 후 내려가기로 했다.

백호와 훈기는 온양역에 도착해서 역 광장으로 나왔다. 백호는 역 광장에서 녹산백화점과 충무교까지 쭉 뻗은 도로를 보았다. 고등학생 때와 달라진 것도 없었지만, 세월에 흔적이 건물 곳곳에 묻어 있었다. 백호 자신도 고등학교 때에는 친구들에게 별 볼일 없는 평평한 학생이었지만, 지금은 군인. 그것도 대한민국에서 최고의 특수부대인 303불사조의 최정예 군인이 되어서 고향인 온양에 온 것이다.

　그들은 역 광장을 걸어 앞에 있는 택시를 타고 백호네 집으로 향했다. 택시기사는 룸미러로 그들을 보며 말했다.

"군인인 것 같은데?"

"네. 맞습니다."라고 백호가 대답했다.

"말호봉에 휴가 나온 하사관들이고."

　훈기가 대답했다.

"아니, 기사아저씨는 어떻게 그렇게 잘 아세요."

"택시생활 10년이면 손님에 얼굴만 봐도 압니다. 두 분은 군대에서 굉장히 고생을 한 것 같은데요. 강원도 아니면 GP에서 근무한 듯……."

　머뭇거리던 백호가 말했다.

"저희 화천군 이기자 부대에서 군 생활하고 있습니다. 4년 6개월 근무하고 이번 휴가 끝나고, 복귀하면 바로 제대합니다."

"아이고, 나도 79년도 군번에 27사 나왔어. 어쩐지 딱 보는 순간에 엄청 고생한 군인으로 같더라니. 내가 79년 2월에 군대에 갔는데 배치 받은 부대가 27사단 78연대 3대대 3중대 3소대에 3분대였어. 지금도 겨울만 생각하면 오금이 저려와. 왜냐고? 화악산에서 불어오는 차디 찬 그 바람알지?"

　백호와 훈기는 택시기사를 보았다. 훈기가 백호에게 눈짓으로 말했다.

'야, 백호야. 이 기사아저씨 좀 말려 줘. 너희 집에 도착할 때까

지 군대 이야기 할 태세다.'

백호는 훈기에게 웃어 보이며, 대답했다.

"화악산에서 휘몰아치는 겨울바람은 잘 알지요."

"역시. 27사하면 화악산 아닌가? 우리 때는 거기를 대한민국 국방부의 냉동부대라고 불렀어. 겨울에 얼마나 추운지 배식으로 받은 국을 먹으려고 하는데 국은 꽁꽁 얼어있지. 밥도 꽁꽁 얼어있지. 그 당시에 김치가 있나. 소금에 절인 단무지 몇 개만 주고 먹었다고. 지금은 그렇게 먹으라고 하면 가혹행위라고 한다며?"

"예? 예. 지금은 구타도 없어요."

"그려. 아이고, 우리 때는 안 맞으면 잠도 못 잤어. 안 맞은 날은 고참놈들 불침번 근무날인거지. 그날은 5분 취침. 5분 기합. 또 5분 취침. 5분 기합. 밤새도록 이렇게 하다가 새벽 5시에 재우니 사람 환장하는 것이 아니겠는가?"

백호와 훈기는 택시기사의 군대 이야기를 들으며 집에 도착했다.

"고참님, 저기 앞에 세워 주세요."

택시는 길가 담뱃잎 건조창고에 멈추었다. 백호는 택시에서 내리며 요금 오천 원을 지불했다. 택시기사는 오천 원을 받고 거스름돈 이천 원을 백호에게 주려고 했다.

"아닙니다. 고참님께서 군 생활 한 것을 듣게 되어 저희가 영광입니다. 88담배 값이라도 하세요."

"고맙네. 그런데 27사 몇 연대에서 근무를 하는가?"

백호는 훈기를 보았다. 훈기도 27사에 몇 연대까지 있는지 몰라서 어깨만 으쓱했다. 백호는 택시기사가 말한 78연대라는 것이 생각나서 말했다.

"78연대에서 근무합니다."

"저는 79연대입니다."

백호는 훈기를 보았다. 훈기는 웃기만 할 뿐 말하지 않았고, 택시는 후진한 후 마을을 벗어나기 위해 차를 돌렸다. 택시의 조수석 차창이 열리며 기사가 말했다.

"아이고, 79연대면 명월리 아니여. 자네도 고생 많았겠구먼. 지금도 예비사단이라 훈련도 많지? 어쩌든 휴가를 잘 보내시게."

"예. 충, 이기자."

"그렇지. 경례 구호는 이기자지. 그런데 군복을 왜 안 입고……."

"예? 아, 저희는 영외생활을 합니다."

"아참, 하사관들이라고 했지. 이기자."

택시기사는 경례를 하고 액셀을 밟으며 동네를 벗어났다.

백호는 훈기를 보며 말했다.

"연대를 잘못 말했으면 어쩔 뻔했어?"

"아저씨가 78연대라고 했잖아. 그럼 다음은 79연대. 그 다음은 80연대라고 하겠지만, 내가 볼 때는 77연대일 거야. 왜? 우리 군대는 절대 끝수에 0을 안 한다고. 그런 넌 구호는 어떻게 알아?"

"그냥 알고 있었어."라고 말하며 백호는 훈기를 보며 "그래, 너 잘났다."하며 집으로 향했다. 백호는 담뱃잎 건조창고에서 풍기는 담뱃잎 향이 역겨웠다. 부모님은 먹고 살기위해 담뱃잎 농사를 해서 어린 시절부터 맡아오던 냄새였지만, 지금은 그 냄새가 싫었다. 흙벽돌로 쌓아 만든 건조창고를 보며 생각했다.

'제대를 하면 힘든 담뱃잎 농사보다는 화원을 하는 게 좋겠다. 훈기네 같이 딸기농사도 괜찮고. 아니면 벼농사를 하던지.'

훈기는 한껏 숨을 들이마시며 말했다.

"담뱃잎 냄새가 너무 향기롭다."

"난 태어나서 너같이 담뱃잎 냄새가 향기롭다고 말한 사람을 처음 본다."

"네가 담배 맛을 몰라서 그래."

"담배가 무슨 딸기도 아니고. 딸기는 달콤하면서 향이라도 있지. 담배가 무슨……."

"알았다. 알았어. 담배는 백해무익이다. 그래도 난 담배가 좋다.

스트레스를 연기로 확 날려 보낼 수 있으니 얼마나 좋아."

훈기는 호주머니에서 담배를 꺼내서 라이터를 켜고 담배 한 모금을 깊게 빨고 연기로 도넛을 만들며 백호를 보고 웃었다.

"그 도넛은 그만 만들어."

"왜 먹고 싶어. 잡아서 줄까?"

"됐네. 됐어."

그들은 집에 도착해 부모님을 찾았지만, 밭일을 나가셨는지 보이지 않았다. 그들은 거실에 앉아서 계획을 짜기 시작했다. 이틀 뒤에 온양시와 온양경찰서에서 장미마을을 철거하기 위해 준비하고 있다는 것을 망치도 알고 있어서 전국 행동대를 불러 모으고 있었다. 망치는 여자들을 전면에 배치한다, 고 주애가 말했다. 여자들이 전면에 있다면 다른 불상사도 일어날 수 있다는 말이었다. 잘못하면 여자들에게 마약을 먹여서 분신자살을 시킬 수도 있다는 가정을 세웠다. 그들은 단독행동보다는 온양시에서 하는 것을 지켜보고 나서 추후에 행동할 것인지, 선제공격을 한 후 온양시에 뒷마무리를 맡길 것인지를 두고 옥신각신했다. 그때 현관문이 열리며 백호 어머니가 들어왔다. 어머니는 거실에 앉아 있는 백호를 보고 신발도 벗지 않고, 백호에게 뛰어와 백호를 안아 주었다.

"아이고 내 새끼! 또 휴가 나왔구나. 이제는 하루 이틀만 쉬었다 가는 부대로 못 간다. 이 에미가 얼마나 속상한 줄 알아."

어머니는 백호의 등을 쓰다듬으며 눈물을 흘리고 있었다. 훈기는 그런 백호 어머니를 보고 말했다.

"어머니, 이제 걱정하지 않아도 됩니다. 백호는 전역휴가를 나온 것입니다."

어머니는 옆에 서서 말하는 청년을 보고 다시 백호를 보았다.

"엄마, 나 이제 제대야. 그리고 얘는 군대 동기이고."

어머니는 제대라는 말에 얼굴 한가득 웃음꽃이 피었다.

"뭐? 백호가 제대했다고."하며 백호 아버지가 현관문을 열고 들어왔다.

"아버지, 그 동안 편안하셨습니까?"

"안녕하세요. 아버님!"

아버지는 백호와 훈기를 보았다. 그들을 보며 속으로 생각했다.

'도대체 얘들은 몸이 왜 이렇게 좋아. 군대에서 진짜 잘 먹이나 아니면 훈련을 빡세게 받아서 몸이 좋아진 건가. 탄약통 들고 이 부대 저 부대로 옮겨서 그런가.'

훈기는 백호 아버지를 보며 말했다.

"이쪽으로 오셔서 큰절을 받으세요. 어머니도 같이요."

"큰절은 무슨."하면서도 백호 아버지는 거실 한가운데 앉았다.

"아이고 절은 무슨 절. 이렇게 건강하게 제대한 것만으로도 고마운데."

훈기는 어머니에 손을 잡고, 아버지 옆에 앉게 했다. 백호와 훈기는 큰절을 했다. 백호는 무릎을 꿇고 부모님을 보며 말했다.

"저 이제 제대해서 고향에서 농사일하며 아버님과 어머님을 모시고 살게요."

"그려. 청룡이는 대학생이고, 지현이는 필드하키 국가대표 선수라 집에 네가 있으면 든든하기는 하지."

"이렇게 건강하게 제대한 것만으로 이 에미는 천지신명님께 감사의 기도를 드려야겠다. 백호야! 앞일은 천천히 생각하자. 네가 사업을 하고 싶다면 사업을 하고, 공부를 하고 싶다면 공부한다고도 해도 이 에미가 다 도와줄게."

"공부는 아무나 하나? 차라리 포클레인 자격증 공부해."

훈기는 백호 아버지를 보았다. 훈기가 볼 때 백호는 집에서 어머니 외에 백호에게 따뜻하게 정을 주는 사람이 없는 것 같다는 생각이 들었다.

백호는 어머니가 차려 준 저녁을 먹고, 거실에서 훈기와 대화를 나누고 있었다.

"백호야, 너는 시청에 아는 사람 없어. 경찰서라도."

"엉? 고등학교를 졸업하자마자 군대에 입대했으니 알 수가 있나."

"이거 큰일이네. 그쪽 정보를 어느 정도 알고 있어야 우리가 작전을 제대로 세우지. 부모님에게 한 번 물어봐."

백호는 부엌에서 일하는 어머니를 보았다. 백호가 생각했을 때 어머니는 시청에 아는 사람이 없을 것 같았다. 안방에 계신 아버지에게 물어 보려고 일어나니 아버지가 안방에서 나왔다. 아버지는 거실에 있는 담배와 라이터를 챙겨서 다시 안방으로 들어가려고 했다. "아버지!"하고 백호가 불렀다.

아버지는 고개만 돌려 백호를 보았다.

'저 놈이 왜 이렇게 나를 다정하게 부르나?'

"혹시, 시청에 아는 분이 계세요?"

"시청?"

"예."

"시청이라? 시청? 면사무소는 아는 사람이 있지만, 시청에는……."

"알겠습니다. 저희가 한 번 알아보지요."

"무슨 일인데?"

백호와 훈기는 어떻게 말을 해야 좋을지 몰랐다. 백호가 사실대로 이야기를 할 수도 없는 상황이라 더욱 더 난감한 일이었다. 마찬가지로 훈기도 은주에 대해서 말할 경우 어떤 사태가 벌어질지 뻔히 알 수 있었다. 훈기 자신도 부모님에게 주애와 상견례를 할 경우에 똑같은 일로 고민할 것을 더 잘 알기에 조용히 앉아만 있었다.

백호가 말했다.

"저희가 마지막으로 부대에서 명령을 받고 여기에 오게 되었습니다. 비밀작전이라 더 이상 말을 할 수 없지만 절대 나쁜 일은 아닙니다."

"탄약고라며?"

"그것은……."

백호에 이야기를 들은 어머니가 거실로 오면서 말했다.

"군대에서 위험한 일을 시킨 것은 아니지? 얼마 전에 엄마가 꿈에서 네가 깡패들과 싸운 꿈을 꾸어서 그래."

백호와 훈기는 어머니의 꿈 이야기를 듣고 입을 다물지를 못했다. 백호는 어머님의 촉이 용하고 무섭다는 것을 느꼈다.

아버지가 말했다.

"군대에서 말년 휴가를 나가는 애들한테 위험한 작전을 시키겠어. 무슨 녹색 정보활동이면 몰라도."

"어머님, 아버지 말씀이 맞습니다. 군에서 녹화사업 활동입니다."

"그래. 그럼, 다행이고. 시청에 아는 사람은 없고, 강안전 시장은 알고 있어."

"어, 어머니, 강안전라고 했어요?"

훈기가 놀라며 말했다.

"응. 강안전 시장. 왜 아는 사람이야?"

"네. 제 사촌 형님 이름이 강안전거든요. 전화기를 써도 됩니까?"

백호 아버지는 고개를 끄덕였다. 훈기는 전화기 들고 논산 집으로 전화를 했다. 몇 분간 전화를 하더니 전화기를 내려놓으면 웃었다.

"백호야, 온양시장 강안전이 우리 사촌 형님이다. 형님이 대학생 때 럭비 선수로 활동해서 성격도 화통해. 이젠 됐어."

훈기가 백호의 손을 잡고 손을 흔드는 모습을 아버지는 이상하게 쳐다보며 말했다.

"강안전 시장이 빨갱이였어?"

백호와 훈기는 서로에 얼굴을 보며 웃었다.

"아버지, 그게 아닙니다. 저희 부대에서 시청에서 하는 어떤 작전에 투입하기로 했는데 시청 정보를 제공받지 못했습니다. 빨갱이 잡는 것 하고 이 작전은 상관이 없습니다."

"네가 조금 전에 말했잖아. 녹화사업 한다고."

"제가 하는 일이 녹화사업은 맞지만 데모하는 대학생을 관리하는 것이 아닙니다."

"알았다. 난 모르겠으니, 알아서 해."하며 아버지는 담배를 들고 방으로 들어갔다. 어머니는 백호와 훈기를 걱정가득 한 얼굴로 쳐다보았다.

그런 어머니를 보며 훈기가 말했다.

"어머니, 너무 걱정하지 마세요. 저희는 말년휴가를 나온 것입니다. 말년에는 떨어지는 낙엽도 조심하라고 부대에서 가르치고 있으니 너무 걱정하지 마세요."

"백호야, 진짜 위험한 일 아니지?"

"아니에요. 쟤 훈기가 말해잖아요. 말년에는 떨어지는 낙엽도 위험하다고."

어머니는 백호를 보며 다시 말했다.

"꿈에서 네가……."

백호가 다시 강조하듯 말했다.

"어머니, 꿈은 반대라고 했어요. 그리고 제가 싸움을 어떻게……."

어머니는 알겠다며 주방으로 갔고, 백호와 훈기는 일어나서 청룡방으로 들어가서 이야기를 더 나누고 잠을 잤다.

다음날 오전에 백호와 훈기는 온양관광호텔 후문 무궁화아파트 옆에 있는 온양시청에 도착해서 시장실로 갔다. 시장실에 올라가니 비서실에서 어떻게 왔는지 물었다. 훈기는 논산에서 외사촌 동생이 왔다고 하면 알 것이라고 하니, 시장실 문이 열리며 강안전 시장이 나왔다.

"훈기가 왔다고?"

"형님, 그동안 안녕하셨습니까?"

강안전 시장과 훈기는 서로 껴안으며 반가워했다. 훈기는 옆에 서 있는 백호를 강안전 시장에게 인사를 시켰다. 강안전 시장은 인사를 받고, 그들을 데리고 시장실로 들어갔다. 시장실에서 몇 분간 이야기를 나누고 백호와 훈기는 밖으로 나와서 장미마을로 갔다.

낮이라 그런지 장미마을은 평화롭게 보였다. 장미마을 입구는 시장 상인들과 물건을 사려는 손님들의 흥정으로 시끄러울 뿐 장미마을은 조용했다. 다른 지역 사람들이 와서 본다면 이곳이 그 유명한 장미마을이라는 것을 모를 정도로 너무 평화로웠다. 백호는 장미마을을 바라보며 저기 어느 가게에 은주가 있을 것이라는 생각을 하니 미칠 것 같았다. 지금 당장이라도 모든 술집에 문을 열고 들어가서 은주를 찾고 싶었다. 그런 백호를 훈기가 어깨를 주무르며 말했다.

"사촌형이 말했잖아. 망치도 내일 저녁에 여기 철거하는 것을 알고 있어서 대비한다고. 이 지역 국회의원도 일부러 해외 출장을 갔다고 하니, 망치는 끈 떨어진 갓 신세야. 하루만 참자. 그리고 사촌형이 여기를 문화가 숨 쉬는 아트밸리로 만든다고 하니 기대도 되고."

"아트밸리라?"

백호와 훈기는 제일호텔 지하 사우나에 가서 몸에서 땀을 뺐다. 사우나에서 사람들은 백호와 훈기를 보고 전부 옆으로 피했다. 사람들이 백호와 훈기를 보았을 때 깡패들로 보였기 때문이었다. 두 시간동안 사우나하고 시장에서 저녁을 먹고 청주여관에서 잠을 잤다. 다음날 청주여관 앞 해장국 골목길에서 아침 겸 점심으로 해장국을 먹고, 세종장여관 옆 정도관 합기도체육관으로 갔다. 합기도 체육관은 다른 장소로 옮겼는지 그 자리에는 없었다. 백호는 할 수 없이 역전 동양합기도체육관으로 갔다. 체육관에 도착하니 관장은 없고, 처음 보는 사범만이 있었다. 백호는 사범에게 잠깐 운동을 할 수 있느냐고 물어보았다. 사범은 도복은 빌려줄 수는 없으나 운동해도 괜찮다고 말했다. 백호와 훈기는 몸을 풀고 있는데 체육관 중문이 열리며 공광열 관장이 들어왔다. 사범이 사무실에서 나오며 관장에게 보고하려 하는데, 관장이 손을 들고 백호에게 다가왔다.

"야, 이게 누구야? 너 백호 맞지?"

"네. 안녕하세요. 공광열 사범님!"

백호는 관장에게 오늘 어떤 사연 때문에 몸 풀기를 한다고 하니 관장은 박영수 사범에게 도복 두 벌을 가지고 오라고 했다.

"운동을 하려면 제대로 해야지. 이게 뭐냐? 어때, 오늘 나하고 겨루기 한판 하자."

"아니, 제가 어떻게 공 사범님하고 겨루기를 해요."

"너, 인마. 옛날에는 초단을 따기 전에도 나하고도 겨루기 했잖아?"

훈기는 도복을 받으며 그 말을 들었다. 백호는 웃으며 말했다.

"그때 공 사범님한테 한 대 얻어맞고 저 기절했잖아요."

백호의 말을 듣고 훈기는 더 놀랐다.

'백호가 한 대 맞고 기절을 했다고. 그럼, 저 관장에 실력이 대단하다는 것인데.'

백호는 탈의실에서 옷을 벗고 도복으로 갈아입었다. 도복을 갈아입고 도장 앞에 서 있으니, 관장도 사무실에서 도복으로 갈아입고 나오며 말했다.

"백호, 너도 303부대에 지원했지?"

"네. 하 사범이 말해 주어서요."

"하여튼 그 놈이 지 부대 자랑은 엄청 했어. 걔가 천안에다가 크게 합기도체육관 차렸어."

관장과 백호는 합기도 기본 동작으로 몸 풀기를 했고, 훈기는 따로 몸 풀기를 했다.

"저 친구는 태권도 했어?"

"아니요. 쟤는 택견을 했어요."

"택견이 아닌데……."

"저희 부대 특공무술하고, 택견을 자기 나름대로 종합한 무술이랍니다."

관장을 고개를 끄덕이며 훈기를 쳐다보았다.

'그래서 저 사람은 택견 발 기술에 군대에서 배운 특공무술로 품 밟기의 독특한 기술로 변형시켜서 발차기를 하는 군.'

백호와 훈기는 발차기와 낙법으로 몸을 제대로 풀었다. 백호는 몸 풀기를 끝내고, 뒤에 있는 샌드백에 발차기를 했다.

"퍽. 퍽. 퍽."

그 소리가 어찌나 크게 나는지 관장과 사범이 놀라서 백호를 쳐 다보았다. 백호는 발차기를 하다가 쑥스러워서 관장을 보고 웃었 다. 박영수 사범이 혼자 중얼거렸다.

"저 사람에 발차기는 급소만을 노리는 기술에 힘도 세면서 굉장 히 탄력적이네."

관장과 백호가 보호대 없이 대련을 시작했다. 백호가 발차기를 하 면 관장은 피하거나 호신술을 이용해 백호의 발차기를 피했다.

'이 놈 봐라. 발차기 자세가 너무 안정적이며 빈틈이 전혀 없어. 완전한 방어를 취하면서 정확하게 급소만을 공격하네.'

백호가 관장의 빈틈을 보고 앞차기를 하는 듯해서 관장이 방어를 취했는데 백호는 그렇게 할 줄 알았다는 듯이 발을 접었다가 쭉 뻗어서 발뒤꿈치로 관장의 머리를 내려찍기를 했다. 관장도 백호가 발을 바꾸려는 것을 알았지만, 너무 빨라서 최대한 머리에 맞지 않 으려고 피하려 했지만, 이미 늦었다. 백호가 순간 발을 멈추었다. 당황한 관장이 말했다.

"내가 네 발차기에 맞았으면 병원에 입원했을 뻔했다."

"공 사범님께서 저를 봐 주신 것이 아니에요."

"아니야. 네 실력이 대담해. 옛날에 정도관 박 관장님이 말했듯이 너의 모든 발차기가 살인적 공격이야."

그 이야기를 들은 훈기가 말했다.

"백호는 저희 부대에서도 알아주는 살인병기입니다."

훈기의 이야기를 들은 관장은 고개를 끄덕였지만, 박영수 사범은 무슨 말도 안 되는 소리를 하는가, 하며 고개를 갸웃하며 혼잣말하듯 중얼거렸다.

"저 사람이 살인병기라고?"

백호와 훈기는 체육관에서 다섯 시간 동안 운동을 했다. 관장이 사무실에서 나와서 말했다.

"이제 그만해. 조금 있으면 학생들 와서 운동해야 돼. 샤워하고 나하고 이야기 좀 하자."

백호와 훈기는 관장의 말을 듣고, 샤워장으로 들어가서 샤워를 하고 밖으로 나왔다. 관장은 사범에게 체육관을 맡기고 밖으로 나왔다.

"박영수 사범, 나 잠깐 밖에 나간다가 올 게. 너는 점심도 안 먹고 괜찮겠어?"

"괜찮습니다. 친구와 같이 점심 겸 저녁을 먹으면 됩니다."

"알았다."

관장은 횡단보도를 건너 지하에 있는 온양다방으로 들어갔다. 다방에 들어와서는 레지들에게 근처에 오지 못하게 하고 구석에 앉았다. 관장은 백호와 훈기를 보며 말했다.

"너희도 오늘 저녁에 거기에 가니?"

백호는 관장을 가만히 쳐다보았다.

"……?"

"무엇 때문에 거기에 가는지 모르지만……."

커피를 들고 레지가 다가와서 관장은 말을 하지 않았다. 레지가 커피 세 잔을 놓고 멀어질 때까지 관장은 말을 하지 않았다.

"지금 거기에는 망치라는 전국구 깡패가 있어. 그 놈을 왜 망치라고 하냐면 너클 펀치로 사람 머리를 망치로 때리듯이 하기 때문에 붙은 별명이야. 그 한 방으로 사람을 죽인다고."

"공 사범님도 망치를 아세요?"

"난 잘 모르지. 그러나 들은 이야기도 있고, 오늘 저녁에는 장미마을에서 한 바탕 난리가 난다는 것도 알고 있거든."

"저희는 군대에서……."

"알겠다. 네가 오늘 운동하는 것을 보니 운동이 아니라 마치 훈련하는 것 같아서 말하는 거야. 커피나 마시자고."

백호와 훈기는 커피를 마셨다. 관장도 커피를 다 마셨는지 일어나 커피 값을 계산했다. 다방 밖으로 나와서 관장은 백호에게 봉투를 주었다.

"공 사범님, 이게 무엇입니까?"

"나 혼자 점심 먹어서 미안해서 조금 넣었어."하며 백호 호주머니에 봉투를 넣었다. 백호가 관장의 손을 잡으려고 하니 관장이 호신술을 사용하며 "더 이상 하지 마."하며 돈을 백호 주머니에 넣어 주었다.

"무슨 일인지 모르겠지만, 오늘 몸조심해라. 그리고 그 돈으로 고기 사 먹어."

횡단보도 신호등이 파란불로 바뀌어 관장은 횡단보도로 뛰어갔다.

"공광열 사범님! 고맙습니다."

관장은 뒤도 안 돌아보고 손을 흔들며 체육관으로 갔다.

백호와 훈기는 온양시장으로 가는데 축산농협 행복지점에서 박인수가 나와서 성보약국을 지나는 백호를 보고 아는 척했다.

"너, 서백호지?"

"어. 인수?"

"그래. 나 박인수다. 야, 백호 너는 아직도 군인이구나."

"응. 나 하사관으로 입대해서 이번에 전역휴가를 나왔어."

그들은 지하 스마일다방으로 가서 이야기를 나누었다. 인수는 제대하고 축협에서 대출 담당을 한다며 사람 사는 세상에 앞일은 아무도 모른다며 대출이 필요하며 언제든지 연락을 하라고 했다. 그리고 인수가 고등학교 반창회 총무라며 애경사가 있으면 꼭 연락하라며 명함을 건네주었다. 인수가 커피 값을 계산하고 그들은 헤어졌다.

백호와 훈기는 시장에 있는 충청식당으로 들어갔다. 식당에서 삼겹살 오 인분을 시키고 자리를 잡고 앉았다. 그들은 삼겹살 오 인분과 공기밥에 된장찌개까지 다 먹고 온양시청으로 가려고 했는데, 우리분식식당을 백호가 가만히 서서 보고 있었다. 식당은 폐업을 해서 닫혀 있었다. 훈기가 간판만 있는 가게를 보며 말했다.

"은주 씨와 이 분식집에 추억이 있었구나. 백호야, 조금만 참자. 그리움이 사랑으로 꽃피도록 내가 도와줄게."

백호는 웃으며 유리문 너머 구석에 앉아 쫄면을 먹는 은주를 가만히 보고 있었다. 그들이 제일한약방을 걷고 있는데 온양경찰서 정문 앞에서 많은 사람들이 모여 있는 것을 보였다. 지금 저녁 5시도 안되어서 백호와 훈기는 무슨 일이 일어났다고 생각하며 경찰서로 걸어갔다. 경찰서 정문 앞에는 많은 사람들이 피켓을 들고 소리를 지르고 있었다.

"우리는 어디 가서 살라고 목숨과 같은 가게를 없애려고 하느냐?"
"차라리 우리를 죽이고 장미마을을 없애라."
"가게마다 오천만 원씩을 지급해라."

백호와 훈기는 도로에서 그 모습을 지켜보며 망치파를 찾고 있었다. 시위하는 사람들에게서는 망치파나 젊은 사람을 찾을 수가 없었다.

"백호야, 어제 시청에서도 시위한 사람들과 오늘 저 사람들은 진짜 목에 겨우 풀칠만하는 주인들 같다."

"내가 보아도 망치파하고는 상관없이 가게 하나만 보고 살아온 주인들이네."

백호와 훈기는 그 말을 하고 시청으로 가려고 하다가 장미마을로 갔다. 그들은 장미마을을 지나쳐 동일목재로 가서 장미마을을 살펴보았다. 겉으로 보기에는 장미마을이 평화로워 보였지만, 길거리에 다니는 사람들이 전혀 없었고, 가게 앞에도 여자들이 나와 있지 않았다. 유리로 된 통창에도 불빛이 빨간색 전구가 아닌 일반 가정용 백열등을 켜 놓은 것이 의심스럽게 보였지만, 딱히 의심이 가는 것을 찾을 수가 없었다.

백호와 훈기는 로즈다리를 지나 장미마을에 뒤편으로 갔다. 써니청과 가게에서 장미마을 보니 베니어합판으로 골목이 가려져 있었다. 백호는 다시 차도로 나와서 골목길을 살펴보니 도로 쪽 골목도 전부 합판으로 가려져 있었다.

"뭐야, 이놈들. 강 쪽만 막지 않고 뒤와 도로가는 전부 막았네. 이게 무슨 작전인거야?"

훈기 입에서는 자신도 모르게 가느다란 한숨이 새어 나왔다. 훈기는 백호를 보며 다시 말했다.

"백호야, 잘 살펴서 대비하여 만사는 불여튼튼이 최우선이다. 알지?"

"?"

백호는 어떤 깊은 상념에 빠진 듯 제자리에서 서서 장미마을을 보았다. 그런 백호를 보며 훈기가 다시 말했다.

"서두르면 낭패하기 쉬운 법이니 차근차근 계획을 세워서 망치파를 일망타진해야 해."

백호는 훈기의 이야기를 듣고도 대답 없이 다시 동일목재로 걸어가면서 술집과 여인숙 등을 세세하게 살폈다. 훈기가 말한 대로 온천천 쪽에만 베니어합판으로 막지를 않았다.

"뭐야, 삼국지에 나오는 한신 같이 배수진 작전인거야?"

백호는 동일목재에서 장미마을 다시 보며 말했다.

"이건 배수진이 아니야. 온양시에서는 대대 병력으로 이용해서 장미마을을 철거하려 하니, 망치는 도로에서 들어오는 길을 전부 막은 거야. 그리고 온천천 골목을 막지 않은 이유는 바로 저 옥상에 있는 플라스틱 통들 때문이야."

"통?"

"그래, 저 지붕 위에 있는 파란 통. 틀림없이 저 통 안에는 신나가 가득 들어 있겠지. 맞불작전. 그것이 망치가 생각한 최악의 작전인거야."

"맞불작전이라면? 설마, 여기 전체시장을 불로."

"그래. 망치가 노린 것은 그것인거야. 저 종묘가게들 앞에서 시장이 장미마을을 보며 망치를 설득을 할 때 다른 병력들은 주위를 포위하겠지. 그럼, 망치는 도망갈 곳이 없어. 최후에 수단이 바로 이 모든 가게를 불바다로 만드는 거야. 아주 무서운 놈이고, 악질적인 깡패야."

백호가 상황 파악하고 말한 능력에 훈기는 저절로 감탄사가 나왔다.

"야하, 저 놈들이 진자 미쳤네."

"온양전통시장이 불바다가 되면 언론들이 가만히 있을까? 특히, 여기 지역구인 정치인이. 절대 아니야. 망치는 그것을 노린 거야. 정치인과 언론, 그들 스스로 움직이게 하는 것."

백호는 장미마을을 보며 은주가 저 안에 없기를 바라지만, 다른 한편으로는 은주가 저 곳에 있기를 바라는 이중적인 자기감정에 갈피를 잡을 수가 없었다.

훈기가 말했다.

"백호야, 저기 전경들이 오고 있다."

백호도 관광호텔 후문을 지나 걸어오는 전경들을 보고 있었다. 때마침 대한농약종묘사 가게 앞에 자가용 여러 대가 멈추었다. 자가용에서는 강안전 시장과 관계자들이 내리고 있었다. 시장이 손목시계를 보고 있는데 경찰복을 입은 경찰서장이 옆으로 와서 시장과 대화를 하는 것을 보고 백호와 훈기는 그들에게 갔다.

시장과 서장이 수협을 지나 장미마을 앞에 서 있었다. 서장이 손짓을 하니 뒤에 있는 경찰 한 사람이 메가폰을 서장에게 주었다.

서장은 시장을 보았다. 시장은 손목시계를 보며 고개를 끄덕였다. 백호도 대한농약종묘사 가게 벽에 붙어 있는 시계를 보니 저녁 7시였다.

"망치! 나 온양경찰서장이다. 우리 서로 험하게 하지 말고 좋게 해결하는 것이 어떤가?"

"……?"

백호와 훈기는 전경들 때문에 앞으로 갈 수가 없었고, 전경들이 떠드는 소리 때문에 망치가 뭐라고 대답을 했는지 들리지가 않았다. 백호는 주위를 둘러보며 전경들 가운데 견장을 한 사람을 찾고 있었다. 훈기도 백호가 누구를 찾는지 알고 같이 찾았다.

"백호야, 네 뒤편에 두 시 방향."

백호는 훈기가 말한 두 시 방향을 보고 그 사람에게 다가갔다.

"저, 경찰 소대장님?"

그 사람은 주위를 둘러보며 백호를 보았다. 백호는 그 사람에게 다가가서 다시 말했다.

"전경을 지휘하는 소대장님이십니까?"

"나 말이오?"

"네."

"나 소대장이 아니라 경장이오."

백호는 그에게 장미마을 안으로 들어 갈 수 있도록 전경들이 비켜주기 바란다고 말했다. 경장은 어림도 없는 소리라며 다치기 전에 여기를 떠나라고 말했다. 그 말을 듣고 훈기가 경장에게 말했다.

"경장님! 오기동 서장님하고 이야기가 된 군인들입니다. '벌레먹은 장미'에 투입하기로 한 군인들이라고 하면 된다고 했는데."

그 경장은 백호와 훈기의 얼굴을 뚫어지게 보며 백호의 몸 전체를 살폈다.

"난 그런 말을 들은 적이 없는데? 그런데, 그 작전 이름을 어떻게 알고?"하며 옆에 있는 전경에게 귓속말을 했다. 전경은 경장의 말을 듣고 앞에 있는 전경들에게 말을 전하니 마치 모세의 기적처럼 전경들이 좌우로 쫙 하고 갈라졌다. 백호와 훈기는 전경들을 지나 시장과 서장이 있는 곳으로 갔다.

"망치! 다시 한 번 더 말하지만, 여자들부터 밖으로 내보내라."

"개소리 그만하고 너희가 물러나. 너희가 물러나지 않으면 여기는 오늘 피바다와 불바다를 보게 될 거야."

서장은 그 소리를 듣고 시장을 쳐다보았다. 시장도 공권력을 이용해서 해결할 경우 막대한 피해와 망치가 말한 것처럼 막다른 골목에 몰려서 불을 지르게 되면 온양전통시장 전체가 불바다로 될 것을 알기에 어찌할 방법을 모르고 있었다.

훈기가 그런 시장을 보며 말했다.

"강안전 시장님! 어제 저희하고 이야기 한 것을 해보는 게 어떻겠습니까?"

시장과 서장은 훈기를 보았다. 그리고 옆에 서 있는 백호도 보았다. 서장이 뭐라고 말하려고 하니, 시장이 손을 들고 서장에게 작게 말했다.

"어제 시장실에 찾아온 군인들입니다. 내가 아는 군대에 후배가 대대장으로 있는데……."

백호와 훈기는 강안전 시장과 시장실에 앉아서 이야기를 나누고 있었다.

"형님, 내일 장미마을에 일단 저희가 먼저 움직이겠습니다."

"야, 무슨 소리야. 너희가 왜 이번 일에 나선다고 하는 거야?"

"형님, 저희 개인적으로 망치와 안 좋은 일이 있으니 그것부터 해결한 후에 시에서 움직이세요."

"너희 둘이 어떻게 망치를 이긴다고. 망치와 그 밑에 깡패들은 보통 내기가 아니야."

훈기는 백호를 보았다. 백호가 일어나서 자기 책상으로 가니 시장은 당황한 표정으로 말했다.

"너희 지금 뭐 하는 거야?"하며 시장은 백호의 손날 지르기를 보고 입을 다물지 못했다.

백호가 왼손으로 책상을 짚는가 싶더니 책상을 뛰어넘고, 탁자 위에 있는 럭비공을 잡더니 손날 정권 지르기로 럭비공을 뚫었다.

"저 단단한 럭비공을 어떻게……?"

"형님! 쓰레기를 치우려면 빗자루와 쓰레받기가 필요하고, 더 깨끗하게 하려면 걸레도 필요한 법입니다. 저희가 형님 손이 더럽혀지지 않도록 우리 둘이 빗자루와 쓰레받기를 할 테니 형님은 걸레질만 하세요."

"……?"

"형님, 우린 일반 군인이 아닙니다. 형님이 저를 잘 아시겠지만 제가 어디 가서 얻어맞고 다닌 적이 있습니까? 저희는 군대에서 특수임무를 받고 온 것입니다. (엄지로 하늘을 가리키며) 여기서 보냈습니다."

"뭐? 청와대에서……. 도대체 너희들 정체가 뭐냐?"

"형님이 직접 거기에 전화해서 물어보세요. 우리가 아는 것은 범죄와의 전쟁을 거기에서 직접 지휘한다는 것만 알고 있을 뿐입니다."

"으음……. 좋아. 그 대신에 너희들 조심해야 한다. 망치는 보통 내기가 아니야. 특히 그 옆에 있는 경호하는 애들이 더 무식하다고."

"형님, 걱정 마세요. 그리고 이제부터는 시장님이라고 부르겠습니다."

백호와 훈기가 시장과 악수하고 밖으로 나오려고 하는데 시장이 말했다.

"이번 작전명은 '벌레먹은 장미' 구출작전이야. 전경들이 막으면 이 암호를 대."

백호는 강안전 시장을 떨떠름한 표정으로 보았다. 그러나 백호는 아무 말도 하지 않았다. 백호와 훈기는 시장실을 나와서 언덕을 내려가고 있었다.

"훈기, 너 진짜 머리 잘 돌아가던데. 청와대에서 지휘하는 범죄와의 전쟁이라?"

"야, 이 정도는 말해야 303부대 출신이 아니겠어. 그리고 난 청와대라고 말한 적이 한 번도 없어."

"어?"

"사촌형이 말했지. 난 그런 말을 한 적이 없다고."

그들은 웃으며 관광호텔 후문을 지나 공립병원 앞 횡단보도에서 신호를 기다렸다.

오기동 경찰서장이 말했다.

"어제 말한 그 군인들? 이거 청와대까지 알고 있다고 하면?"

"오 서장, 말조심."하며 손가락을 입에 대었다. 서장은 손바닥으로 입을 막으며 고개를 끄덕였다. 백호와 훈기가 앞으로 걸어 나가니, 서장은 전경들에게 전투태세를 갖추도록 지시했다. 백호의 눈빛은 전에 없던 살기로 20미터 앞에 있는 망치를 보며 매섭게 번득이고 있었다. 망치 옆에 서 있는 국대도 백호를 보고 있었다.

국대가 혼잣말했다.

"저 놈들은 또 뭐야?"

망치 주변을 보면서 백호는 은주를 찾았지만, 보이지 않았다. 훈기는 백호 옆으로 다가서며 말했다.

"망치가 여자들을 방패로 했군. 전경들이 움직이면 저 가게들 문안에서 아가씨들이 쏟아져 나올 것 같은데. 은주 씨는?"

백호는 머리를 좌우로 흔들고 앞으로 걸어갔다. 훈기는 시장과 서장에 목례만 하고, 백호를 따라 걸으며 주변을 살폈다. 한 남자가 앞으로 나오더니 말했다.

"야, 인마. 너희들은 또 뭐야? 죽으러 왔니."

백호는 그 남자를 보며 짱돌이라는 것을 알았다. 백호와 훈기가 멈추니 망치파와 거리는 5m였다. 훈기가 좌우를 살피며 입을 가리고 백호에게 말했다.

"백호야, 가게 안 여자들 속에 있는 애들도 있지만, 골목에 쇠파이프와 야구방망이를 들고 있는 애들도 많이 있다."

백호는 훈기의 말을 듣고 고개를 끄덕였다. 한 남자가 앞으로 나오니 깡패들이 좌우 갈라졌다. 깡패들은 가게 문 옆으로 붙어서 망치의 눈치만 살피고 있었다. 망치가 눈짓을 하니 가게에서 여자들이 우르르 쏟아져 나왔다.

백호는 보았다. 여자들이 우르르 나와 가만히 서 있는데, 오직 한 명만이 모든 것을 포기한 듯 고개 숙인 걸음으로 망치 옆에 가 서 있는 은주를. 백호는 눈가에 고인 눈물 때문에 오른손 엄지와 검지로 눈물을 찍었다. 훈기는 백호의 손이 움직이는 것을 보고 앞을 보았다. 다른 여자들은 제자리에 가만히 있었지만, 망치 옆으로 가 서 있는 한 여자를 자세히 보았다.

은주는 앞이 아닌 바닥만을 보고 있었다. 훈기가 입을 가리고 작게 말했다.

"백호가 왜 이렇게까지 은주 씨를 찾는지 이유를 알겠네. 은주 씨, 진짜 청초하네.⑪…… 그러니 백호야. 네가 흔들리면 여기서 너와 은주 씨 그리고 나도 죽는다."

한 남자가 말했다.

"야, 무슨 삼국시대 전쟁놀이도 아니고 너희는 또 뭐냐고?"

백호가 말했다.

---

⑪ 청초하다 : 화려하지 않으면서 순수한 아름다움이 있다.

"너한테는 볼 일이 없다. 그러니 조용히 집에 가라. 난 망치와 할 이야기가 있으니까. 아니, 망치에게 줄 빚이 있다."

그 남자는 웃으며 앞으로 걸어 나오면서 말했다.

"네 이름이 뭐냐? 이 형님은 소나기라고 한다."

백호는 앞으로 걸어가면서 말했다.

"난 망치를 녹이는 쇳물이라고 한다."

"쇳물? 그럼 난 우산이나 우비로 할까?"

"뭐야, 이 새끼들이 지금 장난하나."하며 소나기가 뛰어 오르며 백호의 얼굴로 주먹을 날렸다. 백호는 옆으로 살짝 피하며 자기 앞으로 날아온 주먹을 잡아당기며 무릎으로 소나기의 옆구리를 찍고 주먹으로 눈물뼈를 쳤다. 소나기는 고개가 뒤로 넘어가며 '커억'하며 김빠지는 소리를 내며 옆으로 쓰러졌다. 그 모습에 망치파의 똘마니들은 놀라고 있었고, 훈기는 박수를 치며 말했다.

"야, 살살해라. 살살."

다시 뒤에서 한 남자가 나오며 말했다.

"이 새끼가 내 친구 소나기를 골로 보냈어."

"백호야! 그 새끼는 유도선수 출신이다."

백호는 유도선수를 보고 뒤에 있는 은주와 눈이 마주쳤다.

은주도 들은 것이다.

"백호야!"라는 그 이름을.

훈기도 은주의 얼굴과 손을 보았다. 얼굴에는 놀란 표정이었고, 양손으로 치마를 꽉 잡고 있었다. 훈기는 더 큰소리로 말했다.

"백호야! 그 옛날 전투참호에서 했던 거면 될 것 같은데."하며 다시 은주를 보았다. 훈기는 "역시, 은주 씨도 백호를 알아보았군."이라며 중얼거렸다.

유도선수가 오른손을 앞으로 내밀며 백호에게 다가왔다. 백호는 그 손을 쳐낸다고 했는데 유도선수가 백호의 그 손을 잡고 엎어치기를 했다. 훈기는 그런 백호를 보며 놀라서 말을 못했다.

'젠장, 엎어치기 한판을 제대로 당했어.'

백호와 유도선수는 같이 뒹굴었다.

그 모습을 보고 짱돌이 박수를 쳤다.

"자식, 제대로 걸렸네. 너 끝이다. 인마."

은주는 너무 놀라서 잠시 휘청했으나, 정신을 차리고 백호를 보았다.

"이름이 뭐냐?"하며 백호가 물었다.

"여기서는 재떨이라고 부르…….."

백호는 재떨이 콧등에 주먹을 날리고, 다시 손날로 목을 치며 옆으로 밀고 일어났다.

훈기 뒤에서 전경들이 환성을 질렀다.

"야, 뭐야. 엎어치기 한판 당한 것이 아니었어?"

"아닙니다. 저분은 합기도에 엎어치기 호신술을 사용해서 같이 넘어진 것입니다."

"뭐? 네가 어떻게 알아."

"저도 합기도 2단입니다. 그런데 저 유도선수가 왜 쓰러져서 못 일어나는지는 잘 모르겠습니다."

은주는 일어나는 백호를 보며 눈에서 눈물이 흘러내리고 있었다. 사시미가 그런 은주를 보며 이상하다고 생각하며, 앞으로 나와 안주머니에서 칼을 꺼냈다. 그 모습을 보며 훈기가 말했다.

"백호야, 저 놈이 병구를 죽인 사시미냐?"

사시미는 자기 이름을 부른 남자를 쳐다보았다. 훈기는 손으로 눈물을 닦으며 앞으로 걸어갔다. 사시미 옆으로 국대도 나와 나란히 서 있었다.

"사시미! 너는 나한테 와라."

"네가 내 이름을 어떻게?"하며 칼을 휘두르며 훈기에게 다가갔다. 국대는 백호를 보며 자기도 모르게 두려움을 느꼈다. 백호의 주위에는 냉기보다 더한 오싹한 한기가 맴돌고 있다는 것을 국대는 느겼고, 그냥 서 있는데도 전혀 빈틈을 찾을 수가 없었다. 국대는 백호를 향해 필사의 내려찍기를 했지만, 백호는 몸을 전환하며 피했다. 국대가 다시 앞차기와 옆차기를 했는데, 백호는 피하기만 했다. 국대는 백호가 피하는 것을 보며 뒤후려차기를 했다. 백호는 피하면서 앉아 돌려차기를 하려고 하다가 다리를 접었다. 국대는 점점 두려움 때문에 발차기를 제대로 할 수가 없었다.

'이 놈은 나의 몸놀림을 모두 읽고 있다. 나에게 전혀 공격을 하지 않는다. 왜지?'

국대는 마음을 다잡고 앞차기로 백호에 턱을 찼으나, 백호는 피식 웃어버렸다.

백호는 국대를 보며 말했다.

"공격을 다 했나? 아니면, 아직 남은 공격이 더 있나?"

"……?"

"태권도란 무엇인가?"

"뭐?"

"태권도를 어떻게 배웠는가?"

"이 자식이 뭐라는 거야?"

"태권도로 깡패 짓 하라고 네 부모님께서 가르쳤나?"

"뭐? 우리 부모님은 왜 말해 새끼야."

"지옥을 보았나? 그 지옥을 오늘 내가 직접 보게 해 주지."

"……뭐? 이 자슥이."

"너는 정신이 멍해서 네 잡기는 흐트러져 있어."

"……?"

국대는 백호를 보며 필사기인 날아오르며 내려찍기를 했다. 백호는 옆으로 살짝 피하며 앞차기를 하려고 하다가 몸을 날리더니 무릎 올려차기로 국대의 턱을 걸어 차버렸다. 국대는 몸이 뒤로 날아가더니 그대로 벽에 부딪쳐 쓰러지며 일어나지 못했다. 백호는 쓰러진 국대에게 다가가 귓속말을 하며 주먹을 관자놀이에 강력하게 날렸다.

"가만히 있으면 산다고 했지. 강아지처럼."

국대는 아련한 기억 속에서 그 말을 기억하며 몇 차례 벌벌 떨리더니 정신을 잃었다.

한편, 훈기는 사시미를 보며 공격 자세를 취했다. 사시미도 훈기를 보며 사시미가 칼을 앞으로 내밀며 공격 자세를 취했다. 사시미가 먼저 훈기에게 칼을 옆으로 휙 하며 공격을 했고, 훈기는 뒤로 피하며 사시미의 흐트러진 자세를 잡으려고 했다. 사시미는 전혀 흔들림 없는 공격 자세였다.

'이 정도 실력이니, 병구가 당했구나.'

그때 훈기 귓가에 병구의 말소리가 들렸다.

"훈기야! 그 어떠한 싸움이든 실전이다. 즉, 죽기 아니면 살기란 말이다."

사시미는 다시 칼을 훈기에게 뻗으며 왼손으로 훈기의 어깨를 잡았다. 훈기도 사시미의 철두철미한 공격에 놀라서 왼 주먹으로 사시미의 옆구리를 공격했다. 사시미는 훈기의 공격을 받고 잠시 주춤하더니 훈기 어깨를 잡아당기고 칼로 훈기의 배를 찔렀다.

그 모습을 보며 백호가 달려갔다.

"훈기야?"

백호의 소리를 듣고 망치와 은주는 놀라고, 강안전 시장도 놀라서 쓰러진 훈기를 보았다. 훈기는 오른손을 번쩍 들며 일어났다. 백호는 사시미의 공격을 받았다고 생각을 했으나, 훈기는 사시미의 오른손목을 꺾어서 사시미의 허벅지에 칼을 꽂은 것이다.

훈기가 말했다.

"너희 깡패 놈들은 조직에 충성하며 서민들을 괴롭히지만, 우리 군인들은 선량한 국민들에게만 충성을 한다. 조직이란 보스가 죽으면 끝이지만, 민초는 리더가 죽더라도 수많은 인재가 명맥을 이어가고 있어. 이것이 깡패와 군인의 차이점이다."

말을 마친 훈기는 주먹을 사시미의 관자놀이에 날렸다. 사시미는 강력한 훈기의 주먹 공격을 받고, 힘없이 쓰러졌다. 훈기는 머리카락을 잡으며 일으켜 팔꿈치로 사시미의 등허리 목뼈 5, 6번에 찍기로 끝냈다.

은주는 백호와 훈기를 보며 '휴'하고 한숨을 쉬었다. 백호는 훈기가 걸어오는 것을 보고 망치에게 고개를 돌렸다.

망치는 백호를 보며 말했다.

"네가 나한테 무슨 원한이 있는지 모르겠지만, 내 밑으로 들어오면 한 밑천……."

백호가 말을 가로챘다,

"망치야, 개소리 그만하고 병원에 갈 준비나 해."

망치는 백호를 보는데 소름이 돋아나며 몸이 떨렸다.

오래전 망치가 서울에 입성할 때 이런 기분에 휩싸인 적이 있었다. 망치가 경기도를 제패하고 전국구 오야붕이며 서울 태평양파 보스인 런던보이와 싸울 때 이런 기분이었다. 런던보이는 결국 망치의 너클 펀치로 식물인간이 되었고, 망치는 런던보이가 장악한 명동과 서울역 뿐만 아니라 서울 전 지역을 손아귀에 넣었다.

'이런 분위기라면 다시 서울 입성이 힘들겠어. 저 놈이 누구의 사주를? 크라운 애들인가? 설마 정치인 새끼들이 나를……?'라고 망치는 생각했다.

백호는 망치가 아닌 은주를 보고 있었다. 백호는 은주를 보며 웃었다. 은주는 백호가 함박 웃는 얼굴을 보며 눈에서 눈물이 흘러내렸다. 망치는 훈기만 보고 있어서 백호와 은주의 교감을 몰랐다.

훈기가 백호를 보며 말했다.

"백호야, 망치 저 놈을 내 손으로 잡고 싶다."

망치는 훈기의 말을 듣고 어의가 없었다. 나이가 이제 스무 살을 갓 넘은 놈이 삼십대 후반인 자기에게 이놈 저놈 하는 것도 못 마땅한데 자기를 두고 서로 먼저 공격한다고 하니 자기를 무슨 낙동

강 홍수로 떠내려가는 오리 알로 보는 것 같아 기분이 상했다. 망치는 안주머니에서 너클 펀치를 빼 오른손에 끼웠다. 옆을 보며 자기 부하들에게 사인을 보냈다.

오기동 서장도 옆에 있는 사람에게 지시를 내리니, 전경들이 움직이며 온천천 다리를 넘어가서 골목으로 진입을 하려고 했다. 백호는 뒤를 돌아보며 말했다.

"전경들을 골목으로 들어가게 하며 위험합니다. 옥상에 신나 통들이 있습니다."

백호의 말을 듣고 서장 옆에서 지휘하던 경찰은 무전으로 진입하지 말라고 명령을 내렸다.

망치의 부하들 사오십여 명이 망치 주변으로 모여 들었다. 은주는 너무 떨려서 백호에게 도망가라고 말하고 싶은데 말이 나오지 않았다. 백호는 은주를 보고 살짝 웃으며 망치에게 말했다.

"망치! 내가 그렇게 무서운가? 그래서 우리 둘에, 너희 부하들 전부가 공격을 하겠다. 이것인가? 그 정도 실력으로 다시는 서울에 입성하기는 이제 글렀다."

백호는 망치의 자존심을 건들려서 맞짱을 뜨고 싶었다. 백호의 말을 듣고 망치가 얼굴을 찡그리며 말했다.

"자식! 보기보다 남자답고 용기가 있는데."하며 앞으로 걸어 나왔다. 망치의 그런 모습을 옆에서 지켜보던 짱돌이 망치를 말렸다.

"형님, 저 자식 말을 듣지 말고 그냥 확……."

망치는 주먹으로 자기 부하의 얼굴에 날렸다. 짱돌은 망치에 너클 펀치 주먹을 맞고, 그 자리에 쓰러지며 기절을 했다. 짱돌 얼굴에서는 광대뼈가 함몰되면서 피가 흘러내렸다.

"낄때껴라. 이 애송이 같은 새끼가 별 참견을 다하고 지랄이야."

망치의 부하들은 망치가 한 행동을 빤히 보고 뒤로 물러났다. 그들은 망치 기세에 눌려 섣불리 나서지 못했고, 전의도 상실한 것을 백호와 훈기는 알았다. 훈기는 뒤를 보며 시장에게 진입하라고 사인을 보냈다. 백호는 앞으로 다가가 망치와 두 발짝 앞에 있었다.

백호는 망치 뒤에 은주를 보았다. 망치도 백호가 자기 뒤를 보는 것이 이상해서 은주를 보았다. 은주가 울며 입을 가리고, 백호를 쳐다보는 것이 아닌가?

"네가 스잔을 어떻게 알지?"

백호는 망치를 보며 말했다.

"이름이 스잔이 아니고, 내 사랑이며 내 목숨보다 소중한 양은주다."

"뭐? 넌 도대체 누구야?"

망치는 열 받아서 큰소리로 말했다.

은주는 백호가 자기 목숨보다 소중하다고 했을 때부터 앞을 볼 수가 없었다.

'아니라고, 진짜 자기는 아니라고.'

자기는 절대 백호에게 소중한 사람이 아니라고 말하고 싶었다.

백호가 말했다.

"6년 전 신정호에서 너희들한테 얻어맞은 고등학생을 기억하는가?"

"어? 병신 같은 그 새끼! 그게 너였어. 스잔에 남친?"

백호는 고개를 끄덕이며 망치에게 주먹을 날렸다. 훈기는 백호가 선제공격하는 모습을 보며 놀라서 말했다.

"(백호가 너무 흥분했어) 백호야! 정신 차려. 한 순간에 공격을 잘못하며 은주 씨는 어떻게 해."

백호는 자기가 흥분했다는 것을 알았지만, 이미 공격을 한 상태였다. 망치는 백호의 공격하는 주먹을 피하며 오른손으로 힘을 주어 백호의 머리를 공격했다. 백호도 망치가 너클 펀치를 사용한다는 것을 알고, 그 주먹을 피하며 왼손으로 어퍼컷을 날리며 자세를 잡았다. 망치는 백호의 왼손 어퍼컷을 피하고 공격 자세를 잡았다.

"6년 전 그놈하고 전혀 다른데. 도대체 어디서 이런 훈련을 받았나?"

"나, 온양 풍기동 4대대에서 근무한다."

"뭐? 너 방위야? 그런데 방위 새끼가 이렇게까지 훈련을 받았다고."

백호는 웃기만 했다. 망치도 고개를 까딱하며 공격자세를 취하며 백호의 움직임에 집중했다. 백호는 망치의 너클 펀치를 보며 앞차기를 했다. 망치는 백호의 앞차기를 너클 펀치로 막으려고 했는데, 그것이 실수였다. 백호는 앞차기를 하는 것처럼 하다가 발을 접고 앞돌려차기로 망치의 머리를 찼다. 망치는 왼팔로 막았지만 백호의 앞돌려차기의 힘을 당해 낼 수가 없었다. 망치가 앞돌려차기로 맞고 휘청하자 백호는 그대로 망치의 머리를 향해 뒤휘려차기를 했다. 망치는 백호가 정확하게 자기 머리를 공격하는 것을 보며 피할 수 없는 발차기라는 것을 알았다.

"퍽"

마치 통수박이 깨지는 소리가 들리며 망치는 휘청하더니 가게 벽에 몸을 기대며 스르륵 무너졌다. 백호는 양손으로 망치의 어깨를 잡고 끌어당기면서 무릎으로 가슴 한복판을 찍었다. 망치는 두 무릎을 힘없이 꿇었다. 백호는 다시 정권으로 콧등을 쳤다. 망치는 '커억' 소리를 내며 뒤로 나가 떨어졌다. 백호는 쓰러진 망치를 일으켜 세우고 엄청난 괴력인 무릎으로 망치에 낭심을 찍었다. 망치는 '허허헉'하며 김빠지는 소리를 내며 바닥에 주저앉아 몇 차례 벌벌 떨리더니 옆어진 채로 축 늘어졌다.

망치는 고환이 터져서 이제는 쓸모없는 놈이 되었다.

망치가 쓰러진 것을 본 망치의 부하들은 들고 있던 야구방망이와 쇠파이프를 내려놓았다. 그것을 신호로 전경들이 장미마을 앞과 온천천에서 물밀 듯이 진입했다.

백호는 은주를 보며 앞으로 걸어갔다.

그런데 그 모습을 본 경찰서장이 말했다.

"저 새끼들까지 다 체포해."

서장의 명령에 전경들은 백호와 훈기를 체포했다. 은주도 여경들에게 체포가 되어서 둘이는 손도 잡지도 못하고, 서로 얼굴만 보며 말했다.

"백호 오빠! 오빠! 오빠!"

"은주야! 나 기다려. 기다리라고. 이것 놔. 놓으라고. 은주야! 은주야! 은주야!"

"형님! 우리가 무슨 죄를 지었다고."

전경들은 백호가 움직이지 못하게 팔을 꺾어서 바닥에 쓰러뜨렸다.

훈기는 그 모습을 보며 전경에게 발로 찼다.

"훈기야, 하지 마."하는 소리가 들려서 그 사람을 쳐다보았다. 강안전 시장은 훈기를 보며 고개를 좌우로 흔들며 표정에 안타까움이 드러났다. 전경들은 훈기가 공격을 하지 않으니 훈기를 잡고 버스에 태웠다. 전경들은 깡패들을 일렬로 세워서 다른 버스에 타게 하고 부상당한 깡패들도 태웠다.

백호와 훈기는 온양경찰서에서 조사를 받고 있었다. 백호는 조사하는 경찰관 뒤에 시계를 보니 저녁 9시를 조금 넘은 시간이었다.

"이름?"

"서백호입니다."

백호는 경찰관이 묻기도 전에 개인 신상을 전부 말했다. 경찰관은 백호가 말하는 것을 듣고 타이핑을 멈추었다.

"내가 묻기 전에는 말하지 마."

백호는 그 경찰관을 가만히 쳐다보았다. 경찰관도 백호를 빤히 쳐다보았다. 마치 서로 눈싸움을 하는 것 같이 서로 쳐다만 보았다.

웃으며 백호가 말했다.

"전화기를 써도 됩니까?"

"엉? 어디에?"

"부대에 전화로 보고하려고 합니다."

"너 군인이야?"

"네, 군인입니다."

경찰관은 백호 앞으로 전화기를 밀어 주었다. 백호는 수화기를 들고 번호를 눌렀다. 경찰관은 백호가 누른 번호를 적으려고 했는데, 백호가 그 모습을 보며 어깨로 수화기를 잡고, 왼손으로 가리며 번호를 눌렀다. 경찰관은 자기가 적은 숫자를 보았다.

'041? 59? 2??5'

백호는 수화기에 대고 말했다.

"번개 칠, 부탁합니다, 한라, 부탁합니다, 차령, 부탁합니다, 불사조, 부탁합니다, 충성! 본부 상황실, 연결바랍니다."

경찰관은 백호가 하는 말을 적으며 백호를 쳐다보았다. 백호는 경찰관을 보며 살짝 웃었다. 경찰관도 웃으려고 하는데 상대방이 전화를 받았는지 백호가 하는 말을 적기 시작했다.

"서백호 중사입니다. 불미스러운 일로 온양경찰서에 강훈기와 잡혀 있습니다. 네. 네. 알겠습니다."

경찰관은 다시 백호 쳐다보았다. 그는 종이에 중사라고 쓴 글자에 동그라미를 그리며 말했다.

"중사라? 어느 부대에서 군 생활을 하는지?"

"노코멘트입니다."

백호는 이후로 경찰관이 묻는 말에 대답은 하지 않고, 은주에 관한 것을 묻기만 했다.

조사하는 경찰관은 짜증내며 말했다.

"은주가 누구지 모르겠지만, 여자들은 안전한 곳으로 옮겼어. 내가 묻는 말에 대답을 하라고. 너는 지금 경찰서에서 조사받는 거야."

"알고 있습니다."

"너희는 청와대를 사칭했어. 그것은 범죄야."

"우리는 청와대를 사칭한 적이 없습니다."

"했잖아."

"안 했습니다."

때마침 헌병 세 명이 걸어 들어왔다. 헌병 상사가 백호를 보았다. 백호는 헌병들을 보고 앞에 있는 헌병 상사를 보고 일어나 거수경례를 했다. 상사는 백호의 경례를 받고 경찰관에게 말했다.

"이번 사건은 이제 우리 헌병대에서 처리합니다. 이 서백호 중사는 군인이므로, 우리에게 인수인계하라는 통지서입니다."

상사는 종이를 경찰관에게 주며 뒤에 있는 헌병에게 고개를 끄덕였다. 헌병 두 명이 백호를 잡고 밖으로 나가려고 할 때 백호가 경찰에게 말했다.

"심성식 경찰관님! 벼가 머리를 쑥이면 베이는 것 밖에 없습니다."

"…… 뭐?"

경찰은 백호가 끌려 나가는 것을 보고 있는데, 헌병 상사는 그 경찰관에게 경례하며 뒤돌아서서 나가려고 했다. 경찰관은 그 모습을 보며 "어? 저기 그게……."했지만, 상사는 검지와 중지로 가볍게 거수경례를 하며 밖으로 나갔다.

"아니, 도대체 이것을 어떻게 하라고? '서백호와 강훈기 중사를 32사단 헌병대가 인수인계한다.' 이렇게만 쓰여 있잖아. 이게 뭐야? 쟤들 부대 이름도 없고."

경찰관은 망연자실 서서 종이만 뚫어지게 보았다.

"나, 이거야 원. 군인에, 헌병에. 과장한테는 뭐라고 보고하나? 그런데 쟤가 내 이름을 어떻게 알았지?"

백호와 훈기는 경찰서에 나오니 군용 지프차 두 대가 서 있었다. 상사는 앞에 있는 지프에 타라며 헌병들에게 명령했다.

"너희들은 뒤차를 타고 부대로 복귀해라."

상사는 지프에 타고 운전병에게 지시했다.

"유구로 출발."

"유구로 출발. 출발 기어들어갑니다." 라고 운전병이 말했다.

지프차는 유구를 지날 때까지 그 누구도 말을 하지 않았다. 백호와 훈기는 서로 군 수화를 사용해 서로 간에 말을 했지만, 서로가 어디로 가는지 모르기는 마찬가지였다.

유구시내를 지나 상사가 다시 운전병에게 말했다.

"청양으로 가는 삼거리에서 차 세워라."

상사는 운전병에게 말하고 지프차에 있는 무전기를 들고 말했다.

"목표지점에 10분후에 도착합니다."

상사는 무전기를 내려놓고, 앞을 보며 말했다.

"너희들이 온양에서 무엇을 했는지는 모르겠지만, 너희 부대 망신을 시키는 일은 안 했다고 나는 믿겠다."

"......?"

"...... 네?"

차가 청양군 정산면 삼거리에 멈추니 60트럭이 다가왔다. 60트럭 조수석에서 군인이 내렸다. 지프차 조수석이 열리고, 상사가 내리고, 백호와 훈기도 내렸다. 60트럭에서 걸어오는 군인을 보니 교관이었다. 백호와 훈기는 교관을 보고 경례를 했다. 교관이 손을 흔들어서 백호와 훈기는 앞으로 걸어갔다. 그런데 교관은 그들을 지나 헌병 상사를 보며 반갑게 악수를 나누었다.

"잘 있었나? 박동재!"

"오랜만이야. 도기열!"

그들은 서로 악수하고, 교관이 백호와 훈기를 간혹 쳐다보고 웃으며 이야기를 나누는데, 상사는 백호만을 유심히 쳐다보았다.

교관이 말했다.

"조만간에 너희 대대로 갈 테니 밥이나 먹자."

"그래, 언제든지 환영한다. 밥보다는 술이 좋지 않겠어?"

"술 좋지. 허허허."

둘은 각자 타고 온 차에 탑승을 했고, 지프차는 유구 쪽으로 출발했다. 교관은 운전병에게 복귀라고 말하며, 60트럭 짐칸에 탔다.

교관이 말했다.

"도기열 상사가 우리 부대 출신이다. 다치지만 않았어도 너희들 교관으로 많이 가르쳤을 텐데."

"……우리 303부대 출신?"

"네에?"라고 백호가 놀라며 대답했다.

차는 비포장도로를 힘차게 달리며 부대로 복귀했다.

백호는 전역신고를 끝내고 위병소를 막 벗어나려고 했다.

한 발짝만 넘어가면 이제는 303부대로 돌아올 수 없었다.

민간인 신분?

이제는 군인이 아닌 대한민국 민간인이 되는 순간에 서 있는 것이다.

백호는 옆에 서 있는 전우들을 보았다. 일일이 악수를 나누고 제대하는 동기들과 같이 위병소를 벗어날 때, 어제 전역 축하 회식 때 맹주성 동기가 한 말이 생각났다.

"나의 분홍빛 청춘을 이 전역증과 맞바꾸어 낡고 지친 내 청춘에게 소주 한 잔을 바치겠다."

전우들에 얼굴을 일일이 쳐다보며, 다시 말했다.

"303전우들의 멋진 앞날을 위해 건배를 제의한다. '청춘아, 하면 동작 그만하고, 세월이여, 하면 구보하라.'를 목청껏 외친다."

"청춘아!"

"동작 그만!"

"세월이여!"

"구보하라!"

"303 전우여! 다같이, 건배!"

"건배, 주성이가 처음으로 멋진 말을 했네. 하하하."

모든 동기들이 술잔을 높이 들고 서로 잔을 부딪치고 건배하며 웃었다.

백호는 대전터미널에서 동기들과 헤어지고 온양행 버스표를 샀다. 백호는 버스에 오르며 며칠 전 KBS 9시 뉴스를 생각했다.

온양시에서는 장미마을 철거하기 위해 공권력을 투입해서 망치파 조폭들 50여명을 잡고, 장미마을에 갇혀서 성매매를 한 30여명의 여성을 구출했다는 보도였다. 망치와 몇 명은 공권력에 대항하다가 큰 부상을 당해서 병원 신세를 지고 있다고도 했다. 여성들은 온양 천주교 본당에서 운영하는 인주면 여성보호센터에서 생활한다는 것도 보도를 통해서 알았다.

백호는 온양터미널에 도착해서 택시를 타고, 인주면 천주교 여성 보호센터로 갔다. 백호는 은주를 만나기 위해 여성보호센터에 도착 했지만, 센터에서는 가족 외에 출입을 할 수 없다는 답변을 받았다.

백호는 건물을 향해 크게 이름을 불렀다.

"은주야! 나 백호야. 잘 지내고 있지?"

건물과 은주는 백호의 소리를 들었는지 안 들었는지 그 어떤 반응도 없었다. 백호는 몇 번이나 은주를 불렀지만, 그 어떤 창문도 열리지 않았다. 은주는 창문을 조금 열고 서서 센터를 바라보는 백호를 애틋한 표정으로 지켜보았다. 백호는 센터 정문을 보고 서울로 올라갔다.

은주 옆에서 한 여자가 은주의 어깨를 쓰다듬으며 말했지만, 은주는 울기만 했다. 눈에서 하염없이 눈물이 흘러내렸다. 은주가 우는 것을 보고 여자들이 조용히 방밖으로 나갔다.

또 다른 여자가 은주의 어깨를 다독거리며 말했다.

"나 다른 방에 가 있을게. 속 시원하게 울어. 막 울어."

그 여자가 나가며 방문을 닫으니, 안에서 은주가 서럽게 우는 소리가 들렸다.

"백호 오빠! 오빠, 나 이제 찾지 말고 착하고, 이쁘고, 사랑스러운……. 엉엉엉. 나 이제 어떻게 해야 해. 엄마, 나 어떻게 해야 해. 엉엉엉. 오빠를……. 엉엉엉."

은주의 우는 소리는 밤새도록 들렸다.

백호는 영등포 은주네 집에 도착했다. 302호 초인종을 누르니, 은주 어머니가 문을 열고 나왔다. 백호를 보고 은주 어머니가 말했다.

"백호야, 휴가 나왔어?"

"아닙니다. 저 오늘 제대했습니다."

안방에서 은주 아버지가 나오며 말했다.

"백호가 제대를 했다고?"

백호는 은주 아버지를 쳐다보았다.

'아버님도 많이 늙으셨구나. 사기를 당하더니 더 늙었어. 어머님도 그렇고.'

은주의 부모님은 식당을 팔고, 그 돈으로 포스터를 만들어 서울과 인천, 수원, 평택 등 경기도 이곳저곳을 돌아다니며 몸이 부서져라 은주를 찾아 다녔다. 그러나 결국 업자들에게 사기를 당했고, 그 사기꾼들한테 들어간 돈이 몇 억 원이었다. 은주 어머니는 매일 은주를 찾기 위해 전국 술집 등을 찾아 다녀서 사람들이 애한테만 매달리다가 둘이 먼저 쓰러지겠다고 한탄을 했다.

"네. 오늘 제대를 했습니다."

은주 아버지는 축하한다며 백호를 껴안고 등허리를 쓰다듬어 주었다. 백호는 은주의 부모님에게 큰절을 하려고 하니, 하지 말라고 은주 어머니가 말해도 백호는 어머니를 앉게 하고 큰절을 했다.

백호가 말했다.

"저 이렇게 건강하게 제대할 수 있었던 것은 아버님과 어머님께서 돌보아주신 덕분입니다. 앞으로 친부모님 같이 안갚음[12]하며 평생 모시고 살겠습니다."

"말만이라도 고마워. 이제 제대를 했으니, 참한 여자를 만나서 결혼해."

은주 어머니는 그 말을 하며 눈물을 흘렸다.

백호가 눈물을 흘리는 어머니를 보며 말했다.

"저 은주를……."

"그래, 이제는 우리도 은주를 잊기로 했어. 아니 가슴에 영원히 묻어 두기로 했어. 백호야! 너도 그렇게 알고 이제 여기 찾아오지 마. 네가 찾아오면 이 집을 팔고 우리 다른 곳으로 이사를 갈 거야. 그러니 이제 우리를 잊고 새롭게 출발해서 잘 살아."

백호는 무릎걸음으로 가서 아버지와 어머니의 두 사람에 손을 잡고 다시 말했다.

"아버님! 어머님! 은, 은주를 찾……."

"그래. 우리도 네 마음 다 알아."하며 은주 어머니가 백호의 손을 꼭 잡았다.

"어머니, 그게 아니고요. 은, 은주를 찾았다고요."

"……?"

"……?

백호의 말을 듣고 은주의 부모님은 너무 놀라서 다음 말을 할 수가 없었다. 백호는 은주가 지금 온양천주교 여성보호센터에 있다고

---

[12] 안갚음 : 까마귀 새끼가 자라서 늙은 어미에게 먹이를 물어다 주는 것. 자식이 부모를 봉양한다는 순우리말.

말했다. 은주 어머니는 은주가 어디 아픈 곳이 있는지 아니면 몹쓸
병에 걸려서 센터에 있는지 이것저것을 묻기만 했다. 백호의 대답
은 듣지 않고 그저 묻기만 했다. 은주 아버지도 이것저것을 묻기에
만 바빴다. 은주 어머니가 벌떡 일어나더니 밖으로 나가려고 했다.
백호가 어머니를 앉게 하고 내일 같이 내려가자고 했다.

"어머님, 거기에 도착하면 저녁이라 만나게 해 주지 않아요. 그러
니 내일 저와 같이 내려가는 좋겠습니다."

은주의 부모님은 백호의 말을 듣고 은주의 방을 보았다.

백호도 알고 있다.

은주의 방은 은주가 떠난 그날 이후로 모든 시간이 멈추어 있다
것을.

책상 위에 볼펜도 그 자리에 그대로 있었고, 쓰레기통에 쓰레기도
그대로 방주인인 은주가 돌아오기만을 손꼽아 기다리며 시간이 멈
춘 듯 예전 모습 그대로 간직하고 있었다.

백호가 화장실을 사용하고 나오려 하는데 물이 '똑똑'하고 떨어지
는 소리가 들렸다. 변기 밑을 살펴보니, 변기가 고장 나서 물이 떨
어지는 것이 보였다. 은주 아버지께 말하려고 하다가 백호는 자기
가 바로 고치는 것이 좋겠다고 생각했다.

"저, 잠깐 철물점에 갔다 오겠습니다."

"어?"하고 은주 어머니가 대답했다.

영등포 철물점에서 고압호스와 펄 밸브를 삼천 원을 주고 사와서
화장실로 다시 들어갔다. 그 모습을 지켜보던 은주 어머니가 말했
다.

"백호야, 화장실에 무슨 문제라도 있어?"

"네. 변기가 고장 나서 물이 뚝뚝하고 떨어집니다."

"그냥 둬. 나중에 기술자 불러서 고치 게."

"제가 부속품을 사 와서 금방 고칩니다. 집에 몽키 스패너 있으세

요?"

"몽……?"

안방에서 은주 아버지가 그 얘기를 듣고 화장실로 왔다.

"그거 며칠 전부터 고장 났는데, 고칠 수 있겠어?"

"네. 아버님, 집에 몽키 스패너 있어요?"

"큰 거 밖에 없는데."

"잘 됐습니다. 펄 밸브를 풀려면 큰 것이 필요하거든요. 오 분이면 다 고칩니다."

"그렇게나 빨리."

은주 아버지는 신발장에서 몽키 스패너를 찾아 백호에게 주었다. 백호는 먼저 수도밸브를 잠그고, 변기 물을 내렸다. 몽키 스패너로 변기와 연결된 펄 밸브를 풀고, 사 온 것을 변기에 조립하면서 부구가 변기 벽에 닿지 않도록 잘 조립을 했나 확인하고 나서 고압 호스를 수도밸브와 연결하고, 수도밸브 꼭지를 틀어서 열었다. 변기에 물이 차는 소리를 듣고, 변기 밑을 확인하니 물방울이 떨어지지 않았다. 그 모습을 은주의 부모님은 신기해하면서 흐뭇하게 바라보았다.

은주 어머니가 말했다.

"백호가 군대에서 별거다 배웠네. 기술자를 불렀으면 아무리 못해도 이삼만 원은 달라고 했을 텐데."

은주 아버지도 고개를 끄덕이며 화장실에서 나오는 백호의 어깨를 두드려주며 말했다.

"우리 백호가 하사관 출신이라 내가 다 든든해."

백호는 '우리 백호, 내가, 든든해.'라는 말을 듣고 울컥해서 무슨 말인가 하려고 하다가 입을 다물었다.

백호는 은주 어머니가 차려 준 저녁을 맛있게 먹고, 처음으로 은주의 방에서 잠을 잤다. 아니 은주네 집에서 처음으로 잠을 잔 것이었다.

백호는 화사한 꽃들이 만발한 울타리 담장을 따라 길을 걸어갔다. 꽃향기를 맡고 싶었지만, 가시철조망으로 친 가시가 너무 길고도 바늘같이 뾰족해서 그냥 지나쳐 집으로 향했다. 집 대문은 굳게 닫혀 있었고, 안에는 사람의 흔적이 없었다. 그때 뒤뜰에서 여자가 걸어서 나오데 바로 은주였다. 백호는 '은주야! 은주야!'하고 불렀지만, 입에서는 소리가 나오지 않았다. 백호는 철대문도 세게 흔들고 했지만, 은주는 마치 귀가 들리지 않는 사람처럼 그냥 백호를 지나쳐 현관을 향해 계단을 올라가고 있었다. 백호는 뒤로 물러나서 낙법을 이용해 담장을 넘어가려고 했는데, 가시철조망이 살아있는 것처럼 위로 자라나기 시작했다. 백호는 포기하고, 철대문으로 다가가 '은주야! 은주야! 은주야!'라고 애타게 부르다가 눈을 떴다.

잠에서 깨자 온 몸이 식은땀으로 젖어 축축했다. 그때 거실에서는 은주의 부모님이 온양으로 내려가려고 준비하는 소리가 들렸다.
'아버님하고 어머님께서는 밤을 꼬박 새우셨구나.'
백호가 이불을 살펴보니 다행히 이불은 식은땀에 젖지 않았다. 그래서 은주의 침대에서 일어나 이불을 개고 은주 일기장이 있는 서랍을 보며 혼잣말했다.
"은주야! 그 어떤 아픔이 있더라도 나는 너를 포기 못해. 아니 안해. 너는 나에게 사랑하는 법을 가르쳐준 나의 수호천사이고, 내 인생에서 최고의 선물이니까."

백호는 은주의 부모님과 영등포역에서 온양으로 가는 기차를 탔다. 온양역에 다 와서 은주 어머니가 말했다.
"사람은 모름지기 자기가 좋아하는 사람과 같이 있어야 서로 기가 통한다고 하는데."
백호는 '좋아하는' '기'라는 말에 심장이 뜨겁게 뛰기 시작하자 새벽에 꾼 꿈 중에 다른 하나가 어렴풋이 기억이 났다.

은주가 말했다.
"오빠, 당신만을 사랑해요."
백호는 꿈속에서 기쁘면서도 슬프다.
사랑한다는 말을 들어서 기쁘고, 은주를 너무 늦게 찾은 것이 슬퍼다.
은주의 실루엣이 서서히 사라지며 말했다.
"오빠, 내가 행복한 꿈을 계속 꿀 자격이 있을까?"

백호는 그 꿈속에서 못한 대답을 혼잣말로 중얼거렸다.
"은주야, 너는 충분히 행복을 누릴 자격이 있어. 그 꿈의 날개를 활짝 펴도록 내가 곁에 언제나 있어 줄게."
백호는 마른세수를 하듯 얼굴을 비비며 온양역을 나왔다. 백호는 역 승강장에서 택시를 타고 은주의 부모님과 함께 인주면 여성보호센터에 도착했다. 그런데 보호센터에서는 백호만 출입을 철저히 막았다. 은주가 그렇게 원한다고 해서 백호는 거짓말이라고 하며 화를 내었다.
센터 직원이 말했다.
"저희가 왜 거짓말을 합니까? 이렇게 소란을 피우며 부모님도 은주 씨를 만날 수 없어요. 이 말도 은주 씨가 말한 거예요."
백호는 은주의 부모님을 보고 맥이 풀려서 더 이상 말을 못하고, 주차장에 있는 의자에 앉았다. 백호는 의자에 나뭇결을 쓰다듬으며 은주의 아버지와 어머니에 뒷모습을 보았다.
백호는 이때 몰랐지만, 이곳에서는 이 의자만이 백호를 편하게 반겨주는 유일한 벗이 되었다.
은주의 부모님은 건물 안으로 들어갔고, 백호는 그 들어간 문을 가만히 지켜보았다. 3층에서 창문이 조금 열렸다 닫히는 것을 백호는 보았다. 그 창문 틈새로 사람의 눈과 백호의 눈이 마주 친 순간에 창문이 닫힌 것이다.

백호는 일어나서 창문을 향해 소리쳤다.

"은주야! 나 백호야. 너를 너무 너무 보고 싶다고."하며 백호는 울기 시작했다. 창문에 사람 실루엣이 멈칫했다가 없어졌다.

백호는 건물을 보며 혼잣말했다.

"은주야, 나 절대 너를 놓치지 않을 거야. 내 목숨보다 더 너를 사랑할 거야. 진짜, 저 센터 십자가를 두고 맹세해. 은주야! 보고 싶다고. 정말로 보고 싶다고."

그때 택시가 오더니 백호 앞에 멈추었다. 조수석 뒷문이 열리며 여자가 내렸다. 백호가 여자를 보니, 나주애였다. 트렁크에서 가방을 꺼낸 주애도 백호를 보고 있었다. 가방을 끌고 와서 주애가 말했다.

"왜 들어가지 않고?"

"은주가, 은주가 나를……."

주애는 알겠다는 듯이 백호 옆에 앉았다.

"백호야, 은주도 힘들 거야. 아니, 엄청 마음이 복잡할 거야. 나도 네 마음 알고, 은주 마음도 이해할 것 같아. 그러니 너무 서두르지 말자. 내가 여기서 은주를 보살피고 그렇게 할게. 온양시청에서 나도 이곳에서 생활할 수 있도록 서류를 만들어 주었어."

"어? 누나도 여기서."

"응. 온양시청에 가서 다 말했어. 그랬더니 이곳에서 생활하면서 심리치료도 하고 직업교육도 지원받을 거야. 그리고 법률적 서비스도 제공받기로 했고. 그러니 너무 서두르지 말고 천천히 한 걸음씩, 한 걸음씩 앞으로 나아가자. 은주도 힘들다는 것을 생각하고 이해를 해야 해. 알았지."

주애는 그 말을 하고 백호의 어깨를 쓰다듬어주고 센터로 갔다. 백호는 주애가 들어가는 저 정문을 자기도 저렇게 쉽게 들어가고 싶었다.

해는 점심시간을 지나 오후로 넘어가고 있었다.

손만 뻗으면 만질 수 있는 거리에 은주가 있다는 사실이 믿기지 않아 백호의 심장이 터질 것만 같았다. 은주는 단 한 순간도 백호에게 마음을 허락하지 않아서 섭섭함을 넘어 그리움이 뼈 속에 사무쳤다.

백호는 그 자리에서 은주의 부모님이 나오기만을 기다렸다. 시간은 오후 3시가 되어 가는데도 은주의 부모님은 나오지 않았다. 백호가 건물을 보며 한 숨을 쉬는데 센터 문이 열리며 은주의 부모님이 나오고 있었다. 백호는 일어나서 은주의 부모님에게 뛰어갔다. 은주 어머니가 말했다.

"백호야, 지금까지 여기서 기다렸어?"

백호는 어머니를 보며 말했다.

"은주는 어때요?"

"응, 많이 좋아졌데. 그러니 너무 신경을 쓰지 않아도 돼."

"그런데 왜 저를 만나지 않겠다고 하는 거예요."

백호는 그 말을 하면 울먹였다.

"그것은……?"

은주 어머니는 아버지를 보았다.

"백호야, 우리 어디 가서 점심 먹으며 이야기하자."

백호는 은주의 부모님과 같이 센터 근처 중식당으로 갔다. 자장면을 시켰는데 백호가 먹지를 않자, 은주 아버지가 먹고 나서 대화를 하자고 하니 그제 서야 백호는 자장면을 먹었다. 다 먹을 때까지 그 누구도 대화하지 않았다.

백호가 자장면을 다 먹은 것을 보고, 은주 아버지가 말했다.

"우리 서울 집을 팔고 여기로 이사를 올 거야. 저 백…… 백호야! 하나만 부탁하자."

백호는 젓가락을 만지다가 고개를 들고 은주 아버지를 보았다.

은주 아버지가 말했다.

"백호야, 네 마음 우리 다 이해하고 안쓰럽게 생각해. 그런데 은주가 너무 강경하게 너를……."

"네? 은주가 뭐라고 했는데요."

"그, 그게. 백호야! 은, 은주가 너를 놓아 주……."

"아버님! 어머님! 더 이상 말하지 마세요. 저 은주를 포기 못 합니다. 안 합니다. 제가 얼마나 은주를 찾기 위해 노력했는지 아세요. 아시냐고요. 흑흑흑."

백호는 흐르는 눈물을 닦으며 일어나서 윗옷을 벗었다. 그리고 뒤로 돌아섰다. 은주의 부모님은 백호의 몸을 보고 너무 놀라서 할 말을 잊어버렸다.

중식당 주인도 백호가 옷을 벗는 것을 보고 "저놈이 미쳤나? 자장면을 잘 쳐 먹고 뭔 짓을 하는 거야."하며 백호의 몸을 보았다. 몸 전체 근육도 놀라웠지만, 몸 곳곳에 상처투성이어서 주인은 입을 다물지 못했다. 차라리 흥부의 옷은 비단이었다.

놀란 은주 어머니가 말했다.

"백호야, 네 몸이 왜 이래?"

은주 아버지도 말했다.

"백호, 너 탄약고 근무……. (우리에게 군 생활을 한 번도 말한 적이 없잖아. 그럼…….)"

백호는 울며 말했다.

"저 은주를 찾기 위해서 제 몸을 단련했고, 조폭들하고 싸우기 위해 군대에서 살인병기가 되었어요. 제가 살기 위해서 군 훈련을 받은 것이 아니라, 은주를 살리고 되찾기 위해 제 몸을 병기로 만들었다고요. 그런데 어떻게 은주를 포기할 수 있어요. 무능하고 멍청해서, 두렵고 무서워서, 죽는 것이 겁나서, 맞는 것이 너무 너무 겁나고 무서워서 아무 말도 못하고 그 새끼들한테 은주를 빼앗겼을 때……. 흑흑흑. 저 이제는 옛날에 그 백호가 아닙니다. 이제는 그 누구도 은주에게 다시는 해코지를 못 합니다. 나라님도 절대 못 해요. 은주는 제가 지키고, 제가 행복하게 해주고, 제가 사랑하고, 제 목숨보다 더 소중하게 여기며 살 거란 말이에요. 흑흑흑."

은주 어머니가 일어나 백호의 상의를 입혀 주며 말했다.

"하느님께서 백호, 너를 우리에게 보내 주셨어. 나는 그리 믿어. 백호야, 염치없지만 조금만 우리 은주를 기다려 줄 수 있니?"

"아버님! 어머님! 저는 몇 달이든 몇 년이든 기다릴 수 있어요. 정말 죄송합니다. 그날로 다시 갈 수만 있다면 제 목숨을 바쳐서라 도 은주를……."

"아니야. 절대 그런 생각을 가지고 있으면 안 돼. 너희들에게는 멋지고 행복한 미래가 있잖아. 우리가 옆에서 힘이 되어 줄게."

은주 어머니는 백호의 손을 어루만지며 울었고, 은주 아버지는 일 어나 백호의 어깨를 쓰다듬으며 한 손으로 자신의 얼굴을 문질렀 다. 백호는 은주의 부모님에 손을 힘주어 잡았다.

"백호야, 미안하다. 우리가 네 마음 다 이해해. 우리 같이 은주 마음이 돌아설 때까지 함께 노력하자."

은주 어머니는 백호의 손을 잡고 하염없이 울었다. 이제야 은주의 부모님은 백호의 마음을 이해가 되었다.

수없이 구박을 받고, 수없이 맞아도 끝끝내 찾아 온 것은 미안해 서가 아니라 죄책감과 은주를 지키지 못했다는 책임감 때문에 찾 아온 것이고, 은주를 진심으로 사랑했기 때문에 자기들을 친부모님 처럼 섬기고 안갚음을 하며 지냈다는 것을 알았다.

7)에필로그.

여성보호센터 주변에는 잔잔한 저수지 넘어 길가에는 화사한 벚꽃이 피어 있어 아름다움에 극치였다. 논에서는 갓 모내기한 모들이 서로 어깨동무하고 서로가 푸르름을 자랑하며 더 빨리 자라나려고 해님을 반기고 있었다. 나지막한 동산에서는 이름 모를 꽃들이 꽃동산을 이루고 나무의 초록잎들과 조화를 이루며 봄을 만끽하고, 가을에는 단풍이 천지를 장식하는 것이었다. 잔잔한 저수지 수면으로 비친 풍광은 센터를 중심으로 신비스럽게 아름다웠다.

1년 동안 백호는 하루도 빠짐없이 여성보호센터로 오고갔다. 비가 오나 눈이 오나 태풍이 와도 백호는 오전 11시에 딸기를 싣고 와서 센터 문 앞에 놓고, 긴 나무의자에 앉아서 건물 창문만을 바라보았다. 은주도 백호가 오는 시간을 알고 있었다. 아니, 센터에서 생활하는 모든 사람들이 알고 있었다. 백호가 나타나며 오전 11시 정각이고, 백호가 보이지 않으면 그 시간은 오후 1시 정각이었다.

백호는 은주의 부모님이 센터 근처 공세리로 이사하겠다는 말을 듣고, 논산으로 내려갔다. 논산에서 강훈기의 부모님한테 3개월 동안 딸기농사일을 배우고 올라와서 백호는 인주면 금성리에 땅 이천 평을 샀다.

돈이 조금 모자라서 축산농협에서 근무하는 동창 박인수를 통해 대출을 받아서 딸기하우스를 최신식으로 해서 열 동을 지었다. 딸기하우스 앞에는 사십 평짜리 이층 단독주택에 일층은 딸기 저온창고와 다목적 공간으로 활용했고, 이층은 집으로 생활할 수 있도록 지었다. 정원에는 벚나무, 단풍나무, 산딸나무, 소나무 등을 심었고, 나중에 아이들이 열매를 다 먹을 수 있도록 유실수도 심었다. 작은 인공연못 주면에 개나리와 장미를 심었고, 천사 분수대 동상을 설치하여 작은 물레방아가 돌아가도록 예쁘고 아늑하게 꾸몄다. 집 대문 앞에 간판을 설치하여 크게 '샛별 딸기농장'이라고 써 놓았다. 농장이름을 샛별로 정한 것은 군 생활 중 야간천리행군 훈련 때에 어슴푸레 어둠속 새벽동이 트기 전에 동쪽 하늘에서 밝게 빛나는 별을 보았기 때문이었다.

샛별.

그 이름에 알 수 없는 특이함으로 가득 찬 자신감이 그 어떤 완력보다 강인한 힘을 느꼈다. 백호는 샛별을 한동안 바라보며 "저 샛별처럼 나도 은주에게 새 희망으로 새로운 길을 함께 가는 평생지기가 될 것이다. 무엇을 하든 그 이름은 샛별로 정하겠다."고 다짐했었다.

혼자서 딸기 모종을 하면서 백호는 자기의 부모님과 은주의 부모님에게 정성을 다 했다. 부모님께서는 딸기농사일을 한다고 했을 때 반대를 많이 했다. 일도 너무 힘들지만 조금만 게을러도 안 되는 것이 딸기농사일이고, 더구나 혼자서는 도저히 할 수 없는 일이기에 반대를 많이 했지만, 백호의 고집을 꺾을 수가 없었다. 백호 아버지는 딸기농사를 하려면 집 근처에서 하라고 했지만, 백호가 직접 땅을 보고 웃돈을 주어가면서 땅을 산 것에 못마땅했다. 백호는 혼자서 딸기농장 일을 했지만, 힘들다거나 어렵다는 것을 말하지 않았다. 딸기 수확 철에는 매일 은주의 부모님과 백호 어머니가 도와주었다. 백호 어머니는 처음에 은주의 부모님을 보고 일꾼으로 알았는데, 백호가 좋아하는 아가씨의 부모님이라는 것을 알고 더욱 더 친근하게 지냈다.

백호 어머니가 항상 궁금한 것이 백호가 사랑한다는 아가씨의 얼굴을 한 번도 보지 못한 것이었다. 사진으로 본 것은 고등학교 때 찍은 사진이 전부였다.

백호 어머니가 아버지에게 말했다.

"당신이 백호에게 한 번 물어봐요. 아니, 도대체 아가씨가 우렁각시도 아니고 도대체 어떻게 생겼는지 알 수가 있어야지요. 병에 걸린 것도 아니라고 하지. 내가 진짜 궁금해서 그래요."

"아니, 내가 왜 물어봐. 지 놈이 알아서 하겠지? 사진으로 봤다며."

"그게 사진이 고등학교 때 여의도 무슨 섬인가 하는데서 자전거를 잡고 찍은 사진뿐이에요."

"섬이 아니라 교황 요한 바오로 2세가 미사를 했다는 서울 여의도 광장이잖아. 실은 나도 궁금하기는 해."

하루는 백호 어머니가 은주의 부모님이 없을 때 백호에게 아가씨에 대해서 물어보았다.

"백호야, 저……."

"네."

어머니는 갑자기 백호가 어렵게 느껴져서 다른 말을 했다.

"농사일이란 해도 해도 끝도 없고, 하면 할수록 쌓여만 가는 것이 농사일이야. 하루라도 일을 하지 않으면 풀이 농작물보다 더 자라서 늘 일손이 필요한 고달픔에 연속이잖아. 백호야, 농사가 많이 힘들지?"

"어머니, 이 딸기하우스는 허리 높이에서 수중재배로 하는 신농법이에요. 그리고 풀도 없잖아요. 다만 일 년 내내 딸기농사를 해야 하지만요. 저는 괜찮아요. 전부 반자동이고, 저기 벌통도 있어서 나중에 제가 딸기잼과 꿀로 맛나는 건강식 차를 만들어 드릴게요."

"그렇구나. 여하튼 말만으로도 고맙다. 그리고 저, 저기……저, 있잖아."

"예. 말씀하세요."

"백호야! 아, 아가씨를 언제 보여 줄 거야?"

"네? 지…… 지금 외, 외국에서 공부를 하고 있어요. 귀국하면 인사를 시킬게요."

"외국에서 공부한다고? 그럼 한국에는 언제 오고. 나중에 너도 그 아가씨하고 같이 외국으로 가서 사는 것은 아니겠지?"

"농업에 관하여 아프리카에서 새마을사업을 가르쳐요. 귀국하면 여기서 살 길로 했어요. 그래서 은주 부모님도 이곳으로 이사를 온 거에요."

"아니, 유학을 갔다면서 새마을을 가르친다고?"

"……예? 예. 그게, 유학을 가서 용돈을 벌기 위해 새마을사업을 가르치고 있어요."

"그래. 아이고, 어렵게 공부하는구나. 네가 좀 도와주지. 돈이 없으면 엄마가 보태줄까?"

"아니에요. 어렵게 공부해야 한다고 은주 부모님이 말씀하셔서 저도 도와줄 수가 없어요."

"그래도 그렇지. 딸도 자식인데 너무하네."

"나중에 귀국하면 어머니가 많이 가르치고 도와주세요."

"네가 벌써 아가씨를 챙기는 것이니? 걱정마라. 내가 그 아가씨 부모보다 더 잘 해 줄게. 외국에서 공부하는 것도 힘든데 좀 도와 주면 얼마나 좋아. 지현이도 하키선수 그만두고 시집이나 얼른 가야 하는데."

백호는 어머니와 대화하며 웃었다. 어머니는 절대로 은주에게 시집살이를 시키지 않는다는 것을 알고 있었다.

백호는 은주에 대해 그 어떠한 뾰족한 방법을 찾을 수가 없었다. 하루는 백호가 은주에게 편지를 써서 센터 직원에게 주었다.

'내 사랑 은주에게.

은주야! 네가 보고 싶을 땐 나는 어떻게 참아야 하니? 너는 나를 보고 싶을 때가 한 번도 없었니? 아니, 어떻게 참고 사니? 나에게 은주, 네가 없다는 것은 더 이상 아름다운 삶이 없다는 거야. 나에게 가장 가혹한 슬픔만이 있다는 거지. 은주야! 내 눈앞에서 사라지지 마. 별거 아닌 이야기에도 웃어 주는 것. 카페에서 너를 기다리기 위해 책을 가지고 갔지만 읽어도 머리에 안 들어오고 문 쪽만 보는 것. 네가 도착할 시간이 가까울수록 심장이 멎을 것 같은 것. 어두운 영화관에서 두근거리며 영화보다는 너의 손을 잡고 싶은 것. 내 사랑 양은주! 너는 언제나 그 자리에, 항상 그 곳에만 있어 주면 돼. 쉼 없이 달려 온 너의 길이 어렵고 힘든 것을 알기에 내가 더 많이 사랑할게. 나는 너를 많이 아끼고 정말 사랑해. 너의 모든 것을 이제는 지켜줄 수가 있어. 은주, 내 사랑님! 우리가 이렇게 살아있다는 것이 가장 소중한 일이잖아. 사람들은 어떻게든 뿌리를 내리며 살려고 몸부림을 쳐. 우리라고 못하라는 법이 없잖아. 살기 위해서가 아니고 보다 좋고, 보다 더 나은 삶을 위해 너와 함께하고 싶은 거야. 모두 다 내가 정말 미안해. 정말로 나, 백호는 은주, 너만을 영원히 사랑할게. 나 이제 서야 은주, 네가 얼마나 나에게 소중한 사람인지 알았고, 영원히 지켜줄 수 있어. 내가 영원히, 너를 영원히 사랑할게. 설렘과 그리움 속에 백호가.'

은주는 편지를 읽으며 눈에서 하염없이 눈물이 볼을 타고 흘러내리고 있었다. 편지 글에서 백호가 사랑하는 여인에게 인생을 송두리째 내어 줄 마음을 느낄 수 있었다. 편지지에서 딸기 향을 맡으며 백호가 자기를 얼마나 사랑해 왔는지 알 수 있었다. 그러나 은주는 백호 옆에서 미래를 함께 살 수 없다고 생각하고 있어서 마음이 괴로우면서 아팠다.

은주는 편지지를 내려다보며 혼잣말했다.

"센터에 누워있는 일상만으로도 나는 충분히 벅찬데, 낯선 공간에서 백호 오빠와 새롭게 시작하고 싶을 만큼 함께 살고 싶은 생각이 없는데. 어쩌나?"

은주는 모진 마음을 먹고, 쪽지에 글을 썼다.

'백호 오빠!

그날 오빠랑 헤어지고 나서 내 자신은 서서히 파괴되어 갔어. 그날부터 우리의 슬픈 사랑은 그렇게 시작된 거야. 나는 오빠의 인생 옆에서 미래를 함께할 수 없는 여자야. 오빠, 그러니 다시 나를 찾아오지 않아도 괜찮아. 아니 오히려 고마울 거야. 이미 그 시절에 은주는 죽었잖아. 안녕. 당신을 잊은 여자가.'

백호는 은주가 보낸 쪽지를 읽고 센터로 전화했다. 그러나 은주는 전화를 받지 않았다. 백호는 그래도 전화를 했고, 센터에도 매일매일 찾아갔다. 며칠째 전화를 하니, 어느 날 은주가 전화를 받았다. 백호는 너무 기뻐서 어디서부터 말을 해야 할지 갈피를 잡지 못했다.

"여보세요. 저……, 은, 은주야……."

"백호 오빠, 나는 남자들과 성……."

백호가 놀라서 말을 딱 잘랐다.

"은주야, 말하지 마! 너를 위해서가 아니고, 나를 위해서도 아니야. 우리 자신들을 위해서 죽는 그날까지 묻어 두기로 해."

"오빠, 나는……."

"사람들은 한 번쯤은 힘없이 무너져 내리는 위기가 닥쳐와. 그것을 어떻게 이겨내야 하는지 우리는 알고 있잖아. 이제 은주, 너 혼자가 아닌 내가, 내가 네 옆에서 힘이 되어 줄게."

"……?"

"사람들은 자기 인생이 괜찮아질 거라는 희망을 품고 버티며 살아가고 있는 거야. 은주야, 너에게 가장 필요한 순간, 가장 의지하고 싶은 그 순간을 위해 내가 참고 기다릴게."

"오빠, 난 살아가는 동안 아무렇지도 않은 척하고 누군가 보지 않는 곳에서는 살 수가 없어. 그러니 나를 그냥 잊어 줘."

은주는 자신의 모진 말이 백호 심장에 가시가 돋을 것을 알았다.

"은주야, 과거는 과거일 뿐이야. 지금, 현재와 미래가 우리에게 더 좋은 추억을 만들기에 충분하잖아."

"나는 정숙한 한 명의 사람이 아니야. 그리고 오빠와 나는 불과 얼음이야. 불과 얼음은 영원히 함께 할 수가 없어. 불이 다가오면 얼음은 녹고, 그 녹은 얼음물에 불은 꺼지게 되어 있어."

백호는 무선 전화기를 들고 하우스 문으로 다가가 문을 활짝 여니, 신선하면서도 시원한 바람이 불어왔다. 앞산을 보며 잠시 생각에 잠겨 있다가 말했다.

"불과 얼음? 불은 언젠가는 꺼지게 마련이고, 얼음은 따뜻한 봄이 오면 녹게 되어 있어. 은주야! 아무것도 묻지 않고, 난 너를 사랑할 수 있어. 다만, 말없이 다정하게 나를 안아주면 돼. 그리고 우리는 처음이라는 것을 매일, 매초 만나기 때문에 모든 것이 지금 시작하는 거야. 다시라는 단어는 없어. 너와 나에게는 지금이 처음으로 시작이다, 라는 것이 더 중요한 거야."

백호는 그래도 앞으로 걸어가야 한다고 은주를 다독이며, 자신과 함께 처음부터 시작하자고 했다.

"오빠! 나는 오빠에게 사랑을 받지 않으려고 눈물겨운 노력을 하는데, 오빠는 왜 나를 힘들게 해."

"……? 네가 십대시절에 나한테 말하고, 약속하고, 사인까지 했잖아. 최양락 형과 팽현숙 누나가 결혼하면 나한테 시집온다고 했잖아."

"그것은……."

"나 최양락 형이 결혼한 녹산백화점 예식장에 가서 하염없이 울었어. 그리고 은주, 너와 결혼하겠다고 굳게 다짐했다고."

"오빠, 우리가 헤어진 지 7년이 지났어."

"우리가 못보고 지낸 그 7년이란 시간에도 난 너만을 생각하며 살아왔어."

"이것은 오빠와 내가 원하는 삶이 아니잖아."

"네가 잘못된 것은 전적으로 내 잘못이야."라고 말하며 백호는 울컥했다.

"……?"

"은주야. 너는 내 첫사랑이자 마지막 사랑이야. 내가 할 수 있는 모든 것을 다 해 사랑하는 사람, 이젠 너를 보호하고 지킬 수 있어. 나는 절대 너를 배신하지 않고, 내 숨이 붙어 있을 때까지 내 사랑의 숨소리를 듣고 싶어. 너의 숨소리를 들으며 자고, 너의 숨소리를 들으며 일어나고, 너의 숨소리를 들으면서 내가 살아 있다는 것을 느끼게 해줘."

"백호 오빠, 나는 순진한 여자가 아니라 결혼과 아이에 대한 로망을 가진다는 것이 불가능해."

은주의 이야기를 듣고, 잠시 머뭇거리다가 백호가 말했다.

"왜 너 자신을 그렇게 하찮게 대해. 넌 귀하고 소중한 한 사람이

252

잖아."

"……?"

"은주야, 너……."

"오빠, 난 지금 누군가의 사람이 되고 싶지 않아."

이 말을 듣는 순간 백호 가슴에서 숨이 '헉'하고 멈추는 것 같았다.

"은, 은주야……. 은주야, 미안해. 정말 다 미안해. 나 다시는 너를 힘들게 하지 않고, 너무 외롭게 하지 않을 자신이 있어."

은주는 백호의 말을 듣는 순간 야속하다 못해 괴로웠다.

"다른 삶이 주어진다면, 나…… 나를 마음을 다해 사랑하지 않아도 되고, 열심히 살지 않아도 된다고, 오빠에게 말해주고 싶어."

은주는 이 말을 하며 눈에 가득 눈물이 차오르고, 그 눈물이 볼을 타고 주르륵주르륵 떨어졌다.

백호는 은주의 우는 소리에 "은주야, 괜찮아. 다 괜찮아. 이제는 내가 네 옆에 있잖아."라고 말하며 사랑의 마음을 담아 엄마가 아기를 달래는 따뜻한 손길처럼 토닥거렸다.

백호는 한숨을 쉬며 말했다.

"은주야! 나는 네가 다시 나에게 돌아올 수 없다는 것도 싫지만, 나 홀로 내버려두고 사라진다면, 이…… 이제는 먼저 가 잠시 눈을 붙이며 너를 기다린다는 것 밖에 없다고 난 생각해."

"오빠, 그 생각……."하며 울었다.

"은주야! 나는 너와 마지막까지 함께 하고 싶어. 물론, 죽음까지는 함께 할 수 없겠지. 그러나 내가 죽는 그 직전까지 너만을 사랑한다고 맹세할 수 있어. 나는 내가 사랑하는 사람이 나보다 더 오래 살기를 원해. 그건 바로 은주, 너뿐이야. 왜? 내 목숨보다 더, 더 너를 사랑하니까."

"……?"

은주는 아무 말 없이 전화를 끊었다.

백호도 전화를 끊고, 하우스 안에 딸기를 보았다. 백호는 딸기가 은주인 듯 함박 웃으며 쳐다보았다. 그런 백호의 눈동자 속에 빛나는 은주는 영원한 사랑의 여신이었다. 은주는 아무것도 요구하지 않고, 뜨거운 사랑만을 보내는 백호에게 십대 소녀처럼 설렘으로 견디는 힘이 되어주고 있다는 것과 가슴 속에서는 이 세상에서 가장 짧고 따뜻하게 부를 수 있는 것이 "사랑"이라고 느끼고 있었다.

백호는 은주가 자신에게 다가오는 것보다 남은 정마저도 떼려고 하는 것에 야속한 마음이 들어서, 혹시 은주가 무서운 생각이라도 할까봐서 몇 배 두려워 손에 일이 잡히지 않았다.
그런 은주는 흔들의자 위에 올려놓은 와인 잔 같았다. 조금만 세게 흔들리면 옆으로 넘어져 산산이 부서져 버릴 것 같은 위태로워 백호는 가까이 다가가는 것이 두려웠다.
어느 날 백호가 센터 앞에 앉아 있는데, 한 여자가 와서 말했다.
"사랑해라는 말이 이별이란 말처럼 들린다는 사실을 알아야 해요."
백호는 그녀를 쳐다보고 나서 천천히 말했다.
"힘든 사랑은 견딜 수 있지만, 이별의 슬픔은 괴롭고 아픕니다. 홀로 된다는 것. 그것은 나에게 아픔이기에 못 견딥니다."
"살다보면 이해할 수 없는 일도 있고, 설명할 수 없는 일도 있어요. 지금 당신은 너무 조급하게 행동하는 것 같아요."
"잘 모르겠습니다. 그게 나하고 무슨 상관이고, 내가 조급하게 한다는 말은……."
"그것은 은주가 바라는 마음이 무엇인지……."
의자 근처에 아스팔트가 깔리지 않은 작디작은 비포장 한 뼘 남지 땅에는 이름 모를 야생화가 작고 아름다운 꽃송이를 피우며 꽃내음을 풍겼다. 그 꽃내음이 은주에게도 날아가 작게나마 백호의 참사랑을 알려주기를 바라는 마음으로 말했다.

"당신 같으면 속삭이듯 다가온 사랑을 잊을 수 있겠습니까? 난 언제까지라도 기다릴 것입니다."

"은주가 전해달……."

그녀는 더 이상 말을 못하고, 백호를 안쓰럽고 측은한 마음으로 걱정이 되어 다시 말했다.

"지금 아슬아슬한 사람은 은주가 아니라 바로 당신이에요. 깨질 것 같은 그 순간에 은주는 깨지거나 부서지지 않았어요. 당신이 더 위태로워 보여요. 더구나 이 더운 날씨에……."

그 말을 듣는 순간, 백호의 온몸에 힘이 풀려 그 자리에서 허리를 옆으로 꺾으며 쓰러졌다.

백호가 잠시 정신을 차렸을 때 은주가 옆에서 간호하고 있었다. 백호는 머리를 흔들며 손을 뻗어 은주를 잡으려고 하다가 다시 정신을 잃었다. 은주는 백호의 그 애틋한 손짓을 보지 못했다.

은주는 잠든 백호를 보며 말했다.

"오빠, 어디서부터 어떻게 잘못된 것인지 모르겠지만, 마음과는 달리 처음 그때 그 시절로 돌아가 다시 시작할 수 없는 것이 내 인생이잖아."

백호의 손을 잡으니, 손에 박힌 굳은살들이 은주를 편안하게 했다. 은주의 차가운 손이 백호에 거칠면서도 따뜻한 손이 더 정감이 들었다. 은주는 침대에 누워있는 백호를 안쓰럽게 보고, 이불을 덮어주었다.

초췌하게 누워 있는 백호를 바라보았다.

"오빠와 함께 행복을 가꾸어 가기에는 나는 적합하지 않은 여자야. 나란 여자는 그 무엇도 기약을 할 수 없는 여자란 말이야."

은주는 울면서 병원을 나와 센터로 돌아갔다.

다음날 새벽에 센터 여자들이 하우스로 가서 쓰러진 백호 대신에 딸기를 수확했다. 그러나 은주는 센터에 남아서 백호를 걱정만 했다. 하우스 안에는 새콤달콤한 딸기향이 둥둥 떠다녔다. 여자들은 딸기를 수확하고 나서, 은주의 부모님이 준 딸기를 들고 센터로 돌아왔다.

"와, 이 딸기 진짜 달아. 달콤한 초콜릿보다 더 맛있어. 은주야, 너도 먹어봐."

은주는 딸기를 한 입 베어 먹는 순간 알았다. 이것은 딸기가 아니라 백호의 눈물과 정성 그리고 사랑으로 키웠다는 것을.

반 남은 딸기를 먹으며 은주는 백호의 참사랑을 서서히 느끼고 있었다.

며칠 후 백호는 병원을 퇴원해서 딸기농장에 도착했다.

은주의 부모님은 백호를 안쓰럽게 바라보며, 은주 아버지가 말했다.

"미안하네. 자네가 이렇게까지 하지 않아도 괜찮아. 그리고 농사일을 무슨 군인정신 같이 하지 말고……."

"당신은 백호에게 아무 말도 하지 말아요. 나는 백호만 보면……."

"내가 미안해서 그러지."

"아버님! 어머님! 저 괜찮아요. 제가 정신을 잃었을 때 은주가 병원에 왔었어요."

"우리도 알……."

은주 어머니는 더 이상 말을 할 수가 없었다. 은주 아버지는 마른세수를 하듯 얼굴을 거칠게 비볐다.

"은주가 다시 일어서는데 더 많은 시간이 걸릴지도 몰라. 그러니, 우리가……."

이 말을 듣는 순간 백호 자신도 모르게 눈시울이 뜨거워져서 가볍게 인사하고, 딸기박스를 들고 하우스를 나왔다.

은주 어머니는 밖으로 나간 백호를 보며 혼잣말했다.

"언젠가는 은주도 알게 되겠지. 자신이 지금 어떤 사랑을 받는 존재인지."

백호는 딸기를 공판장에 넘기고 돌아오는 길에 다시 센터로 갔다. 시간이 지나면 지날수록 은주에 대한 사랑은 더 깊어져만 갔다.

주애가 은주의 손을 꽉 잡으며 말했다.

"네가 다른 곳으로 떠나가면 백호는 그날 잘못될 거야. 난 보았어. 백호에 그 눈 속에는 오직 너만 존재하고 있다는 것을."

"언니. 그럼, 나는 어떻게 해야 해."

은주는 벽에 등을 기대며 하염없이 흘러내리는 눈물도 딱지 않고 울었다. 주애는 은주의 어깨를 토닥거리며 말했다.

"은주야, 인생은 생각보다 짧아."

"……."

은주는 백호만 생각하면 가슴에 바늘로 찔린 듯 아픔이 찾아왔다. 주애가 다시 말했다.

"은주야, 사람이 왜 두 손인지 아니?"

"……? 언니, 그것은 무거운 것을 들을 때……."

"아니, 한 손에는 걱정을 잡고 있지만, 다른 한 손에는 그 걱정의 해답을 잡고 있기에 신께서 두 손을 만들어 준 거야."

은주는 생각했다.

'지금 내 손에 걱정이 있다. 그럼, 다른 손에 해답이?'

그러나 은주의 손에는 답이 있을 리가 없었다. 백호라는 사랑과 믿음이 손에서 마음속으로 서서히 움직이고 있다는 것을 은주가 모를 뿐이었다.

"언니, 과거를 지우려고 해도 선명하게 기억에 남아서 녹화 화면을 재생하는 것 같아. 과거를 바꿀 수……."

"은주야, 과거는 절대 바뀌지 않아. 바꿀 수 있는 것은 지금이야. 지금 이 순간을 어떻게 하느냐가 중요한 거야."

"언니, 어떤 날은 그, 그냥 자…… 자살하고 싶어져."

"얘, 젊은 자식이 자살해서 부모님보다 먼저 저 세상으로 가면 그건 죄인이 되는 거야. 네 부모님에 그 가슴 한복판의 아픔을 어떻게 하라고. 네가 그 정도로 불효자니?"

"그렇지만, 언니. 나는 원하는 대로 인생을 선택하며 살 수가 없어. 그저 하루하루를 살아갈 뿐이야."

"네 말이 맞아. 그 누구도 원하는 인생을 산 사람은 없어. 다들 하루하루를 충실하게 열심히 살아갈 뿐이야."

"언니는 고등학교 졸업장이라도 있지. 난 없고, 더구나……."

"졸업장? 네가 고등학교를 다니고 싶으면 다녀."

"지금 이 나이에 고등학교에 다시 입학하라고? 언니, 지금 농담해."

은주는 웃으며, 주애를 빤히 쳐다보았다.

주애는 은주를 보며 말했다.

"그래, 입학하라고. 왜 못해. 일반고등학교가 아닌 EBS라디오로 듣는 방송통신고등학교로 하면 되잖아."

"방송통신고등학교?"

은주는 주애의 말을 듣고 센터 사무실로 내려가 사무장과 이야기하고 방송통신고등학교에 입학했다.

백호는 오늘도 딸기농장에서 혼자 일하고 있었다. 백호는 조용한 것이 싫어서 카세트가 있는 곳으로 가서 라디오를 켜려고 하다가 한동철 중대장이 준 테이프를 보았다. 테이프를 카세트에 넣고, 딸기를 따기 시작했다.

백호는 한동철 중대장이 했던 이야기가 생각났다.

"백호야, 제대를 축하한다. 난 네가 장기복무를 할 줄 알았는데. 어쨌든 축하하고, 이거 받아라. 내가 몇 년 전에 라디오를 들으면서 공부하다가 카세트 볼륨을 올리면서 녹음버튼을 누른 것을 몰랐어. 하여튼 들어보면 알거야. 그 테이프는 내 동생이 용돈을 모아서 산 강변가요제 테이프이니 소중하게 간직해라. 아니, 네가 들으면 소중하게 간직할 수밖에 없을 거다."

백호는 웃으며 MBC강변가요제 수상곡 이상은의 '담다디'와 이상우의 '슬픈 그림 같은 사랑'을 들으며 딸기를 따고 있었다. '슬픈 그림 같은 사랑' 노래가 후렴으로 가려는 순간 '딱'하며 노래가 끊기고, 하희라의 목소리를 듣는 순간 백호는 끌고 가던 외발 손수레에 있는 딸기 바구니를 바닥에 쏟으며 울기 시작했다. 하우스 카세트 스피커에서 하희라의 맑고 청아하게 읽었던 사연이 끝나고 노래가 흘러 나왔다. 백호는 그 노래를 들으며 더 크게 "은주야! 은주야! 은주……." 계속해서 이름을 부르며 울었다. 백호는 일어나 카세트가 있는 곳으로 가서 소중하게 테이프를 빼고, 옷을 갈아입고, 포터를 타고, 은주가 있는 센터로 갔다. 백호는 운전 도중에 다시 듣고 싶었지만, 테이프가 잘못되거나 늘어질까 봐서 조수석에 있는 점퍼를 만지기만 했다.

센터에 도착해서 백호는 센터 창문을 살펴보았다.

은주는 자기 집과 같은 302호에서 생활하고 있었다. 302호 창문이 열린 것을 보고, 백호는 운전석 차창과 조수석 차문을 활짝 열고 테이프를 밀어 넣고, 볼륨을 크게 했다.

이상우의 '슬픈 그림 같은 사랑' 노래가 흘러나왔다.

"사랑이란 사랑이란 그 이름만으로 아름다운 선물이라 하기에
 이 세상은 사랑으로 불타는가 멀어지는 슬픈 그림 같은 그대.
 잊지 못할 내 사랑."

음악 소리에 모든 창문이 열리고 여자들이 밖을 내다보았다.
"어? 백호 씨가 이 시간에 웬일이래?"

"글쎄, 무슨 일이 있나?"

"음악을 틀었네. 어? 이 노래는 이상우 노래인데?"

그때 차 오디오에서 "딱" 소리가 났다.

"안녕하세요. 이번 사연은 여학생이 보내 편지네요. 어쩜, 글씨도 이렇게나 이쁠 수가. 최수종 씨가 보기에는 글씨체가 어때요?"

"진짜 깔끔하게 정성스럽게 썼네요. 기차에서 이렇게 쓰기는 진짜 힘든데."

"맞아요. 달리는 기차에서 글을 쓴다는 것이 얼마나 어려운지 시청자 여러분도 잘 아실 거예요. 자, 사연을 읽겠습니다."

은주는 창문 반대편 벽에 기대어 하희라의 목소리를 들었다.

은주는 직감으로 알았다.

은주의 두 눈에서 눈물이 주르륵주르륵 흘러내리기 시작했다.

" '호야 오빠! 나, 주야.' 제가 보기에는 이름 끝 자로 해서 서로 간에 호칭을 부르는 같은데요. 자, 다시 읽겠습니다. '지금 온양으로 가는 기차에 타서 엽서에 우리의 사연을 쓰는 거야. 백호 오빠! 우리가 처음 연기학원에서 만나고, 오빠와 지낸 1년이 넘는 시간 동안 나 진짜 행복했어. 외동딸로 자라서 오빠에게 버릇없이 해도 오빠가 항상 웃어 주는 것이 정말 좋았어. 오빠가 라디오에 사연 보냈을 때 그 사연과 노래를 듣고 나 며칠 동안 잠을 못 잤어. 백호 오빠! 나 아무래도 오빠를 사랑하는 것 같아. 달리는 기차 창문 밖으로 보이는 푸른 산과 푸른 논이 모두 예쁘게 보여. 온양에 도착하면 오빠가 나를 어디, 어디로 데리고 다니며 멋지고, 예쁜 추억을 만들어 줄까하는 기대감으로 너무 떨려서 글씨가 잘 써지지 않아. 백호 오빠! 나 오빠를 진짜 사랑하는 것 같아. 오빠 이름만 불러도 가슴에서 뜨거운 것이 올라오고 그래. 백호 오빠는 내 영원한 첫사랑이고 끝사랑이야. 오빠를 사랑하는 은주가.' 네, 이 엽서를 보니 은주 씨가 백호 씨를 만나기 위해 기차를 타고 온양으로 내려가는 길에 쓴 것 같아요. 두 분이 오래 오래 행복하게 지내기를 바라면서 양은주 씨가 신청하신 구창모의 '방황' 노래를 들려 드립니다."

"나의 거리에 어둠이 또 밀리면 하늘엔 작은 별 하나.
그 길을 따라 나홀로 가니 허전한 발길뿐이네.
보랏빛 도는 작은 가로등 밑에 휘파람 불며 섰다가.
불꺼져 가는 창문을 보니 쓸쓸한 마음뿐이네.
바람아 불어라 작은 나의 두뺨에 쓸쓸한 웃음 지우게.
오, 바람아 불어라 작은 나의 가슴에 허전한 맘 지우게.
바람결에 떨어지는 낙엽처럼 외로워지네.

은하수 물결 울고 간 자리에는 별빛만 떨어지는데.
텅빈 거리에 나홀로 서니 외로운 마음뿐이네.
바람아 불어라 작은 나의 두뺨에 쓸쓸한 웃음 지우게.
오, 바람아 불어라 작은 나의 가슴에 허전한 맘 지우게.
바람결에 떨어지는 낙엽처럼 외로워지네.
바람아 불어라 작은 나의 두뺨에 쓸쓸한 웃음 지우게.
오, 바람아 불어라 작은 나의 가슴에 허전한 맘 지우게.
바람결에 떨어지는 낙엽처럼 외로워지네.
낙엽처럼 외로워지네."

차에서 사연을 들은 백호와 센터에서 음악을 듣고 있던 여자들과 사무실에서 사연과 음악을 들은 직원과 수녀님들도 울고 있었다.
주애는 3층으로 뛰어올라가 302호 문을 열며 말했다.
"야, 양은주! 네가 뭐가 그렇게 잘나서……. 어?"
그런데 방에는 아무도 없었다.
주애는 창문으로 가 주차장에 있는 차를 보았다.

백호는 센터 문이 열리며 은주가 뛰어 나오는 것을 보는 순간 기쁨으로 벅차올라 차 밖으로 나와서 은주에게 뛰어갔다.

백호는 은주를 꽉 껴안았다.

가슴이 미어지도록 보고 싶었던 은주.

가슴이 타오르도록 보고 싶었던 은주.

숨결만 들어도 설레게 했던 은주.

손만 잡아도 심장이 터질 듯 뛰게 했던 은주.

지금 그런 은주를 놓치면 영원히 만날 수 없겠다는 생각으로 꽉 껴안았다. 백호가 은주를 꽉 안아 주니 심장과 심장이 맞닿았다.

백호가 은주의 등을 쓰다듬어 주며 말했다.

"사랑하게 될 줄 알았어."

백호의 말을 들은 은주는 백호 품안에 안겨 입술을 깨물고, 눈물을 참으며, 주체할 수 없는 행복한 사랑을 느꼈다. 은주도 백호를 꼭 껴안으며 말했다.

"백호 오빠, 힘…… 힘들게 해서 미안해. 정말 미안해. 정말 오빠를……."

백호는 은주가 더 이상 말하지 못하게 키스를 했다. 은주도 백호에 키스를 받아 주었다. 그 어린 시절 신정호 화장실에서 나누었던 어설픈 키스가 아닌 진정한 참사랑이 가득한 키스를.

"오빠. 무, 무서웠어. 나 진짜 무서웠어. 망치가 오빠와 부모님을……."

"괜찮아. 다 괜찮아. 이제 내가 곁에 있으니까. 괜찮아. 그 시절에서 백호가 아니야."

백호는 두려움에 떨고 있는 은주의 두 손을 잡아주며 말했다.

"그 동안 날 멀리한 이유가 두려움에 맞서기 위해 버틴 것이었구나. 괜찮아. 다 괜찮아. 절대 곁을 떠나지 않고 널 지켜줄게."

은주를 끌어당기며 더 꽉 안아주었다.

사람은 누구나 극복하며 살아간다.

은주 자신도 그렇게 하겠다고 다짐하니 눈에서 눈물이 멈추지 않았다.

백호가 부드러운 손길로 은주의 등을 토닥이며 말했다.

"미안해. 그때 정말 미안했어."

은주는 자기를 빨리 찾지 않은 서운함 때문이 아닌데도 마음 한구석에서는 서운한 생각이 스며들었다. 은주는 백호를 바라보며 말했다.

"오빠, 나는 미래에 대해서 생각하고 싶지 않아. 진실은 변하지 않기에 마주하고 싶지도 않고. 또, 나는……."

백호가 은주에 말을 가로챘다.

"은주야. 한 번만, 한 번만이라도 네 마음이 하라는 대로 해 주면 안 되겠니."

"오빠, 난……."

은주의 마음은 어느새 백호 가슴에 안겨 행복한 웃음을 짓는다는 것을 알고 있었다. 그토록 보고 싶고, 마음을 다해 사랑하고 싶고, 진실함을 담아 백호에게 사랑한다는 말하고 싶은 것을 눈과 마음, 정신이었지만, 육체만이 은주를 힘들게 했다.

백호는 은주의 보드라운 머릿결을 만지고 힘껏 껴안으며 "사랑해."라고 말했다.

은주도 백호에게 "오, 오빠! 나, 나도 사……사, 사랑해."라고 말했다.

백호는 "사랑해"라는 말을 듣고, 무릎을 꿇으며 큰소리로 말했다.

"양은주 씨! 저와 결혼해주지 않겠습니까?"

은주는 너무 놀라서 잠시 멈칫하다가 은주도 무릎을 꿇고 키스를 했다. 백호에게 이번 키스는 짜릿함이 머리에서 척추를 내달리며 발가락 끝까지 질주하고 있었다. 은주의 키스는 상큼하고 달콤했다.

센터 창문에서 환호성이 들리고 박수 소리도 들렸다.

주애는 대답대신 은주도 무릎을 꿇고 백호에게 키스하는 모습을 보며 눈물을 흘렸다. 주애는 은주가 나쁜 생각을 가지고 행동할까 봐서 늘 감시했었다.

"이제 내 임무는 끝났다. 나도 훈기 씨를 만나러 가야지. 훈기 씨! 나, 당신이 많이, 정말 많이 보고 싶어요. 그리고 사랑해요."

은주는 방송통신고등학교를 성실하게 수강하여 졸업을 했다.

오늘 제일호텔은 바쁜 날이다.

제일호텔 이형규 사장은 연회장 2층 크리스탈홀을 예식장으로 꾸며 결혼식을 할 수 있도록 예약을 받은 것이다. 고등학교 후배인 서백호가 제일호텔에서 결혼식한다고 해서 좋다고 했는데, 연회장 한영호 주임은 결혼식 같은 예식장 세트가 없다며 힘들다고 했다. 이형규 사장은 생화를 해서라도 준비하라고 했고, 점검을 위해 2층 크리스탈홀로 내려 온 것이다.

결혼식장은 너무 아름답게 꾸며져 있어서 이형규 사장은 입을 다물지 못했다.

이형규 사장은 웨이터를 불러서 예약실 부장을 오라고 했다.

최광성 부장을 본 이형규 사장이 말했다.

"최 부장! 앞으로 우리 호텔에서 예식 할 수 있도록 이것을 사진으로 찍어. 하나도 빠트리지 말고 전부 다 찍으라고."

"사장님! 이것은 그 예약하신 분이 돈을 내고 생화를 한 것이라 저희가 이렇게 하면 돈이 엄청 들어가요."

"야, 최 부장! 누가 생화로 한데. 전부 조화로 할 테니깐 찍어 두라고. 진짜 누가 설계하고 기획했는지 너무 아름답고 멋있잖아. 나도 이대로 두고선 내일 다시 결혼이나 할까?"

"예에? 알겠습니다. 이것은 나주애 씨라는 분이 기획했는데요."

"결혼은 그냥 한 말이야. 농담이야, 농담. 나주애? 어느 부서?"

"사장님, 후배분의 지인인데요."

"그래. 어쨌든 멋지니깐 결혼식 홍보용으로 할 수 있도록 하고, 조금 있다가 내 후배 결혼식이니 만반의 준비를 하라고. 저번 회갑연처럼 실수하지 말고."
"알겠습니다."

결혼식장으로 하객들이 서서히 몰려오면서 백호와 아버지는 손님들에게 인사를 나누었다.
은주 아버지가 백호 아버지의 옆으로 와서 말했다.
"사돈, 우리 조상 중에 나라를 구한 분이 계신 것 같아요."
"무슨 말씀인지?"
은주 아버지는 하객들에게 인사하는 백호를 바라보며 말했다.
"저렇게 든든한 사위가 이 세상에 어디에 있겠습니까? 안 그래요."
"예에? 저런 머저리 같은……. 어험, 따님이 똑똑하고 예뻐서 저희도 좋습니다."
백호 아버지는 청룡이 오는 것을 보고 뒤돌아섰다.
은주 아버지는 떨떠름한 표정을 지우고. 다가오는 손님을 반갑게 맞이했다.
청룡과 지현은 아버지에게 인사를 했다.
"청룡아, 너는 재판 때문에 바쁘다면서. 그리고 지현이 너는 세계대회 나간다고 태능 선수촌으로 합숙 들어갔잖아."
"큰오빠 결혼식에는 참석해야지요. 오빠! 결혼 축하드려요. 전 새언니한테 가볼게요."
지현은 약간 쑥스러워 하면서 신부대기실로 향했다.
"백호 형, 결혼 축하드립니다. 그리고 형님 닮은 조카를 하루 빨리 보고 싶네요."
백호 아버지는 청룡이 '형님'하는 소리를 듣고 놀라서 혼잣말로 중얼거렸다.

'우리나라 최고의 로펌 변호사님께서 저 머저리 같은 놈에게 왜 굽신거리나. 우리 청룡이가 장남이었어야 했는데.'

백호가 말했다.

"고맙다, 청룡아. 나 때문에 네가 힘들었다는 걸 잘 알아. 이제 너도 얼른 결혼해야지."

"형님, 전 사귀는 여자 없어요. 아버지가 또 이상한 소리를 했군 요?"

백호 아버지는 '어험' 헛기침을 하고 하객들이 오는 곳으로 재빨리 자리를 피했다. 청룡은 아버지에게 가서 귓속말을 하고 백호 옆에 나란히 서서 하객들에게 인사를 했다. 하객들이 뜸한 사이에 청룡이 백호에게 작게 말하며 웃었다.

"형, 아버지가 뭐라고 하시면 저한테 연락하세요. 아버지는 제가 잘 알거든요."

백호는 청룡의 어깨를 토닥거리며 웃었다. 그 모습을 지켜보던 백호 아버지는 떨떠름한 표정을 했다가 하객들이 와서 웃으며 악수했다.

백호 어머니는 신부 대기실로 가서 은주를 보고, 손을 잡으며 말했다.

"어쩜, 이렇게나 드레스가 잘 어울리고 고울 수가. 천생연분이네. 우리 백호가 마음 고생한 이유가 다 있었네. 내 며느리가 되어 주어서 정말 고마워요."

"어머니, 제가 더 고맙습니다."

은주와 백호 어머니는 서로 손을 잡고 이야기를 하는데, 사진사가 다시 행복하게 웃으라며 사진을 찍었다. 은주 어머니도 와서 은주를 가운데에 놓고 사진을 찍었다.

지현은 은주와 두 어머니가 함께 사진을 찍는 것을 보고 웃으며 혼자 중얼거렸다.

"새언니를 보니 큰오빠가 제대로 콩깍지를 씌었네. 큰오빠, 새언니와 행복하게 사세요."

백호 어머니가 손짓으로 지현도 오게 하여 은주 뒤에 서게 하고 다시 사진을 찍었다.

지현이 말했다.

"새언니, 저희 집으로 오셔서 정말 반갑고 고마워요. 저 어릴 때 백호 오빠에게 잘못한 것이 너무 많아요. 지금은 많이 뉘우치고 있으니 집에서 저 너무 구박하지 마세요. 그리고 큰오빠가 야단칠 때는 제 편이 되어서 막아 주시고요."

"저희가 왜 아가씨를 구박해요. 어릴 때는 다 그렇게 자라잖아요. 저도 오빠를 많이 힘들게 했어요."

"96년 애틀란타 올림픽에서 매 경기마다 득점해서 우리나라 여자 필드하키가 은메달을 딸 수 있게 했던 그 서지현 선수가 우리 사돈 처녀였네. 정말 반가워요."

은주 어머니는 지현의 손을 잡고 함박웃음을 지으며 다시 말했다.

"우리 은주가 복이 많네요. 자상한 시어머니에. 세계에서 알아주는 하키 선수에. 또, 이렇게까지 상냥한 시누이가 있으니, 마치 친자매 같아서 제가 다 행복하네요."

"아니에요. 제가 더 좋고 행복해요. 위로 오빠만 둘이 있어서 성격이 남자 같다고 하는 사람들이 많은데, 새언니가 너무 여성스럽고 참신해서 제가 배울게 많은데요."

백호 어머니가 말했다.

"새아가, 너 같이 참한 딸과 지현 같이 튼튼한 아들 하나면 난 족하다."

"어? 그럼 조카딸의 교육은 새언니가 시키고, 조카의 체력은 제가 시켜야겠네요. 하하하."

"뭐? 그래, 그게 좋겠네. 호호호."

백호 어머니가 웃으니, 은주 어머니도 따라 웃었고, 은주 얼굴은 빨갛다 못해 홍당무가 되었다.

"새언니 얼굴이 너무 빨개져서 더 예뻐졌어요."하며 지현이가 까르륵 웃었다.

네 모녀가 함께 웃는 웃음꽃이 신부대기실에 가득 피어났다.

은주의 친구들이 몰려와서 세 사람은 접수대로 갔다.

백호의 고등학교 동창인 박인수가 신부 대기실로 와서 살짝 은주와 친구들을 보며 말했다.

"선녀들이다. 진짜 예쁘고 세련된 선녀군단이 하늘에서 내려왔어."하며 친구들에게로 가서 알려주었다.

고등학교 동창인 안정재가 사회를 보았다.

"곧, 신랑 서백호 군과 신부 양은주 양의 결혼식이 시작될 예정이니 내빈께서는 자리에 앉아 주시면 감사하겠습니다. 두 선남선녀가 아름답고 행복하게 새 출발을 할 수 있도록 내빈께서는 신랑과 신부가 입장할 때 우레와 같은 박수를 쳐 주시기 바랍니다. 박수를 많이 치면 칠수록 젊어지고 장수한다는 미국 우주과학연구소인 나사에서 발표한 보고도 있습니다. 자, 먼저 양가 어머님께서는 단상에 있는 화촉에 점화가 있겠습니다. 초에 불은 붙인다는 것은 서백호 군과 양은주 양의 앞날에 행복하고 건강한 미래에 밝은 등불이 되길 기원하는 어머님의 마음입니다. 양가 어머님께서는 앞으로 나오시기 바랍니다."

백호 어머니와 은주 어머니가 앞으로 가서 초에 불을 붙이며 결혼식이 시작되었다.

주례는 고등학교 3학년 때 담임이었던 오세권 은사가 해 주었다.

신랑 입장 순서가 되자, 백호는 성큼성큼 걸어서 순식간에 주례 단상 앞에 서자 친구들이 환호성을 질렀다.

"와와와."

"우우우."

"야, 그런다고 결혼식이 빨리 끝날 것 갔냐."

"정재야! 백호, 쟤 몸 좀 달게 더 천천히 진행해."

"저 자식은 그렇게 첫날밤이 그리웠어. 너 오늘 피로연 때 보자."

박인수가 단상을 보고 입에 손을 모아 말했다.

"오세권 선생님, 주례는 교장 선생님 스타일로 해 주세요."

오세권 선생님은 손을 들어 올려 조용히 하라고 사인을 보냈다.

신부 입장 순서가 되자 아버지의 손을 잡고 은주가 웨딩피아노연주에 맞춰 천천히 걸어서 오자 백호는 중간까지 걸어가서 은주 아버지에게 인사하고, 은주에 손을 반강제적으로 잡으니 은주 아버지는 섭섭해도 어쩌지 못하는 태도로 웨딩꽃길에 가만히 서 있었다.

은주가 귓속말을 했다.

"나 정말 예쁜 거 같아."

이 한마디로 충분했다.

뜨거운 덩어리가 백호의 가슴에서 목구멍을 치고 올라와 목소리가 떨리며 말했다.

"그…… 그래, 넌 세상에서 가장 귀하고 소중해."

은주는 눈물이 쏟아져 나올 것처럼 그렁그렁해졌다.

사회자가 "아버님, 어머님께서는 다시 혼례를 하실 생각이 없는 것 같으니 이제는 혼주석으로 가셔도 됩니다."라고 말하니 예식장은 웃음바다가 되었다.

백호 아버지는 민망하다 못해 얼굴이 화끈거려 한마디 하려고 했지만, 백호 어머니가 한없이 인자하게 손을 잡고 웃어주며 진정시켰다.

오세권 은사가 신랑신부에게 맹세를 시키는 서약을 읽었다.

"좋을 때나 나쁠 때나, 젊었을 때나 늙었을 때나, 건강할 때나 병이 들었을 때나 상관없이 검은 머리 파뿌리가 되어 죽을 때까지 신랑신부가 서로 부부의 신의를 지키며 평생을 함께 하겠습니까?"

백호는 제일호텔이 무너져 내릴 정도로 크게 대답했다.

"네."

은주는 백호를 쳐다보고 웃으며 작게 "네."라고 대답했다.

모든 예식이 끝나고 사진 촬영을 하는데 은주 친구들이 나와서 신부 측에 나란히 서기 시작했다.

백호의 한 친구가 은주의 친구들을 보며 말했다.

"외국에서 공부를 했다면서 친구들도 많네. 그런데 저 끝에 긴 머리 아가씨는 어디서 본 것 같은데, 기억이 가물가물하네."

"이 자식은 예쁜 여자만 보면 어디서 보았다고 말을 하는데, 너 그런 식 청춘사업은 이제 끝났어. 그리고 너 인마, 저번에 황기선 와이프한테도 그렇게 말했다가 욕먹었잖아. 그러니 말조심하라고."

박인수가 말했다.

"내가 말했잖아. 하늘에서 선녀들이 군단으로 내려왔다고. 백호, 저 자식이 여자복은 있어. 안 그래."

"선녀군단이라? 맞네. 오늘 여기에 안 온 놈들은 엄청 후회할 것이다. 저렇게 건강미가 넘치는 선녀들을 어디서 보겠냐?"

3학년 때 짝꿍이었던 오주찬이 드레스 입은 은주를 보며 말했다.

"백호, 저 놈이 고등학교 때 나한테 여자 친구를 소개시켜 준다고 했는데 9년이 지나도록 소개팅 한 번도 안 해준 놈이야. 그냥 우리가 알아서 피로연 때 청초한 은주 씨 친구들을 사귀어야 해."

백호의 친구들은 오주찬의 말을 듣고 웃으며, 사진 촬영을 위해 앞으로 나갔다.

강훈기와 군대 동기들도 청원휴가를 나와서 단상으로 걸어가고 있었다. 훈기는 은주에게 엄지와 검지로 하트를 만들어서 '호'하고 불어주니, 주애가 훈기 등을 살짝 때리고 은주 옆으로 가서 섰다.

사진사는 "사진을 찍을 테니, 모두들 살짝 웃으세요. 신랑 뒤에 아저씨는 아가씨들 그만 쳐다보고 여기를 봐요."라고 말했다.

사진사는 약간 화가 나서 다시 말했다.

"거기 아가씨. 아니, 아니. 정장에 긴 생머리 아가씨. 네. 맞아요. 신랑 뒤편 세 번째 남자 분 옆으로 가세요. 빨리요. 나, 다음 결혼식장으로 또 가야합니다."

정장 입은 여자가 오주찬 옆에 가서 주찬를 보고 살짝 고개를 쑥이며 인사를 했다. 주찬은 얼굴이 빨개졌지만, 입은 환한 웃음으로 가득했다. 그런 주찬을 보고 박인수가 말했다.

"오늘 주찬이 생일날이네."

이 말을 들은 모두가 함박웃음을 지었다.

"지금 분위기 좋습니다. 내가 결혼사진을 20년 넘게 찍었지만, 이렇게 커플을 만들어 주고, 사진 찍기는 처음입니다. 자, 여기를 보시고. 하나, 둘, 셋."하며 셔터를 눌렀다.

제일호텔 특실.

샤워를 끝나고 나온 백호는 불을 끄려고 했다.

은주가 말했다.

"나 오빠의 벗은 몸을 보고 싶어. 엄마가 말했거든. 오빠에 몸을 보면 나를 얼마나 사랑하는지 가르쳐 줄 것이라고."

백호는 잠옷을 벗으며 뒤돌아섰다. 은주는 백호의 알몸을 보고 울기 시작했다.

"흑흑흑."

백호의 몸 구석구석에는 훈련 때 받은 상처와 망치파와 싸울 때 생긴 상처투성이였다.

은주는 백호를 껴안으며 말했다.

"배…… 백호 오빠. 정말 고맙고, 사랑해. 그동안 내가 힘들게 해서 정말 미안해."

백호는 뒤를 돌아서서 은주의 양 볼에 흘러내리는 눈물을 닦아주며 말했다.

"은주야! 나 영원히, 영원히 너만을 사랑할게."

백호는 은주 입술에 키스를 했다. 은주는 백호에 키스를 받고, 행복하게 웃으며 말했다.

"서백호 씨! 나 양은주는 오롯이 백호, 당신만을 위해 살 거예요."하며 사랑이 듬뿍 담긴 키스를 했다.

백호와 은주에게 이 모든 것이 최종 목적지가 아닌 이제 처음 시작일 뿐이었다.

제일호텔 밖 어디선가 노래 소리가 아산시내[13]에 울려 퍼졌다.

"당신에 웃는 모습을 보니 내 마음이 흐뭇해.
지나간 괴로움 모두 다 잊고서.
당신과 나의 영원한 꿈을 이제는 꾸어요.
당신과 나의 영원한 꿈을 이제는 꾸어요.
당신과 나의 영원한 꿈을 이제는 꾸어요."

이날 파랑새는 밤새도록 날갯짓하면 쉼 없이 제일호텔 주변을 날아다녔다.

---

[13] 아산시 : 1995년 아산군과 온양시가 행정구역개편으로 아산시로 통합.

작가의 말.

어느 날 아산시 온천천을 따라 산책하는데 한 현수막을 보게 되었습니다.

"양성평등 포용도시! 아산 원도심 장미마을 ROSE프로젝트."

아산 원도심 성매매 집결지인 장미마을이 한 사람의 아이디어로 양성평등거리와 청년 카페를 운영한다는 설명도 있었습니다.

- 성매매 집결지, 장미마을 -

이 글자에 삼십년 전 군대에 있을 때 일이 생각나서 소설을 쓰게 되었습니다.

90년도에 공수훈련이 끝나고 포상휴가를 나왔습니다.

중대 사병들과 서울역 부근에서 점심 겸 저녁식사를 하면서 반주로 소주를 마시고, 19시쯤에 식당에서 헤어졌습니다.

나는 장항선 기차표를 끊고, 서울역 광장으로 나와 담배를 피우고 있었습니다.

"저 좀 살려주세요. 이 남자들이 저를 다른 성매매 업소에 팔려고 해요. 살려주세요."라는 다급한 여인의 목소리가 들렸습니다.

나는 소리가 나는 곳으로 뛰어갔습니다.

아니, 사람들이 모여 있는 곳으로 갔습니다.

남자 3명이 건강미 넘치는 여인의 머리채를 잡고 사람들을 향해 소리쳤습니다.

"어떤 새끼든 우리가 하는 일에 나서면 오늘이 제삿날이다."

그 순간 나는 그 여인과 눈이 마주쳤습니다.

두려워하면서도 우수에 가득 찬 그 눈빛을 보는 순간, 나도 모르게 나서게 되었습니다.

나는 "누나."하며 그 여인에게 다가가서 그들과 싸웠습니다.

때마침 휴가를 나온 해병대원 2명이 도와주어서 싸움은 쉽게 끝났습니다.

나와 해병대원은 서울역 파출소에 그 여인을 인계하고, 우리는 제 갈 길로 갔습니다.

그 다음해 늦가을 토요일 정오에 위병소에서 나에게 면회가 왔다는 연락을 받고 PX로 갔으나, 면회를 온 사람들 중에 아는 사람이 없어서 돌아서려고 했습니다.

그런데 한 여자가 갑자기 나에게 큰절을 하는 것이 아닙니까?

나와 면회를 온 가족들과 사병들도 놀라서 그 여인만 쳐다보았습니다.

여인이 일어나서 나를 안아주며 말했습니다.

"고마웠어요. 그때 당신이 나를 사람으로 만들어 주었어요. 당신을 찾기 위해 용기를 내어서 서울역 파출소에 다시 갔어요."

나는 그날 파출소에 부대 주소와 이름을 적어 놓았습니다.

내가 적고 싶어서 적은 것이 아니라, 경찰이 적으라고 해서 적은 것이고, 해병대원들도 같이 적었습니다.

나는 여인과 함께 부대 근처 식당에서 식사를 했습니다.

식사를 끝내고, 근처 88다방으로 커피를 마시러 들어갔습니다.

그 여인이 나를 보며 말했습니다.

"오늘 외박도 가능해요?"

나는 그 여인을 바라보기만 했습니다.

그 여인이 다시 말했습니다.

"여기 군 부대 근처에서 일하는 저 애들이 갈 곳이 어디인지 알아요. 부둣가. 거기서 몇 년 아니면 몇십 년을 썩다가 버려지는 거예요. 나 서울에 올라온 것이 7년 전이예요. 처음 본 아저씨들에게 끌려 다니며 청량리 588, 미아리 텍사스. 인천 엘로우 하우스 그리고 다시 수원. 그날 서울역에서 도망쳐 나온 거예요. 그날 또 잡혀 갔으면 나…… 자살했을 거예요. 그런데 운명처럼 당신을 만나서 그곳에서 빠져나와 이렇게 살 수 있었어요."

"누님, 과거는 숨기고 속이는 것이 아니라 잊는 것이라 아무도 모릅니다. 저도 누님이 한 말을 잊을 것입니다. 그것이 인생입니다."

그 여인이 상봉터미널행 버스를 타기 전에 말했습니다.

"나, 당신이 그날 구해 주어서 지금은 고향 시장에서 재봉 기술을 배워 옷 수선하는 가게를 하고 있어요. 다시는 당신에게 면회를 오지 않겠지만, 하느님께 당신이 건강하게 군 생활하도록 기도할게요. 나 성당에도 다녀요. 그리고 나를 정숙한 여인으로 대해 주어서 정말 고마워요. 안녕."

그 여인은 나에게 묵주반지를 보여주었다.

나는 거수경례를 하며 말했습니다.

"누구든 군복을 입으면 그 당시 그렇게 다 합니다."

그 여인과 버스는 내 말을 듣지 않고 서울로 달려갔습니다.

나는 멀어져 가는 버스의 뒤를 보며 다시 거수경례를 했습니다.

지금 그 여인이 50대 후반이지만, 나는 그 여인이 건강하고 즐겁고 행복한 인생을 살 것이라고 믿습니다.

이 작품을 쓰면서 그 여인을 생각했지만, 지금은 흐릿한 기억만 남았을 뿐입니다.

아산시 장미마을이 양성평등거리로 탈바꿈하고, 축제와 음악과 젊음의 거리로 바뀌어 작게나마 위안을 삼습니다.

나는 "사랑"이란 이렇게 생각합니다.

"그 사람의 허물까지도 품는 것이라고."

2023년 이기자 부대가 없어진 아쉬움으로.
서원균.